若い人（上）

Yojiro Ishizaka

JN125710

石坂洋次郎

P+D BOOKS
小学館

目次

一

間崎《まさき》が勤めている女学校は、米国系のキリスト教会で経営している、自由博愛主義標榜《ひょうぼう》のミッション・スクールであるが、基金が豊かであることと、創設以来の学長であるミス・ケートの磊落《らいらく》な気象とのおかげで、宗教学校にありがちなかたよった冷たい空気もなければ、それが崩れてルーズな下卑《げび》た気風に堕することもなく、五百余人の発育ざかりの女生徒たちは、やはりミス・ケートの考案になる簡素な通学服を短く着込んで、芝生と花壇の多い学園の生活をのびのびと楽しんでいるようにみえた。

ミス・ケートは北米モンタナ州の鉱山街ビュートの産、本年五十六歳、長い握り柄《え》のついた鼻眼鏡を首につるし、小丘のように盛り上がった胸の上に小手を組み合わせたような腕組みをつくって、始業前、昼休み、放課後の三回、学校の内外を隈《くま》なく巡視するほかは、大抵学長室に納まって読書や事務に専念している。毎月曜の第一時限に会堂で全校生徒に修身講話をするのがきまったお役目で、そのほか、月に一ぺんぐらいの割合で各学年に臨時の時間を設けさせ、思索や読書や——規律正しい日常生活の間に蓄積された感想を、美しい流暢な日本語で生徒の胸に伝達する。間崎も一度自分の受け持っている四年B組の臨時授業を参観させてもらったことがあるが、信念の是非は別問題として、話したい内心の要求があって教壇に立つのだから、熱意のこもった立派な修身授業であった。人を威圧する風貌、一抹の暗影もない健康な精神、それらに適度なうるおいを与える深い教養、これがやわらかい感受性をもつ生徒たちをひきつけ、有形無形に学校の気風をつくり上げて行く大きな底力となっていることは、無神論者の間崎といえど日頃敬服しているところであった。

ミス・ケートの訓育方針は、具体的には「少い規則を確実に守らせる」ということで、すなわち、時間、服装、宗教上の儀式、この三項目については特に厳格な取り締りを設けてその徹底を期し、したがって生徒も小気味いいほどそれらの訓練を経ていたが、その一方、学校維持費の大半を外国から仰いでいる強みがあるので、監督官庁からときどき指図される訓育施設に関する告達は大抵握りつぶしにして、生徒に自由な空気を呼吸させるように計っていた。

部下の職員に要求するところも、教授法や学級管理法などの形式ばった項目は口にも上せず、徹頭徹尾、生徒を個別に理解せよということに重点をおき、彼女自身、わずかな臨時授業に出席するだけで、全校生徒の顔と名前をくっつけてよく記憶している点では、毎日授業に出る職員の誰もが及ばないほどであった。

間崎はミス・ケートの信念を教育的に正しいものと思った。個性助長とか個別指導とかいう概念は教育界の流行語となっていたが、それをほんとに生かして行くためには百の議論よりも一の信念を必要とする。ミス・ケートにはそれがあった。もちろん、学校は多数を教育する機関である以上、個性尊重の立場に溺れて、生々しい性格の林の中に踏み迷い、全体としての正しい方向を見失うような結果に対しては警戒をしなければならないが、多すぎる生徒と少なすぎる職員との比率は、実際的にはそんな危険があり得ないことを明らかに示していた。

間崎は自分の勤めに喜びを感じた。赴任当初は、年頃の女生徒に接するのが面《おも》はゆくてならなかったが、二年余も経った今日では、自分の知識や感情を適度にパラフレーズして、繊細な感度をもつ少女たちの精神を明るい淡泊な色調に塗り上げていくことに、静かな愉悦を感ずるほどのゆとりを持つことが出来た。

間崎は自分が若い男性であるゆえに無条件に生徒たちから好意を寄せられていることを知っていたが、それを濫用し、それに溺れることさえ慎めば、与えられたハンディキャップは女生徒を指導する上に得がたい天与の一資格であることを純粋に信じていた。素朴的な性の牽引は父と娘の関係においてさえ白極光《オーロラ》のように美しい。溺れることとともに、人生をはなやかな曲線で執縛《しゅうばく》するこの牽引力を反動的に冷却させることをも深く恥じよ。

六月のある金曜日の午後、間崎は、「悪魔の室《へや》」と諧謔《かいぎゃく》的に呼ばれている喫煙室にこもって、五年級の作文に朱筆を加えていた。それは天井ばかりがむやみに高い一間半に二間の穴蔵を思わせるような室で、中央に古びた長テーブル、それを囲む四、五脚の椅子のほかには花も額もない殺風景な場所だった。

南向きの窓からさしこむ陽はテーブルの面を半分だけ明るく照らしていた。使用中は、煙草の煙りが廊下に流れ出るのを防ぐためにドアの開放を厳禁してあるので、ただでさえ窮屈な室の中は蒸されるような暑さだった。生徒たちは正午から郊外散歩に出かけて留守だった。校舎の中は森閑とひそまって、裏の松林で鳴く油蟬《あぶらぜみ》が、濁った余韻のない響きを、乾燥した空中に、濁音のベルトのように吐き出していた。

間崎は、じっとり汗ばんでやけに煙草を吸いながら、一枚々々、味気なく仕事を片づけていった。同一課題の未熟な文章を百五十名分も調べ上げなければならないのだから、一般に作文という学科は教師の側にはあまり歓迎されないものになっているが、間崎の経験によると、この学科は、教授者の課題の選び方および課題解説の成功不成功によって、その時々の成績の水準が著しく変動し、よく出来た場合には他の学科にみられない溌剌とした面白味を感得することが出来る。なんというか、みずみずしい感情思索の万華鏡《まんげきょう》を覗くといったような楽しい満ち足りた気持なのだ。その反対もひどいが——。

間崎は何回目かの苦しい欠伸《あくび》を洩らして、とうとうペンを捨てた。そして、疲れた涙の滲んだ眼を、たった一輪だけ窓の高さにヒョロ長く伸びた真紅の牡丹《ぼたん》に注いで、自分の肉体と精神を漠然と憎悪する感情の中に沈んでいた。甲の評点を与えられる文章が今まで読んだ分には一編も出てこない。課題は「雨が降る日の文章」というのだった。ジトジト降りつづく長雨は私たちの魂にカビを生ぜしめる、夏の夕立は心の沐浴《もくよく》だ、朝の雨、夜の雨、子供の眼からあふれ出る涙の雨、読んで雨の音を遠くなつかしく耳の底に蘇らせられる文章、雨をインクにして書いた文章……と丁寧にこちらのねらいどころを説明しておいたのに、みんなほんとの雨降りの日を書いてしまった。妹と喧嘩した子、母に手伝ってお萩《はぎ》をこしらえた子、「主婦の友」を読んだ子、窓にもたれて讃美歌二百十六番を唄った子——。責めはこちらにもあるが、要するに主題を把握する力がなかったのだ。辛抱して五、六編も読みつづけていくと、そのどれかに必ずあの「雨が降ります雨が降る、あそびに行きたし傘はなし……」という白秋《はくしゅう》の童謡が引用されてあるのには苦笑するほかない。五年生じゃないか。

間崎は仕事をきり上げてピアノを弾きに行こうと思ったが、疲れた時のぐずぐずした気持にひきずられて、結局またペンを拾い上げた。今度はたくさんの中からふだんに立派な文章を書く生徒のだけを選んで読むことにした。いつもはこんな仕事のやり方を自分に禁じてあるのだが——。結果は同じことだった。誇張した形容、浮き上がった叙述、こうなると巧詐《こうさ》は拙誠《せっせい》にしかずだ。間崎は最後に、その名前を思い出すとともに棘《とげ》のようなものを胸に感じる一人の生徒の文章を読んで、骨が折れるこの仕事をお了《しま》いにしようと考えた。五年B組、江波恵子《えなみけいこ》。

雨が降る日の文章――。私にだけ書けそうな気のする文題だ。考えることも読み返すこともいらない。私は黙って私の心にフツフツ浮き上がってくる水泡《みなわ》のようなものを紙の上に書き現わしさえすればいい。私がこんな文章を書く努めざるチャンピオンであることは、私の幸か不幸かは誰も知らないし、どうでもいいことだ。

私には父がない。私がこの学校に差し出した戸籍謄本にはハッ私生児・江波恵子と記してある。家事の徳永先生にいつか『私生児って何ですか』とお尋ねしたら、しばらく考えられて『神様の祝福を受けずにこの世に生れ出た子供のことです』と、大変むずかしい、大変簡単なお答えをなされた。徳永先生は私がその祝福に恵まれない身分であることを御存じなかったのかも知れない。もし知っておられたら、ミス・ケートがなさるように人差指で私の顔のまん中をゆびさして『それは貴女《あなた》のような方です』と答えられたにちがいない。そうすれば私生児って何のことだか私にもハッキリ納得できたのではないかしら。

キリストには父がない。マリヤは聖霊に感じておはらみになった。けれども私の母は……。母は若い時からたくさんの男のお友達にたよって一家の生計を支えてきた。私の父と呼ばれるはずの人もそのお友達の一人にちがいない。私の生命が、私の父である人が私の母を侮辱することによってこの世に送り出されたものであるとしても、私は神様を父にもつよりは人間の父をもつことを欲する。罪なき者石にてこの女をうて。私ほど母を愛し私ほど母を憎む者はこの世にいない。母はそのことを知っている。母は今も美しい。けれども年をとって身体も顔も肥ってきた。愛か憎しみか、私がもつような生々しい感情の鞭に打たれなければ、母はもうどうして生きていけばいいのかわからないほどに弱くなっている。

『お母様は幸福だったことがあるの』

『わからない、何が幸福で何が不幸なのかお母様には考える力がなくなったの。お前がそばにいてくれなければこのままぼうっとして気違いになるんじゃないかと思うわ。朝から晩まで誰にもわからない歌をうたっているようなおとなしい気違いにね。……そしたらお前はどうなるだろうね』

お酒を飲んでいた母はすぐに興奮して泣き出した。そして、一年に一遍遊びにくる外国汽船のキャプテンからもらった古い葡萄酒《ぶどうしゅ》をもち出して私に飲ませてくれた。私がお酒のうま味をほんとに知ってることを母は気がつかないのだ。

『お母様がそんなになったら——私だってお母様みたいに独立で働いてお母様を大切に養ってあげるわ。お母様がお祖父《じい》様にそうしてあげたように……』

私はその言葉の反応を痛いような気持で母の顔から盗みとろうとした。ああ、だけど、母はほんとに弱りきっている。

『そうねえ、お前はお母様思いだから、私が唄きちがいになってもきっと親切に私の面倒みてくれるだろう。おつくりをすればお前だって十人並みの美人だし結構一人で立って行けるよ。女が独立で働くのをかれこれ悪く言うのは世間の奥様たちのひがみだと思うよ。ねえ、だけどお前は私みたいに肥らないように気をつけたがいい。梯子《はしご》の上り下りが苦しいし、ちょっとの物事に驚いて胸がドキンドキンするからね。田村さんの奥様は毎朝冷水摩擦と体操をなさるんだとさ』

それが母の答えだった。私はまだまだ夢みる女にすぎないらしい。それから、母も私もだんまりでお酒を飲んだ。暗い海から吹いてくる潮風が濡れタオルのように顔のほてりを冷やしてくれた。一匹の黄色い蛾《が》が黒いテーブルの面にじっとへばりついていた。母も私も気にかかって、見まいとするほどその無気味な生物に視線をひきつけられた。まだ見ぬ父のことが錐《きり》でつかれるように苦しく考えられてならない。

『お母様、女の幸福って男の方からでないといただくことが出来ないものなの。女一人だけの幸福って世の中にはないものなのかしら……?　ほんとのことを教えてね』

『お前はときどき恐ろしい大人になるのね。学問したおかげだよ、きっと。お母様にはお前のたずねることがわからないの。世間には私ほど男のお友達をたくさんもった人もないだろうし、また私ほどいつも一人ぽっちの女だった人もないだろうよ。そのくせ何が幸福で何が不幸だかをちっとも知らずに暮してしまった私なの。ずっと昔に、思い出せないの、夢だったかも知れないんだよ、お母様にも幸福らしいものが近づいて来たことがあったんだけど、何だかその背中合わせに血を流すような恐ろしいものが隠れていそうな気がして、臆病なお母様は尻込みしてしまったの。後になってからも悔む心なんか起らなかった。ただもう、ああ恐ろしかった、よかったと思っただけなの。私はきっとそのころから肥り出したに相違ない。

お前の学校の先生がおっしゃるようにもし天国というものがあって、そこで神様が「お前は生きていた時に何をしていた女だ」とたずねられたら「私はたくさんの男のお友達に親切にしてあげました。私は誰をも欺きませんでした。一人のために一人をおとし入れるような罪深い行ないはいたしませんでした。出来ない約束はどなたにもしたことがございません。私はみな様に公平に親切をつくしました。そうすることが私の生れつきに協《かな》っていたのでございます。だからどなたも私のために争ったり私のために不幸に陥った方はございません」そう言って答えようと思うの。その通りなんだからね。だけどたった一つ神様に叱られるんじゃないかと思うことがあるの。それはね、ときどき一人ぽっちでお室にいるとわけもなしに泣き出してしまうことがあるのよ。なぜ泣くんだか、泣くわけなんか少しもないのに涙がとめどなしにあふれてきて、しまいには声をたてて泣き出さずにいられなくなるの。身体がこんなに慄《ふる》えてね。どうしようもない。だけど理由もなしに泣くなんてきっといけないことだと思うわ。ねえ、お前の考えはどう？　なんだかお母様には、お母様が生れない前にお母様が大人になってから泣かずにいられなくなるような原因がつくられていたような気がするの。そんなことなら誰にもわかりゃしない。ねえ、お母様はいけない女――？』

『知らない。……お母様好きよ』

それが母の姿だった。感覚と理性を白濁した血の流れの中に喪失してしまった原始の女。哀れな母。憎い母。私は女学校の二年生になるまで母に抱かれて寝た。母の温かい手が私のお尻を撫でまわした。母が唇を噛んで泣くのも眠ったふりで知っていた。私の知らない理由で母が泣かなければならないということがどんなに口惜しく悲しかったかを私は今も忘れない。私は母の悲しみの彼方にぼんやり『男』を考えた。今も変らない。けれどもまた母と抱き合っていろいろなお話をするのはこの上ない私たちだけの楽しみでもあった。ある夜の寝物語に、私は母から女の身体の秘密についてきかされた。眠れなかった。涙が出た。けれども翌朝までには私は女に生れたことに深い意地悪な喜びを感じていた。私はこの喜びを誰にも気《け》どられまいと自分に誓った。私がそうした女であることをハッキリ自覚した時、女に生れたことの喜びが一層深刻なものになった……。

『お前の指、すっかりもう一人前の女だね。お母様の指環そっくりお前に上げよう。きっとよくうつるよ。……お母様は自分が嫌いじゃない。ないけどお前はお母様とちがっているほうがいい。私たちがこんなに仲好しでいられるのも、私たちの気立てがひどくちがっているからだと思うの。もしお前がお母様に似てくればお母様はもういらないお母様になるわけだから、お室をきれいに飾って、お化粧もして、静かに死んでいくわ、ヴェロナールのんで。お前の腕の中に抱いてもらって……』

『ええ、止めやしない。そんな日、だけどくるかしら？　来ても来なくても私たち後悔なんかしないと思うけど。……お母様』

『はい』

『好きなの』

『お前お母様の姉さんみたいだね、自分でそんな気がしない？』

『するわ』

うつろに答えた。母は私の指を幾度も唇に当てた。

母にたった一ぺん訪れた幸福――それが私の父だった、なんて考える権利は私にない。そんな理想主義は三文小説のハッピー・エンドにしか向かない。世間の物事はその逆をいく。私の暗い生き甲斐もそこに見出だされるのだ。私は男を知りたい。その男を通して私の父を感じたい。父の肌を、父の血の匂いを、父の口臭を、父の欲情を――そうすれば私は神の祝福に恵まれない一人の私生児がなぜこの世に生れ出たかを正しく知ることが出来るだろう。

母はテーブルにうち伏してうたた寝している。慢性疲労でこのごろは他愛《たわい》なく眠る。私は窓縁《まどべり》に椅子をよせてひたすらに暗い夜の海を眺めた。海鳴りをきいた。あの音の中に一切の秘密がかくされていそうな気がする。父よ、現われ出でよ！

結論にきた。気どりやの私は、真理探求に血を流す一使徒としての私を考える。私が処女でなくなる黒い一線がひかれる日は案外近いのかも知れない。私の名は、ハツ私生児・江波恵子！

先生、私のわがままなデッサンです。少しはずかしいんですけど、でも書きたかったものですから……。

原稿紙五枚にワクを無視した達筆な走り書きで認《したた》めてあった。間崎は烈しい衝動に打たれた。彼は彼だけに示されたかくも生々しい心の記憶を、女はもちろん男の友人からさえ与えられたことがなかった。お下げ髪、水兵服――そのポケットにチョコレートをしのばせた小娘の中にこんな生活があろうとは！　間崎は二度繰り返して読んでから、刺激された感情の方向に彼の「評」を走り書きした。

私が要求したものは雨が降る日の文章だったのに、貴女は嵐の日を書き上げた。それはすでに書かれてしまったのだ。私は私が教師であるだけの理由で、かくも苦悩に満たされた懺《ざん》悔《げ》を私の生徒に強いる権利があろうとは思わない。いや、これは私の外交辞令だ。ありのままに言うと貴女は豚に真珠を与えたことになろう。私の役目は生徒という概念を指導することにあって、彼女らの個々の魂には関わりがない。結局ない。私は白い手の鋳物師《いものし》だ、型つくりだ、それ以外のものであってはならない。この薄弱な犬儒《けんじゆ》主義は、私もまた若いという理由でともかくも許容されなければならぬ。でないと私は貴女や彼女や彼女ダッシュの息づまるような心の花園の匂いの中に窒息を余儀なくせしめられるであろうから。それは私と貴女と、私と彼女との情死を意味する。私たちはミス・ケートの心臓を擁護するためにも、当分、臆病者の名に甘んじようではないか。私は多くを言いすぎた。

『吠ゆる犬は強からず』

以下二、三の評を書く。江波恵子は自分を強いと信じている弱い少女だ。彼女の眼はかつて多くの封建婦人が冒されていたつつましやかな色盲症を患っている。それは、微細な陰影をとらえるには敏感だが、肝腎《かんじん》の光りはことごとく逸してしまう哀れな不具の網膜だ。現実とは自己の対立的存在ではない。自己の積極的意力が時間と空間に働きかけた場合にのみ我々の現実は誕生するものであり、江波がみたものは遠い昔に死滅した月世界の観念的な現実にすぎぬ。それがいかに美しかろうと、その美は結局博物館に保管さるべきものなのだ。江波の第二の誤謬《ごびゅう》は自分の幸不幸をこの冷却した客観世界に依拠せしめていることにある。それは古風な運命論であり、君はその中で自らを瀕死の白鳥に喩《たと》えて息も絶えだえな踊りを踊ろうとしている。与えられる号令は回れ右！　だ。そして君は一兵卒の四角い素朴な意識をもって君の人生を踏みなおさなければならぬ。妄評多罪《もうひょうたざい》。

間崎は一気にその評文を書いてしまった後、寂しい濁った気持にさせられた。人中で調子に乗ってしゃべり過ぎたり、嘘をついたりした時に感じる渋い舌ざわりな気持。多分彼は評文の中に空疎《くうそ》な美辞麗句を織り込んだものに相違ない。だが、いつの場合でも、そんなふうの虚偽は、その時偶然に語られたものではなく、彼の心にそれを醸《かも》す不純な渣滓《おり》が沈澱している事実を裏書きするものだから、自分の未熟を鞭うつとともにその渣滓を根絶やしする意味で、一度口外した言葉はなるべく引っ込めないことにきめていた。今度も彼は衒気《げんき》に満ちた彼の即興的な批評を一字も訂正しまいと意固地に決心した。

――間崎は赴任後まもなく江波恵子の名を知った。職員室の話題に上る江波は、ひどいわがまま者で、よく学用品を忘れる、ぜいたくな所持品をもってくる、寄宿生であるにもかかわらず遅刻、早引きが多い、教師に理屈を言う、そのくせ頭はすばらしくいい、といったふうな、教師の側からは最も扱いがたい生徒の一人であった。間崎はそうした噂を聞き、またときどき訓育係の先生に呼び出されてお叱言《こごと》を喰っている、大柄な、美貌の本人を見知ってからも、特別な関心を持つことはなかったが、ふとした機会で江波との間に個人的な交渉が生じて以来、疲れた時、寂しい時、江波の姿が雲のように心をかげらすのに気づいて顔を赧《あか》くすることがしばしばあった。恋愛だとは思わない。絵でも文学でも人間でも、頽廃《たいはい》的なものに心を引かれる自分の傾向を間崎は平素から極力警戒していたし、江波に対する関心も、他の生徒にみられない成熟した一つの性格に対する興味にすぎないものだと思っていた。

七月半ばのある日、彼は時間が空いていたので、雑誌をもって裏山へ寝ころびに行った。熊笹の間の小径《こみち》を通っていつもの丘に上り、一本松の下の窪地に腰を下ろして、まぶしく光る海を眺め下ろしていると、ふと間近かで口笛の音が聞えた。ふり向くと彼から三間と離れてない別の窪地に、江波恵子が、両手を頭の下にあてて、あけひろげな形でのびのびと寝ころんでいた。胸に赤い表紙の本をのせ、眼をつぶって口笛を吹いている。間崎は驚くとともに、江波の地面にまかせきったような姿態に反射的な恥ずかしさを覚えた。彼は近づいて声をかけた。

「どうしたんだ、江波さん」

「とうとうみつかったわ。足音が聞えた時、先生かも知れないと思いましたの」

江波は起き上がって彼の顔を見上げ、悪戯《いたずら》を企てた子供のように面白そうに笑った。こうして見るとほんの無邪気な少女の顔でしかない。

「頭が痛いからこの時間だけ先生に休ませていただきましたの」

「君はわがままが通っていいんだね。何の本だ……」

間崎はぶっきら棒に言って江波のそばに腰を下ろした。空も海も青く晴れ渡って誰とでも仲よく出来るすがすがしい気持だった。本はフランスの訳詩集だった。

「先生お上がりになる……」

ポケットから銀紙に包んだチョコレートを掴み出した。

「いろんなものを持ってるんだな。いただこう」

ゆっくり包み紙をむいて黒い塊りを口に入れた。同じ甘さが二人の舌の上で溶けるのが感じられた。間崎は豊かに肉づいた白い艶のいい横顔をこだわりなくじっと眺め下ろした。チョコレートを含んでポツンとふくれた頰だけ見ていても、眺め飽きない清らかな美しさがあふれ出てくる。江波は、片方の耳に重くかぶさった髪の束を、グイと頭を強く振って払いのけ、それとともに間崎の顔を無邪気に眺め返した。自然な微笑が眼の片隅から湧いた。

「君はこうしていると素直ないい人なんだがね。何だってときどきあんな桁《けた》はずれなことをやって職員室に呼び出されるんだかなあ」

「私にもわからないんです。おとなしい私と悪い心をもった私とが身体の中に別々に住んでいて、私はそのどちらかの奴隷にさせられてしまうんです。おとなしいほうの私だってほんとの私じゃないような気がするんです。私の顔、ウンと綺麗に見える時と醜い恐ろしい顔に見える時とあるってお友達が言います。どっちの顔も、私、自分の意志でつくることは出来ないんですけど。

いつかミス・ケートが倫理のお話の中でお互いに喰い合う二匹の蛇はしまいにはどうなるかってお尋ねになりましたけど、私自分のことを考えると、その無気味な喩え話が思い出されてなりません。人間にすると、それは自分が生きて行くために自分の命を少しずつ食べて行くっていうことになるんでしょう」

他人のことでもあるように屈託のない顔で語っていたが、やわらかい言葉の底を一と筋の黒い糸のようなものがピーンと貫いているのが感じられた。間崎は静かに湧き上がる興奮を抑えつけて答えた。

「君の考え方は間違ってないと思う。我々の生命は原始の土からつくられる。ところで人間だけがもっている最高の精神が、その土の匂いにまみれた生命を少しずつ喰い減らして行く、それが各個人の人生になるんだと思う」

「――最高の精神は何から生れるんでしょう」

「それは土でつくられた荒削りな生命の中から」

「おかしいわ。そんな矛盾した関係、考えられないじゃありませんか」

「考えるんじゃないんだ、それが事実であることを正しく認めることが必要なんだ」

「認めてもいいわ。だけどもし、私が普通の人と反対に、その泥まみれな生命のほうが最高の精神を喰い物にして生きて行く人間だったら——。自分が生んだ赤ン坊を食べなきゃ生きていかれない母親だったら——。何だか恐ろしいわ」

間崎は笑っている江波の顔から自分の眼玉の中に何か飛びこんだような気がした。

「そういう人は不幸だと言うより仕方がない」

「じゃ、私不幸だわ」

その瞬間、突然なおかしさがこみ上げて、二人とも声を上げて笑い出した。

漁船を曳航《えいこう》する発動機船の爆音が、口の中にふくんだようなやわらかい連続音を港の眠った空気の中に響かせた。一つ一つの音が小さい輪になって空に吹き上げられ、それが緑色の棒を寝かせたような半島の突端までユラユラと波紋をひろげて、うすれて、消える。眼を細めて海面を少しずつたどって行くと、太陽の光りで白くギラギラ光っている沖に近い区域を一、二寸はずれたあたりに、五、六匹の虫が行列したような漁船の一群が発見された。混み入った地図の中から自分のさがす小都会を発見したような、ただそれだけでわけもなしに嬉しい気持にさせられることだった。それらの漁船には赤銅色《しやくどういろ》の皮膚をした漁師たちがのっており、漁師たちのおかみさんや子供らは浜辺を歩いており、彼らは愛したり喧嘩したり、死んだり生れたり――そんなふうに空想をひろげて行くと、日光と緑の氾濫した平明な港の全景が、著しく汎神《はんしん》論《ろん》的な気分に富んだ一枚の厚ぼったい画面にみえるのであった。

崖下から微風が吹き上げて来た。少女の清らかな匂いが薄い網のように間崎の顔を包んだ。

「君が女学生だなんておかしなことに思われる」

「そうかしら。先生だけがわざとそう思うんじゃなくって？　それとも私が先生だけにそう見せかけるのかしら？　私は、いえ私たちはみんな先生が好きなんです。こないだの談話会の時間に嶋田《しまだ》先生がお休みになったので、私たちだけで大変な談話会をやってしまったの。田村さんが議長で、好きな先生の無記名投票をやったんです。先生が一番、二番が橋本先生、三番がミス・ケート。私、誰に投票したか先生にわかる？」

「僕に。だって君は今先生好きだって言ったもの」

「ちがいました。私、橋本先生と書きました。先生が一番になることわかってましたから書きたくなかったんです。じゃなぜ私が橋本先生に投票したのかわかりますか」

「なんだ、僕のほうが生徒にされちまったな。――わからんね」

間崎は自分の表情を読みわけようとする江波の視線を、こちらも眼の光りを強くして、途中で受け止めようとしたが、その前に赧くなってしまった。

「先生わかってらっしゃるんだわ。でも、私言いますわ。私、先生が橋本先生をお好きなことわかってましたから先生のために橋本先生に投票したんです」

「好きだって──。別に嫌う理由がないじゃないか。生徒の間にそんな噂がたってるのかね」

「噂なんかありません。けれども先生と橋本先生とが現在親密にしておられなくともお互いにお好きでいらっしゃるんだということをはっきり感じてる生徒が二、三人はいると思います。ほんと過ぎることは口へ出すのが恐ろしいような気がして決して噂になんかならないものですわ」

「誰だね、その二、三人というのは」

間崎の語気は荒かった。

「先生を人いちばいに好きな二、三の生徒たち」

「不愉快だなあ。僕は昔っから自分の妹であっても、そこらのおかみさんくさい頭の働かせ方は大嫌いなんだがな」

「ごめんなさい」

江波は黒い線で中断されたようなチグハグな笑いを間崎の顔に浴びせかけて、海に向いた。そしてかすれた口笛の真似を始めた。無邪気とも太々《ふてぶて》しいとも、そのどちらかにきめようとすればかえってそれが嘘になる紙一重の危険なスタイルをやすやすと自分のものにしている不思議な少女だった。どんな大人の言葉を語ってもしっくり身についている代り、自分の立場というものを恐ろしいほどに持たない、したがって彼女の語る言葉、言葉、言葉は悪霊のように黒い翼をはためかせて大気の中を浮游《ふゆう》してやがて死滅する。

間崎を焦立《いらだ》たせた話題の橋本先生というのは、彼と同期に赴任した女子大出の若い女教員で、地歴を担当し、現在舎監を勤めていたが、洗練された容姿と進歩的な思想とで、上級生からことに信頼をかけられている気鋭の人だった。間崎も他の同僚に対する場合とは異った本質的な好意を遠くから寄せていたが、職員室風な世間話以外には私的な会話をまじえたことがなく、またそうした機会をもちたいと望むこともなかった。

ある日曜日、朝からどしゃぶりの雨だった。宿直に当っていた間崎は、室《へや》の中が鬱陶《うっとう》しいので、窓際に机をもち出して都会に住んでいる友達に用事のない長い手紙を認めていた。そこへ十一時の郵便配達が来た。宿直員は、その日に受けた郵便物を種別分けに日誌に記載し、名宛《なあ》ての先生たちの机上にそれを配布しておくだけの責務がある。間崎が受けとった一と抱えの郵便物の中に、橋本スミ子先生宛ての小包みがまじっていた。包み紙が雨に濡れて破け、中身の本の表題がすぐ読めるようになっていた。社会主義に関する秘密出版物らしかった。間崎は、そんな本を読む友人を二、三人もっていたから格別驚きはしなかったが、学校宛てに送らせるのはいけないと思って、その小包みを新聞紙に包み、紐《ひも》でしばり、中に「小生が宿直で、小生が受けとりました。即時お届けします。一日一善」と書いた自分の名刺を入れて、当番の正直な老僕に橋本先生の下宿先へもたせてやった。三十分ばかり経つと老僕が真っ赤な林檎を二個もらって帰って来た。

「御親切にありがとうございました、これお上がりくださいってよこしました」

「そうか。——お前に一つやる」

翌朝、橋本先生はいつもと変りない落ちついた態度で、廊下で出会った間崎に朝の挨拶を述べた。だが、その日もその翌日も小包みの話には一と言も触れなかった。林檎二個でおしまいのつもりかも知れないし、あるいは口へ出さないほど感謝の心持が深いのかも知れなかった。

いま一つ橋本先生に関連した出来事があった。学校の特色ある施設の一つに、クラス・ポストというのがあり、これは上級の各教室に赤塗りの投書箱を備え付けて、生徒が随意に修身倫理の疑問を紙片に記して投書する。ポストは隔週土曜日ごとに開かれ、集った投書は級主任、生徒監、ミス・ケート立ち会いのもとに取捨選択され、入選の分はいったん学校で設定してある系統的な訓育方針の各項目にあてはめた後、逐条審議して解答を決定する、級主任がその解答を生徒に伝達する、いわば婦人雑誌などにある身の上相談のような仕組のものであったが、間崎は最初から赤ポストの教育的効果については疑問を抱いていた。楽しいさかりの生徒たちにそうそうつきつめた倫理上の問題があるわけはなし、勢い他人の中傷、きわどい遊戯的な性質の質問、単純な悪戯などを書きこんだ投書が多くなり、それに対する解答も委員の会議じ作製するのだから、まれにいい質問があっても、親切味の乏しいアカデミックなものになっしまう。間崎が受け持っている四年B組の赤ポストの投書内容を一、二例示すると、

「両親が争いをして離縁することになるとします。父が悪いのです。けれども母と一緒に家を出ると生活して行くことが出来ません。子供はどうしたらいいでしょう。賢明な先生のお教えを乞います。近所の方の身の上について――」

「暴漢に襲われて貞操をふみにじられようとした場合、生命を捨てても戦うべきでしょうか。それとも生命を守ったほうがいいでしょうか」

「間崎先生はいつ御結婚なさいますか。理想の婦人は？　私どもはみんなそれを知りたがっております。X子」

「生徒と先生の恋愛は悪いものでしょうか。先生同士の恋愛はどうでしょう」

「お金や学用品を借りて返さない方があります。先生から一般に御注意くださいませ」

委員会は学長室で開かれる。ミス・ケートが正面の肱掛《ひじかけ》椅子に坐り、右わきに投書を読み上げる役の教務主任が控え、以下係りの職員たちが長テーブルの両側に向い合って並ぶ。みんなの前にはコーヒー茶碗とノートが置かれてある。議事が大半片づいて、後は二、三の割合に重要な問題が残されているばかり。誰の顔にも屈託の色が現われていた。

「この問題は二、三年前にも一度出されたことがあって、その時も解決がつかないでうやむやにつぶされてしまいました。困った問題です」

教務主任の長野先生は、コーヒーを好まないので角砂糖だけ頰張りながら、銀縁の眼鏡ごしにみんなの顔を穏やかに眺めまわした。もうよほどの年配で、頭がきれいに禿《は》げ上がり、血色のいいつやつやした童顔には懺悔と感謝の生涯を経た人の能面のように脱俗した表情が豊かに漂っていた。今も「困った」とは言いながら、実は彼が平生《へいぜい》親しくしている人々と一室に会し、打ちとけて、高尚な問題を論議することの楽しみを味わっていると言ったほうが当っていよう。

「神《ゴッド》と天皇《エンペラー》とはどちらがお豪《えら》い方なのですか。はっきり教えてください」

この問題だ。当惑したような薄笑いを浮べて、スプーンを笏《しゃく》のように片手にかまえているミス・ケートには、考えるまでもない、自明の問題であることは明らかだが、しかし彼女の神に託された使命は、彼女の生徒たちを立派な米国婦人に仕立てることではなく、日本の若い淑女を養成することにあるという曇りのない教育的信念を糊塗し放擲《ほうてき》しない限りは、永遠に当惑の微笑を拭い消すことが出来ない難問題《こと》である。

「困りましたね。どなたか解決してくだされば、私、テニスンの立派な詩集をさし上げてもよろしいのです。ハ、ハ、ハ、ハ……」

ミス・ケートは身体に似合わない細い綺麗な声をたてて笑った。間崎は問題の抽象性に興味を感じなかったので、テーブルに飾られた花を眺めたり、ポケット日記の付録についているスポーツの世界記録表を読んだりしていたが、時間が長引くのにいらいらして、不意に立ち上がって発言した。

「これは学校の組織の上から考えても答えられない問題だと思います。また答える必要のない問題だと思います。その理由は、神と皇帝の優劣問題などは、生徒がぜひ知らなければならない切実な問題ではないからです。切実な要求がないところにむやみな知識を注入するのは、結局、生徒の純真な頭脳をすれっからしにして先へ伸びる力を稀薄にする恐れがあります。一般にこの問題に限らず、クラス・ポストの投書は遊戯化したものが多いように感じられますから、そんなのはどしどしオミットして答えないほうがよくはないかと思います。生徒には、貴女がたがほんとうに知りたい要求をもつまで考えないほうがいいと露骨に言ってきかせるのです。人間は、大人の我々でも、ごくわずかのことを正しく知っておりさえすれば、決して誤りのない生活をして行けるのではないかと思います。教育者としての私どもの使命も、すでに考えられた概念を生徒に授けるとともに、否《いな》それよりはむしろ、自分で物を考える力を生徒に培《つちか》わせることが大切なのだと思います。地均《じなら》しをする。私どもの役目はそれで尽きております。その上に家を建てるのは生徒自身のなすべき仕事であって、この権限を侵す危険は教育者のことにつつしまなければならないことだと信ずるのであります。ことに問題が抽象的であり、十分考えつくされたと言い得ないような場合には、なおさら、この、ある意味では消極的に思われる立場を固守する必要があるだろうと思います」

それは平素から彼の胸に熟していた信念であった。

「おう、大変立派です。私賛成します。私どもの生徒はソフィストであってはなりません。やさしく明るい娘たちを作りましょう。少し考えてたくさん動くことは若い人たちだけに与えられた特権です。それを尊く考えましょう。皆さんはどうですか」

ミス・ケートは口を大きく引き結んで傾くようにうなずく動作によって、間崎の主張に本質的な共鳴を感じた様子を明らかに示した。ところが、間崎のほうではかえって自分のおしゃべりが、あらかじめミス・ケートの博大な共鳴を期待してなされたかのような疚《や》ましさを覚えた。

「やはり女の子はそんなむずかしいことを考えるよりも、家事やお料理をみっちり習ったほうが天分に合ってるものでございましょうね」

大政所《おおまんどころ》というニック・ネームのある古参の山形先生だ。末の嬢ちゃんが肺尖《はいせん》を患っているので早く会議をすませて帰宅を急がれているのであろう。それをきっかけにそこここで私語が始り、議事打ち切りを要求する気配が露《あら》わにみえ出した。間崎は砂糖の滓《かす》が沈澱したぬるいコーヒーをすすりながら、はすかいに座を占めた橋本先生の方をなにげなしに眺めると、向こうの目もこちらに注がれており、その瞬間、かすかな狼狽の笑いが二人の眼に光った。何か言うな、と間崎は肩を低く落して反射的に緊張した。橋本先生は片手で椅子をずらせて立ち上がった。

「僭越でございますが、只今のお話、私も平素少しばかり考えておりましたものですから簡単に自分の考えを申し述べさせていただきます。私は間崎先生のお説とは反対に、生徒の提出した問題にはどんな性質のものでも明確な解答を与えてやるのが私どもの責任だと存じております。その理由は、第一に、生徒が知る必要のない、知ってはかえって害になるという知識の限界を定めることは困難であるのみならず無意義な企てだと思います。同時に知識に対する切実な要求があるとかないとかいう考え方も、それは畢竟《ひっきょう》私どもの勝手な臆測にすぎず、大人と学生とを全然別個の観念的な存在として考える誤謬を冒しているのではないかと思います。多くの場合、世間ずれのしてない生徒のほうが、大人よりは純真な気持で、いろいろな知識を切実に求めていると考えられないものでしょうか。

第二に、教育の目的は、生徒の無限に伸びる可能性をもつ柔軟な頭脳を、すでに考えつくされた概念の博物館にすることであってはならない、自分で物を考える力を養ってやることだ、それだけの意味では正しい見方だと思いますが、しかし地均しをする、畑を掘り返す、といったところで、それは程度の高い知識には目隠しをさせて、温室育ちのひ弱い人間をつくり上げることではないだろうと思います。深く打ちこまれた鍬《くわ》はそれだけよけいに土を掘り返します。どんな抽象的な、ある場合には独断的な思想や知識を注入しようと、結局は生徒の力がそれに積極的に作用しない限り人格を形成することは不可能なのですから、その意味で私どものおせっかいが、生徒の人間的な権限を侵す憂えは絶対にあり得ないと存じます。学長さんもおっしゃったように、過重な知識はソフィストをつくるという危険もありますけど、それこそ少し考えてたくさんに動く年配の生徒たちにはまず杞憂と言っていいことだと思います。

私は、教育は心持の上ではきびしくやって行くべきものだと信じております」

間崎は、橋本先生の丸い白い指が絶えず痙攣《けいれん》的に洋服の胸をつまむのを見まもりながら、霰《あられ》に打たれるような気持で、歯ぎれのいい筋道だった駁論《ばくろん》を傾聴した。嘘《うそ》を言ってはしない、しかし自分の所説もそれに対立できる、まだ何か言える。――漠然とした楽しい自信の感情が再び間崎を立ち上がらせようとした。が、彼よりも早く山形先生が立った。

「ただいま橋本先生から教育の本質に関するくわしいお話がございましたが、それはそれといたしまして、さしあたっての問題は、生徒の質問をどう処理すべきかということだろうと思うのでございます。橋本先生は御自分の教育的信念から割り出して、神と皇帝の優劣をどんなふうに生徒に御説明になりますか。それを伺いたいものでございます」

言葉の調子が穏やかであるほど聴き手を白々《しらじら》しい気持にする感情がうちにかくされていた。誰もが急に卑屈な警戒の態度を示した。間崎は「大政所」の言い分が、自分と橋本先生の間に交わされた論議を卑俗化するものであることを認め、一方、橋本先生が妥協性のないムキな理論でそれを粉砕するように願った。その望みはすぐにとげられた。橋本先生は質問者に会釈をして立ち上がると、同性の年長者に対するつつしみを保って、用心深く、はっきり答えた
「私は、こういう性質の問題は会議にかけて動きのとれない機械的な答弁を作るべきものではなく、先生の思い思いに答えさせていただいたほうがよろしいのではないかと思うのです　この席でこそ誰にも答えられない問題でありますけど、先生方お一人ずつの胸の中ではそれぞれ考えるまでもない、簡単で自明な問題であろうと思います。答えがまちまちでは生徒をまごつかせて面白くないという懸念もありましょうが、その弊害よりは、教育者の裸な信念が生徒を動かす効果のほうがずっと大きいと思います」

　山形先生はほてった顔を腕組みした一方の掌にのせ、テーブルの面をじっと見守っていたが、とうとう沈黙を守り続けた。これ以上、理屈っぽい年若い同性をたしなめようとすれば、神聖な教師の埒内《らちない》から人間の舞台に飛び上がらなければならないことがわかっているし、そんな晴れがましい行動は遠い昔の夢と消え、今はただなにごとも事なかれと願うのみ……。負ける、それでも私はいつか勝つことにもなるでしょう……。

　ミス・ケートは鼻眼鏡の柄を握って、テーブルの両側に着席した部下の職員たちに、こもごも温かい思いやりの視線を走らせた。

「これですみました。思想はちがいましても、皆さんそれぞれ、私の生徒を大切にしてくださ

るので嬉しい感想をもちました。神様と皇帝――私最もよい答え方知りませんから皆さんの誠心で生徒に教えてください。教えなくともかまいません。私たちはこの問題で尊い時間を分ち合うことが出来て感謝します。それでは次の問題」

残った二、三の問題は峠を越したいきおいで簡単に片づいた。しかし粗略になされたのではない。ミス・ケートはどんな危急倦怠の際にも仕事の手を抜くことは悪魔の仕業だと信じていたから。

間崎は、橋本先生との応酬において自分の考えを十分に述べつくせなかったことに少しばかり未練を感じた。が、彼の教育説は人に伝えなければ治まらないほど灼熱した信念になっているわけではなかったから、二人の間に言いたいだけのことを言いきらない貸借関係のようなものが出来たことは、かえって楽しみが一つ殖えたようにも思われるのであった。あちらこちらに楽しみの食いかけのようなものを打っちゃらかしておく間崎の生き方は、彼が鷹揚な、順調な境遇に育まれた事実を裏書きするものではあるが、狡猾な烏《からす》が獲物を異った数カ所に隠しておいて、次から次へこっそり娯《たの》しんでまわる卑しい性癖のためであると解されてはならないのだ。

この会議があってから、間崎は一層橋本先生に親愛の情を抱くようになった。夕方、下宿の犬をつれて岬の方へ散歩する時など、もし橋本先生も一緒だったらどんなに楽しいだろうと空想することもあった。

一

「江波さん、君は僕にもわからない僕の感情をどうしてそんなにハッキリ知ることが出来るのかね。他人の気持を本人より先に知ってしまうなんて、そういう才能は貴女を不幸にするたけじゃないかと思うな」

「先生はほんとに怒ったんじゃないんですか。そうだろうと思ったけど……」

江波恵子は不意に胸を曲げて、間崎の身体の触覚圏内に上体を投げいれた。感情が瞳の黒に溶け流れ、大人のように練れた媚愛《びあい》が眼の縁の皺《しわ》にこもっていた。びっくりした間崎は思わずホッと嘆息をついて、まといつく悩ましさをすがすがしい丘の空気の中に払いとばした。

「はぐらかさないで僕の質問に答えてみたまえ。どうして君は僕が橋本先生を好きだと思うんだい」

「私が先生を好きで、橋本先生が私を嫌っていらっしゃるからです」

「するとその答えが僕と橋本先生が親密だということになるんだね」

「ええ」

「君の算術は理論が先に出来て、その理論が自分を受け入れる実際を追いかけまわしているような奇妙なものなんだね。高等数学にはそういう逆立ちが必要なんだそうだけど……。僕は君に満点をやればいいのかゼロをやればいいのかわからない。君は橋本先生に叱られたの？」

「いいえ。橋本先生は私が先生を好きなことがわかってますから決して私を叱りません。私も叱られるようなことをしませんけど……」

「蜘蛛の巣みたいに整然と心理の糸が張ってあるんだね。大風が吹けば飛んでしまう」

「大風が吹かないんです。そして二重にも三重にも細い糸がはりめぐらされてしまいます。誰かが大きい拳骨《げんこつ》でつき破ってくれるといい……。橋本先生は笑わなかったんです。いつか寮で集りがあった時、私たちの組でコミカル・プレーをやったんですが、私は主役のお上《のぼ》りさんを受けもって、とても上手に出来たものですから、皆さん腹を抱えて笑ってくださいましたが、橋本先生だけお笑いにならないんです。私だけをみつめておいでになるのに少しもお笑いにならない。別な組のプレーの時にはあんなに声をたててお笑いになったのに……。あんまりひどい。私は哀しくなって、幕になると自分のお室《へや》へ駈《か》けこんで泣き出してしまいました」

「君はいくつ」

「十八。……先生」

「なに」

「私、先生を好きでもかまわない？」

「いいよ。女が男を好きって、どんなことだか君にはまだわかってないんだから。君は心の中にふつふつ泡のように湧くものをみんなしゃべってしまう。芽のうちに片っぱしから摘みとって、いつもなんにも生えてない寂しい砂地のような心の人なんだ。でなければ、教師の僕が生徒の君とこんな話が出来なかったろうさ。僕は君と話しているとちっとも責任を感じない」

「ああ、あっ――」

江波は突然口を醜くあいてうめくように欠伸をした。そして涙でよごれた眼を足許の芝生にじっと注いでいたが、やがて人が変ったようなのろくさした態度で起ち上がり、間崎を石ころかなぞを見るように無感動に眺め下ろした。耳が大きく、頬に吹き出た二つ三つの腫れ物が急にいとわしく目立ってみえた。顔色が真っ青だ。

「私先生に自分の秘密なんぞ言うんじゃなかったわ。ほんとは私先生をからかってみたの　橋本先生なんかちっともこわくない。私は橋本先生がどんな本を御勉強になってるか知っておりますもの。私にレターをよこす商業学校の生徒から聞いたの……」

「江波くん……江波くん……」

「私知っている！　私誰もこわくない！　私誰も好きじゃない！　ハ、ハ、ハ、ハ……」

江波は、落ち葉のような乾いた笑いをまき散らしながら灌木《かんぼく》の茂みの中に姿を消した。チャペルの鐘が正午を告げた。築堤工事作業所のポーが鳩笛のように物憂《ものう》い音を港の空に伝えた。それは崖の上まで匍《は》い上がれないほど、生気のない音であった。

間崎はジリジリ神経にこたえる不快な感情の重石《おもし》に際限なく平べったくされながら、江波はトイレに行きたくなったんだという根拠のない考えに、おかしいほど執拗にこだわっている自分を意識した。彼は自分を憎んだ。これまで、彼の生活の精巧な滑車をつとめていたリベラリズムが、鼻もちならない醜怪なものにみえ出した。彼の顔も言葉も歩きつきも、衒気《げんき》以外のものではなかった。さて、何が起ってどうなったんだか、彼には少しも合点が行かなかった。ただ彼は、平生彼が恐縮に感じている、相当年配の同僚たちの修養というものが、決してばかにならない骨徹《ほねごた》えのあるものであるということをゴッンと強く感じたに止まる。

それから二、三日後、間崎が図書室で教材を調べているところへ、江波がニコニコ笑いながら入って来て、

「先生、これ」

と、小さい紙きれを渡してすぐに立ち去った。

「これから先生にお会いしてもお辞儀しません。人が見ていて都合が悪い時だけいたしますから。さよなら」

勝手になさい、間崎は軽い気持でその宣戦布告を受けとった。彼はこれまで無造作に信頼していた自分の明るさが、実際は心の活潑な働きを鈍らせる白膜のようなものであったことを自覚した。人は始終考えていなければならない。ぼんやりした元気は恥辱であり積極的な害悪ともなる。慎まざるべからず。最終の漢文口調の断案はいくらか粗略であるが、自分には必要な心がまえであると信じた。間崎は、江波が橋本先生の秘密な勉強を嗅ぎつけている事実を、当の橋本先生に注意することはおせっかいにすぎないことのような気がして、黙っていた。

江波は彼女の宣言を実行した。お辞儀をしないのが自然の関係であるかのような巧緻《こうち》を極めたやり方で。技巧というものではなく、一つの性格を、その断片を、煙りのように感じさせて、廊下で、道で、校庭ですれちがう彼女は、美しい通行人の一人であるとしか思えない。裸の胸にバスケット・ボールの球を抱えて。埃《ほこり》よけのナイト・キャップを頭にのせ片手に雑巾バケツをさげて。ハイヒールに身体の重味を上手に弾ませて。間崎は会うたんびに、すれちがって、ハハンと感心したようなばからしい気持にさせられた。

間崎はその後、江波恵子について、次のような二、三の新しい発見をした。ある日、階上の二年の教室に授業に出て、生徒に漢和辞典のひき方を練習させ、自分は窓際に立ってさわやかな日光に洗われた校庭を眺め下ろしていると、ちょうど体操をしている組があって、寄宿舎の通用門の方から、白い体操服を凜々《りり》しく装った二列側面縦隊が、彼が眺め下ろしている窓下の方へ行進してくるところだった。近づくにつれて、一斉に風を切る手ぶり、露が干上がったばかりの柔らかい地面を蹴る足踏みが聞え出し、ある瞬間の人間のまじめな表情を湛《たた》えたたくさんの顔が、張りきった白い胸の上にやや仰向き加減にのせられて、彼の眼の前を次々に通り過ぎて行った。五年生である。間崎は戸外で海水着や体操服をつけた生徒たちを眺めるのが好きだった。そうして団体行動をしている時の生徒たちは一様に若々しく元気に見え、ふだん教室でいらいらしく感ずる顔、才能、性格などの美醜の差異があっけなく消えて、生物学の「類《スペセス》」の姿を率直に示すように思えるからである。間崎が彼のいわゆる「類」の行進を眺め下ろしているうちに、ふとその中に一つの変り種がまじっているのが目についた。江波恵子。彼女は右手と右足、左手と左足を同時に同方向に運動させ、ちょうど昔の長袴《ながばかま》をはいた大名のような封建風の歩き方をしているのだ。しかも本人は自分の不具な歩調を少しも窮屈に感じないらしい「ある瞬間の人間のまじめな表情」を湛えていることが、傍観者には一層不自然な痛々しい感じを起させた。

「回れエ右!」

A先生のバスの号令だ。白い二列側面縦隊は、再び、風をきり土を踏んでこちらに進んでくる。間崎の視線は、むごいものを見る時のように余裕なく、片端《かたわ》な歩行者の上にひきつけられた。その瞬間、なにげなしに二階の方を見上げた江波恵子は、間崎の顔と出会って、口をふくらませて無邪気に笑いかけた。間崎は心を冷たくするような衝撃をジーンと受けた。そして、それをはねかえした。時間がすんでから間崎は江波の異常な運動神経について体操の先生に問い訊《ただ》すと、江波は、ダンス、跳び箱競技すべてにわたって優秀な技倆《ぎりょう》をもっているが、どうかしたはずみに筋肉が凍ったように利かなくなってしまい、そんな時には何をやらせてもぶざまで見るに耐えない、片端な歩調をとるのもその一例だと説明された。

「それは生理の期間ではないのですか」

間崎は顔を赧くしながらきき返した。

「そうとも限りませんね。あの子は天才型なんでしょう。癲癇《てんかん》みたいに突発的にそれが襲ってくるのです。本人がそれを意識しないのだからなお妙です。あんなのは結婚して子供でも生むと常態にかえることがあるものですが……」

A先生は経験だけがもつ鋭い叡知を無意識にひらめかせて事もなげに答えた。結婚云々という言葉が砂地に浸《し》みる水のように間崎の心に吸収された。それ以上不審を起すのは、貪婪《どんらん》なある種の興味に堕することのように思われて、訊くのを差し控えた。

間崎は江波恵子の分裂人格の他の例証を彼女の描いた図画に見出だした。それは図画教育の一形式である記憶画と称されるもので、教師のほうで、馬、老人の顔、紫陽花《あじさい》、鶏の足、鰯《いわし》、兵隊、薩摩芋《さつまいも》、バイオリン、蛙《かえる》など相当な数の品名を列挙し、生徒は時間内に各自の記憶をたどって鉛筆でそれらの略画をかき上げるのである。一と目みて面白おかしく、またぼんやり考えこむと、事物を少しずつ違えて模写する印象的とかよばれる個々の精神作用が、無限にほそぼそした興味を誘うものだ。

江波の記憶画は飛びぬけて上手だった。軽い線を走らせて器用に濃淡まで浮かせ、橋、林檎、草鞋《わらじ》、かまきり、人形……と課題の略画を狭い八つ切り用紙の面に広く楽々と書き並べてあるのを丁寧に眺めていくうちに、右隅の方に比較的大きく描かれた人間の足の模写をみて、おや、と間崎は弾かれる心の侘しい音をきいた。足の指が六本にかかれている。数えてみて六本だが、足そのものとしては自然な生々の気にあふれ、どれか一本の指を削ることによって、かえって醜怪な不具の相を呈するであろうことが予感された。瞬間的な完成の美が、見る人の感覚を麻痺させるのだ。これをふとした誤写であると解するのは理に堕ちて真を衝かぬ観察だ。間崎はこの時、二、三の同僚と茶卓を囲んで五年生の記憶画をめくって笑い興じていたのだが、江波の作品は手から手に渡されてその達筆を賞讃されたにもかかわらず、誰も足指の秘密に気づいた人がなかった。そのごとく描かれ、そのごとく生活された肉体があったのだ。間崎は図画の教師から次のような逸話をきかされた。

「学長室に飾られてある『漁村の午後』という江波の水彩画がありますね。あれは元来もっと大きく木炭紙全面に描いたものなんですが、わけがあって下のほうを四、五寸切りとってしまったのです。昨年の夏、秋の美術展覧会に出品させるつもりで描かせたのですが、本人もひどく意気込んで泊りがけでこの付近に画題をさがしに出かけたりしてずいぶん苦心して仕上げたものです。出来上がるとさっそく私のところに見てくれと言ってもって来ましたが、申し分ない出来なので、うんと賞めてやりますと、崖の赭土《あかつち》の色に少し手を加えたいからと、その必要がないと言いましたのに家へもちかえってしまいました。四、五日経って、今度は満足できるように修正できたからと言ってもって来たのを見て、私は唖然としてしまいました。切りとった今の画面では、下の方が焼けた砂地になっており、漁船や干し網がその点景になっておりますが、もとの構図は自然石の粗末な石垣が斜めに画面の最下部に描かれ、石垣の上には犬が二匹、一匹は寝そべり、一匹は立ちあがって海の方を眺めているところが描かれてあったのです。石垣のガッシリした感じ、二匹の動物ののんびりした姿態は、画面の大半を占める空、海、砂地、漁船、人家、松林、崖などの静的な素材を危なげなく支えているのみか、むしろそれがなければ、絵が生きてこないと言ってもいい大切な構図だったのです。

ところがその石垣の一部分に途轍もない人間の顔を一つ、強烈な色で描いて来たものですから驚いてしまいました。やせこけて無精髭を生やし、無理にひろげたような大きな瞳をギラつかせて何かを睨んでいる男の顔です。瞳にはチューブから絞り出した紫を盛り上げてあるのです。呆れて、これは何だとききますと、キリストだ、と平気で言うのです。そういえば頭にいばらのようなものを巻きつけており、ちょっとグレコを模写した風もみえますが、それにしてもばかばかしく、ほかに言う言葉もありませんから、こんなキリストがあるか、と少し怒って言いますと、両手を頭にのせて痛みを揉むような恰好をしながらしばらくじっとしていましたが、やがてシクシク泣き出して、ほんとは私のお父様のお顔を描いたのです、と言うのです。お父様？　こんな顔のお父様？　ばかな！　貴女が丹精こめて仕上げた絵にじゃまをするお父様がありますか、となぜか私もその時は、理屈にならないでたらめな抗議を強引に押しつけて江波をいじめつけようとかかったものです。私の態度は無法にちがいありませんが、江波の描いた男の顔の表情には、理が非でもそれを拭い消さずにはいられない陰惨な背徳の感じが、コールタールのようになすりつけられていた事実を御承知おきください。

江波は——笑い出しました。剃刀で斜《はす》に切ったような笑い方なんです。机に近づいて来ます。こいつ、絵を破くな、と思いましたから、素早く机の上から拾い上げて、わざと頭の上にそれをかざし、私もまた相手に負けない硬い笑いを浮べたものです。すると、どうです、いきなり飛び上がって私のかざした絵にわがままいっぱいなタックルをしてくるのです。二度、三度……。いや、めちゃくちゃにです。私の肩や頭は江波の重い全身が跳躍するたびごとに、片手の支柱にされてグイグイ圧しつけられる。無法でした、まったく。それで、大人の私も青白い意地を現わして絵をとられまいと努めましたが、あの瞬間は、争闘という言葉で形容しても大げさでない逼迫した気合が二人の間に交流していたような気がします。ところで私のニック・ネームは『火の見櫓』とか『半鐘ギャング』とかいうことになっており、精いっぱいに伸び上がって頑張ったら江波なんぞに絵をとられる気遣いは毛頭ありません。とうとう諦めた江波は、口惜しまぎれに、私のチョッキにつるした時計の鎖を引きちぎり、机に伏せって、また泣き出してしまいました。私もどうにか自分をとり戻し、大人気ない自分を恥じ、江波が泣きやむのを待って、今度は諄々《じゅんじゅん》として訓戒を垂れることにしました。江波は言うのです、最初に先生のところに絵をもって来た時、実は先生にお手渡しするつもりだったのだが、先生がお世辞でない賞め方をしてくれ、自分としてもこれまでにない骨折りで描き上げたのだから、何だかすぐに自分の手から放してしまうのが惜しい気がし出して、口実をかまえていったん家へ持ちかえった。お室に飾って一人で眺め楽しんでいるうちに、どうしたわけか、あんまり申し分なく立派に出来たのが物足りなくなり、何度も切ない躊躇をしたあげく、とうとうあんなものを書き入れてしまったのだが、サッパリした気持だった。絵も魂がこもって引きたってきたと、今も思っている。先生の眼に私の絵を憎む色が示された時、私も負けずに先生を憎んでやりましょうと決心した、と悪びれずに心情を訴えたものです。

冗談じゃない。そりゃあ手当り次第の素材を勝手に配列して美の幻影を浮き出させようとする観念的な流派もありますが、江波の絵は、画面全体がお手本風に丹念に描かれ、それが成功しているのですから、魂だの幻影だのと阿呆らしい話です。仕方がありませんから、展覧会には奇妙な男の顔を描いた部分だけ切りとって出品することにしましたが、そのために全体の効果が半減されたのは申すまでもありません。が、他の生徒にはその程度にも描けないのですから止むを得なかったのです……」

その話で、間崎の頭の中には、江波恵子の白い骨格がネオン・サインのようにくっきり形を現わし始めた。それを不断に燃え耀《かがや》かせるものは彼の脳中の貴重なエネルギーであった。間崎はつまらなく感じた。

彼が理解した江波恵子は最も不幸な種類の人間であった。あらゆる生物の間に親切に隠蔽されている、生存する権利の不可知の秘密が、彼女にあって十分な庇護を受け得ず、外側からその痛々しい未熟な機構を覗き見られるような状態に放置されてあった。神が人生の試験台にたたきつけた哀れなモルモット、彼女。自分でない者のために右往左往して息の根が切れるまで悪夢のような生存を余儀なくせしめられる哀れなロボット、彼女。——間崎は運命論者ではなかった。彼が江波に冠《かぶ》せた定義のような人間や生き方は、厳密な意味では実在し能《あた》わぬものであるが、しかしそんなふうにしか評し得ないところに江波の不幸の深刻さがあったのだ。

職員中に退職者が出来て、間崎が五年生の作文を受けもつようになってから、彼は今度の宿題をあわせて前後三回生徒に文章を綴らせた。第一回は「私、私どもは女です」第二回は「おかしかった話」という課題だったが、江波恵子は二回とも文題に関係のない自由詩を二、三編ずつ書いて差し出した。それらは、少女というよりはむしろ若い母親がもつようなやさしいすこやかな感情に満ちあふれた生活の唄だった。「お客様」「母と子」「靴」「台所の唄」といったふうな主題を、気どらない率直な言葉を用いて、長く、短く、余情豊かに唄いこなしていた。間崎はそれらを読んで性のかぐわしい息吹《いぶき》に触れるとともに、そこに酒と水のすりかえが行なわれたかのようなある物足りなさを抑えきれなかった。それは誰にも語ることの出来ない感情であったが……。

三

第三回目の宿題作文「雨が降る日の文章」はこうした二人の関係において記され読まれたのであった。しかもそこに示された苦悶する生命のうごめきは、予期以上の強烈な衝動で間崎を動顚《どうてん》せしめ、彼は日頃の健康な慎みを忘れて、奔出する濁った感情の流れをそのまま批評文の中に氾濫させたのであった。

間崎は裏庭の花壇の間を歩きまわりながら、しゃがんで花をつまんだり、乾いた土の上に黒い一と筋の流れをつくって忙《せ》わしく去来する蟻の群れをみつめたりしていた。虫や花の単純さが気楽なものに思われた。そうなりたいのかと訊かれればさっそく頭を横に振るくせに——。江波の作文が筒形に丸められてポケットから覗いていた。一行一句、頭に灼きつくほど繰り返しそれを読んだ。そのつど同じ熱心さで自分が書いた批評文をも併わせ読んだ。

郊外散歩に出た生徒はとくに帰校して、運動場の方から、テニスやバスケット・ボールで居残った生徒たちの笑い興ずる声が聞えていた。誰かが指一本でピアノをポツン、ポツンと弾いているのも聞えた。閑《しず》かだった。花にもぐりこんだ蜂の唸り声が繊細な交響楽のようにふくらみを帯びて聴かれた。

間崎は自分でない人の心を欲していた。沸々と胸に浮ぶ考え事は、どれも独立して外に飛び出す気力を欠き、振りきろうとすれば飴のように粘ついて、よごれて、自分の身体にまといつく。飽き飽きした。こうして午後の静寂に浸っているなどおそらくばかげている。間崎は思いきって二階の図書室に橋本先生をさがしに出かけた。だが、そこにはいなかった。ミシンを使用していた生徒にたずねると、割烹室で見かけたと言う。

割烹室の戸をあけた。女の先生が三人、立ったままで何か御馳走を食べていた。橋本先生もその一人だったが、彼を見ると皆ワーッと恐縮した叫びを上げて後ろ向きになった。

「大変なところをみつかって……。お入りください。先生にも試食していただきますわ」

割烹受持のY先生が大きな鍋《なべ》の底をかいてきんとん、、、をお皿に山盛りにしてお盆にのせて出した。

「ありがとう。怪しげな試食だなあ、……橋本先生をさがしまわっていたんです」

「私を？　なんでしょう」

箸を口にふくんでちょっとまじめな顔をした。

「秘密な用件です。まず御馳走をいただいて……」

間崎はお皿をとり上げてきんとんを食べた。

「橋本先生だけに秘密なんてひどいわ。私たちにもきかせてくださいな。たくさん御馳走しますわ」

「さあ、聞くと神経衰弱になりそうな秘密なんですよ。あるいは刃物で刺されるような……」

「おうこわい」

「だけど私ほんとに間崎先生のまじめなお話、いつかお聞きしたいわ。私みたいに頭のからっぽな人間にはきっとためになると思うわ」

裁縫のI先生。背が低く、気の毒なことに少し斜視《やぶにらみ》だった。ときどき間崎に対して侍女のように忠実な態度を示した。みんなが口を動かしていた。気楽な何でも言える気分だった。

「御馳走さま。おいしかったわ。塩気がもっと強くてもよかったんじゃないかしら……」

親指でお皿の面にくっついた餡をすくって舌に運びながら橋本先生が言った。その仕草、言葉が間崎にはびっくりするほどしおらしい「女」を感じさせた。彼の祖母は子供の彼が煮豆を盛った小皿の汁を指先でなめるのを見ると眼を三角にして怒鳴りたてたものだった。

「僕はジンと頭に応えるような甘味はいやだな」

「男の方がそんなこと言うのみっともないわ。黙ってたくさん召し上がってればいいのよ。お話、応接室で伺いますわ。お茶をいただいて……。待ってますから……。貴女がた、一緒に退がりましょうね」

赤い舌先で口のまわりを上手になめまわしながら男のような大股で室を出て行った。

「なんて気持のいい方なんでしょう、私もあの方みたいに生れてきたかったわ。つまんないわ、私」

I先生が斜視を彼に向けて貧しげな嘆息を洩らした。間崎は仕方ないなと思った。

「そりゃあ貴女、そんなに羨むものばかりでもないと思うわ。人には得手不得手があるんですから、私たちは私たちの分相応な生活をして行けばなんにも不平を言うことはないじゃありませんか。私なら今すぐ私をどんなに立派な女に生れ変らせてやるといってもお断わりするわ。ねえ、間崎先生そうじゃない？」

無知ではあるが、生活力の旺盛さを思わせる張りきった頬、脂っこい大きな鼻、金の入れ歯、それにこのＹ先生は髪の量が少いのか年中入れ毛をして平べったい束髪に結っていたが、特別不潔なわけでもあるまいのに、その束髪が白い埃をかぶっていることが始終で、うすい一重瞼の眼でじっと物を眺めている時など、顔ごと身体ごと、妙に淫《みだ》らな印象を与える。今年中に許婚《いいなずけ》の海軍兵曹長と結婚する噂だった。間崎はこういう型の人間に接すると何となく意地わるい気分になった。

「そうですよ。貴女の幸福は貴女だけのものでしかない。Ｉ先生みたいに自分をゼロにして他人を羨むのはもちろんよくないけど反対に自分をむやみに肯定するのも危険なことだと思いますね。人は理想をもたなければなりませんからね。Ｉ先生、空想でなく理想ですよ」

「私にはどちらもそうちがいませんの。私の描く空想は貴方がたの理想よりも小っぽけで貧しいんですから。朝鮮に住んでる叔父に援助してもらって、ようやっと女学校の先生になることが出来た、私はもうそこで理想の峠を越えてしまったのですわ。空っぽでポカーンとしていますのよ」

Ｉ先生は動きの少い斜視をポカリと一度だけまたたかせた。白い蛾のように歓喜の乏しい人だ。

「そんなことおっしゃって、貴女あんなに熱心な恋愛の讃美者じゃありませんか。本もたくさんお読みになってるわ」

Y先生が実行家らしいふくらみのある声で横槍を入れた。自分を貫こうとする荒々しい呼吸《いき》づかいのものが感じられた。I先生は赧くなった。

「あらあ、それとこれとはちがいますわ。書物や議論の中にあるものは、飾窓《ショー・ウインド》の中の立派な品物と同じことで、私には手が届かない遠い世界の存在ですわ」

「やめましょう。自分の幸不幸の目盛りを読むよりは働いたり眠ったりしたほうがいいんですよ。御馳走さま。ときどき臨検にくることにしようかな……」

間崎は、女二人との会話が窮屈にねっとりもつれがちなのをふりきって、玄関横の応接室に出かけた。

橋本先生は柱鏡の前に立って髪をつくろっていた。

「このごろ物もらいが出来て、……みっともないでしょう」

眼の縁を大きく張ってパチパチいわせた。

「ちっとも目立ちませんが。……用件って変なことなんですが、こんなのをどう扱いますか、貴女でしたら」

間崎はポケットから筒形に丸めた作文をとり出して橋本先生に手渡した。

「何でしょう?」

椅子にかけてちょっと姿勢を整えてからテーブルの上に原稿紙を拡げた。その向い側に、間崎は、安楽椅子の肱掛に尻をのせて、上衣の内側に両手をさしこむ腕組みをつくった。何か重味のあるものを抱えていたかったのだ。

「おやあ、江波恵子さんですね？」

署名をみるなり顔を上げ、白い小粒な歯列で下唇を嚙んで奇妙な微笑を浮かせながら間崎を直視した。

「そうなんです。江波の宿題作文なんです」

間崎は長くは耐えきれない、もじもじしたまじめな表情で、彼女の精力のこもった視線をまともに受けながら答えた。

「そう。……読みますわ」

彼女は両腕を弧の形にテーブルに甸《は》わせ、その円形の中に原稿紙を囲ってムッと意力を注いで作文を読み出した。間崎は、首筋で豊かに束ねられた黒髪の林と、それを透かして奇妙に目をひきつける青坊主の頭の形と、斜めに縮んで見える顔の半面とに、シャワーのようなやわらかい感覚の雨を降らせた。何を彼女は読みとっているのかしら、と思うと、睫に半分おおわれた黒眼がちな瞳が、間崎を引きつけたとは反対に江波の文章の一行一句ににじんだ気紛れな情熱を潔癖に排除し、その飛ばっちりがパチパチ自分の顔に打ち当るようにさえ感じられた。

間崎は椅子から下りて、窓際に行き、柱鏡の前に立った。口をニッとさせて歯を白く映してみる。それだけのことだった。彼の肩先に橋本先生の横顔が載っていた。額にはまった色刷りのラファエロの聖母が高いところからまっすぐに彼女を眺め下ろしている。そのそばの黒ずんだ花瓶にバラの花がうなだれていた。向い側の柱に下がったキリストの裸像が雨漏りのかたが染《し》みた天井板を憂鬱そうに見上げている。それらの取り合わせが、自分の突然に大きな姿をも含んで、細長い鏡の中の世界では奇妙な釣り合いを保っていた。

ふと気がつくと、橋本先生が顔を上げて、どこか羽目板のあたりを眺めてぼうっと考え込んでる様子だった。

「すみましたか」

間崎は自分の席に帰り、今度は正坐して、テーブルの上に両肱をついて指を組み合わせた。

「読みました。貴方の批評も……」

原稿を丸めて彼に返しながら、笑いを含んで、早口に調子高く語った。

「この中に描かれた苦しみには私も打たれましたが、けれども私は先生とは反対に、こんな悩みはいたわってやってもどうにもなるもんじゃないと思います。つぶして空気中に飛散させるほか仕方のない悩みだと思いますわ。本人には気の毒ですけど、先生の御意見にもそんな意味のことが述べられてありますけど、あれじゃあんまり遠慮が過ぎ、美文的で、かえって何も書かないより本人を甘やかして悪い結果をきたすんじゃないかと思います。真実は単純、率直な言葉で表現されることを喜びます。その意味で私は先生の生徒にあたられる態度がもっと苛酷であっていいと思っているのです」

「君は人生に無用な人間だ——。そう言いきるだけの立場を僕はもっておりませんから。もちたくないんですね」

「私が生意気だとおっしゃるんでしょう。けれども遠回しないたわり方をするよりも、時には過失が伴っても、教師と生徒と本気でぶつかりあったほうがほんとの意味で親切をつくすことになるんじゃないでしょうか。知ってること、考えてることは残らずそそぎこんでしまうのです。それでさえあの年頃の生徒たちは始終ひもじい気持でいるのではないかと思いますわ」

　間崎はいつかの会議で中止の形になっていた教育論が二人の話題にとり上げられていることを意識した。間崎は相手の眼をまっすぐに覗きこむことによって、自分が習慣的に逃げこむかも知れない無意味な退路を遮断しながら、適当な間をはかって応酬を続けた。

「いつであったか僕は貴女にこんなことを尋ねてみようと思ったのです。貴女の小さい妹さんが——八つか九つです、あるかないか知りませんが——その妹さんが、恋愛って何だと、ふとどこかで聞きかじった問題を貴女に質問した場合、それに対して貴女は、恋愛に関する貴女のほんとの知識を授けようとするでしょうか。そして貴女は、八つの子供の頭の中に、恋愛の簡単な概念を与える代りに、匂いと光りにつつまれた恋愛の形象をあるがままに髣髴《ほうふつ》せしめることが出来るでしょうか。僕は答えを求めているのではありません。僕は自然、人事何でもござれで、右から左に明快な解決をつけていく傾向をあまり好まないのです。貴女がハハンと思ってきいてくだされば結構なのです。ところで今一つの問題は倫理と性癖の錯誤の問題なのですが、日常我々が自分でマスターできた倫理のつもりで他に強要しているものの中には、案外自分の粗野な性癖にすぎないというようなものがずいぶんあるだろうと思います。例えば禁酒論者が酒の味を解せず、健康な人が病弱者の心理に冷淡であるといったような場合……」

「そうです、貴方の批難は私に適切なものです。けれどもそれは私の立場を替えさせる働きをするのではなく、私のあやふやな認識を鍛錬するために役立つことだろうと思いますの。私はまじめであるという自覚をもつ限り、自分の未熟さをそれほど恥ずべきではないと信じております。私の網の目は荒い。それですくい上げられるものはほんのぽっちりの獲物に過ぎないかも知れませんが、泥や砂を一様にすくいこんで身動きのとれない網よりはいくらかでも実際の役に立つのではないかと思います。それから——よしましょう。こんな調子だと私たちは客間の会話をもつことになりそうですから。ぼうっと頭だけが疲れて、後で何を話したかわからないなんていやなことですものね。私に貴方がお話されたことは江波恵子さんの作文のことです。貴方はあんな性格を美しいと思いますか」

「美しいかどうか、いいえ、美しいと思って感動しました。貴女にはいやなだけですか」

「誘惑みたいなものは感じます。けれども認識のない生活は嫌いです。——私にはあんな美しさがありません」

最後の言葉をひとりごとのように洩らした後で、急に眼の落ちつきをなくして真っ赤になったが、それでもなお視線をそらすまいとする苦しげなもがきを見て、間崎は自分のほうで下を向くことになってしまった。そういう彼も顔をやや赧くしていた。

「ほんとのことを言いますと、私はあの子を理屈なしに嫌いなんです。何と言うんですか、生れぬ前からの敵とでもいったような、どんなに平気でいようと思ってもあの子を見ると心が冷たく固まってしまうんですの。私に対しては咎《とが》一つしないように気を配っているらしいんですが、そうされるほど私のほうではいやでたまらないんです。いけない教師ですわね」

間崎は初めて、自分だけに示された、彼女のこわばらない女らしさにあふれた顔を見ると思った。

「教育者としても貴女のように烈しい信念をもってる方にはあり得ることだと思います。それに貴女だけでなく、江波のほうでも貴女に対してつきつめた気持を抱いているらしいんです。何かの機会にお互いの固い心が割れることにでもなると、非常に美しい関係が生れるんじゃないかと思いますが……」

「ありません、絶対に。先生のロマンチシズムがそんなにしまらないものだと、私、軽蔑するかも知れませんわ。何を失っても私はあの子のもつような世界に没落することだけはいたしません」

それを言う橋本先生の顔は冷たく引きしまってきめの荒れが目立った。細い鋭い気韻が間崎の胸にジリンと響いてしばらく口がきけなかった。

「あの子は私のことを何か先生に言ったのですか」

「言いました。——貴女がどんな本をお読みになってるか知っているというのです」

「それは——ああ、いつかはあの小包みお届けくだすってありがとうございました。読むだけなんですから私には他に隠すつもりも何もありませんけど、でも江波さんがそれを知っているというのならなお結構ですわ。私は他人から曖昧に覚え込まれることを好みませんから。——あの子はほんとに変ったところがあるんですね。私の下宿の中学生やなんかに聞きますと、あの美貌であの気象なもんですから、男の友達がたくさん出来るんですけど、まだ一ぺんも恋愛に陥ったことがないんだそうです。誰かそんな話をもちかける人があると横面をはり飛ばしかねない剣幕で相手を罵倒し始めるんですって。それがどうも単純なコケットリーでない、性格の深みから根ざしているように感じられて、私は無造作に軽蔑しきれないものがあの子の中に隠されていそうに思われることもあるんです。もし貴方が積極的にあの子を指導なさるおつもりでしたら、今の気持とはあべこべに、私のほうが自分をみじめなものに感じなければならなくなるような、豊かなすばらしい女になれるかも知れない、と考えることもあります。が、それには絶対に一つの条件を必要としますが」

「何です」

聞かなくも胸に沁《し》みこんだ感じがあった。

「あの子を先生のお嫁さんにしてあげることですわ」

「そんなのは困りますね。……僕は教師だから」

「では江波さんをひいきにするのをピッタリお止めになったほうがいいと思います。中途半端がいちばんいけないと思いますわ。……そんなのも困りますねとおっしゃれば、私も困ってしまいますが……」

フッ！　と木魚をたたくような飾りけのない笑いが二つ三つボクボクと湧いた。間崎は、彼女の小皺に囲まれた微笑する眼と、その周囲とが、彼の視線にこもったかぼそい白金のような感情の視線を無限に吸収してくれる湿った砂地であるかのようななつかしさを覚えた。なんと美しい人であろう。さきの尖ったきつ過ぎる感じの鼻、薄いはっきりした形をもつ唇、ちっともモタモタしたところのない、鑿で一とえぐりして出来たかのような滑らかなしまった頬、白いはりきった富士額。――もし大きなうるおいのある黒眼がちの瞳と、豊かな余裕のある線で顔全体を結んでいる顎のふくらみと、見ていると突然なほどニュッと大きく生えている福々しい耳とが均斉的な働きかけを加えなかったならば、それは冷たく固まり過ぎたいやみな顔であったに相違ない。こうした呑気な想像が許されるほど、それは、美学の初歩的な約束をキチンと履行している平明な屈託のない美しさを示す顔であった。

短い無言の凝視の間、間崎は自分の顔にも他人の心を安らかにさせる率直な表情が現われているのを信じることが出来た。

「貴女をお友達だと思っていいでしょうね」

「どうぞ。私を買いかぶらなければ」

「僕は江波を出来るだけ引っぱり上げてみます。無か総てかというのが貴女のやり方だし、僕は僕で……」

「――――」

彼女は吸う息も吐く息もきこえない無言の承諾を示した。しばらくして、

「――何だか私は今の貴方の宣言をきかされるためにこの室に招びこまれたような気がいたしますわ。流れ者の仁義とかいう――女と申しましても数が多うござんす、どれを好こうとお世話のいらぬことでござんす、とかなんとか……ハハハ」

卑俗な肉感味を帯びた笑い声であった。二人ともびっくりした。間崎は身内が熱くなるのを覚えた。

「豪《えら》いことを知ってますね。しかし失言でしたね……」

「ええ、失言です！」

彼女は戸惑いしたような弱々しい微笑を浮べてじっと間崎を見返し、テーブルにがばとふせって肩先を慄わせた。笑っていることに違いはないが、ヒョッと泣いてるようにも思われた。

戸があいてI先生の丸い眇眼《すがめ》の顔が覗いた。

「まあだ……？　もう帰りましょう。あら、どうかして？」

同僚の打ち伏した姿が目に入ると、I先生は戸をガタンと排して、気色ばって室内に闖入《ちんにゅう》した。廊下に、Y先生が、両袖を胸に重ねて片足だけで身体の重味を支える気どった立ち方をしながら、口を閉じて妙な笑いを浮べていた。

「まあ、Iさんったら、大切なお話をしているところを覗くんじゃないって言ってるのに、仕様がない方ね」

橋本先生はいつもの晴れやかな笑顔で友達の肩を抱きすくめた。

「泣いてたんじゃないのよ。苦労性ね。貴女は。あんまりむずかしいことをきかれたんで、眼をつぶって考えてたとこなのよ。でもありがとう」

「よかったわ。ほんとにびっくりしちゃった。まだ胸がドキンとしてるわ。私どうしてこうせっかちで心配するたちなのかしら。……でもそんなむずかしいことをきいて女をいじめるなんて、間崎先生がいけないと思うわ。ねえ」

「そうでもないのよ。私の頭の働きがちょっと鈍っただけなの。さ、帰りましょう、間崎先生も御一緒に」

二人のミスは肩を組んでY先生が待っている廊下に出て行った。年頃の女同士の意味ない親しさが淡いなつかしさをそそった。男には入れない——ただそれだけの些末《さまつ》主義。

間崎は流行小唄を口ずさむことを好んだ。ひけ過ぎの、草履やスリッパが散乱した玄関に腰を下ろして、ゆっくり靴をはきながら口笛を吹き出すと、段を下りた三和土《たたき》で彼を待っている三人の女性がそれに和して口々に低く唄い始めた。

意地のすじがね　度胸のよさも
人情からめば　涙ぐせ

………………

左の靴に足を踏み込んだ時、間崎はおや！　と思った。中に白い紙きれが入っていた。ひき出してそっと読むと、鉛筆の走り書きで、

ひどいウソツキな先生ですこと
でも私は平気

今週きりで寮を出て自由通学します、船で。

自由のため。

私の作文、橋本先生何ておっしゃいましたか。

それを教えてくだされればウソツキ先生に明日からお辞儀しますわ。

つまんない

それは間崎の記憶に侵蝕していた陰画の一つを鮮明に露出させるはたらきをなした。彼と橋本先生が触角の打ち合いのような教育論をまじえていた時、あるいはその少し前、校庭のバスケット・ボールの騒ぎが急に高まったかと思うと、逸《そ》れ球《だま》を追いかけるらしい乱れた足音が近づき、烈しい呼吸が聞え、誰かの白い運動服姿が窓の外にぼんやりうつった、やや長い間だったと思う。——江波恵子の影だった。

間崎はその紙きれをもう一度靴の中に押し込み、何かをゆすぶり落すようなわざとらしさで一気に石段を飛び下りた。

夕陽が焼けるような灼熱を放っていた。空も地面も最後の水気を吸いとられてきれいにカラリと展《ひら》けていた。バスケット・ボールはまだ元気に続けられていた。

「先生さよなら」「さよなら」「さよなら」

弾んだ若々しい声が礫《つぶて》のように教師たちの頭上に飛んで来た。彼らの一行が車よけの植え込みのそばにさしかかった時、わっというどよめきが起り、見るとこちらにころげて来た球を一人の選手が懸命に追いかけてくるところだった。ふと間崎は猛然と球を目がけて駈け出し、近づくや渾身の力を靴先にこめてグワーン！　とそれを蹴上げた。が、球は彼の靴底でイヤというほど押しつぶされ、奇妙に歪んで、一、二間先へズシズシと弧を描いてころげたにすぎない。はずみを喰った彼自身は足を逆しまに、背中の全面を地面に強打して仰向けに転倒した。マグネシュームを燃すような瞬間的な呻き声が全身から飛び出た。眩暈がした。動けない。しばらく寝ていよう……とうつうつ考えた。

——「先生、だいじょうぶ？　だいじょうぶですか？」

橋本先生の声だった。誰かの腕がかなりの力で後ろへのけぞろうとする半身を支えていた。背中に釘がつまっているように痛かった。醜態にちがいない。間崎はハッキリ眼を開いた。

「痛かったあ。……いや、まだ痛い……」

初めにそれを言って笑おうと努めたが、今少しのところで表情を整える力がスーッと後戻りをしてしまう。彼を抱いているのは橋本先生だった。うなずけば触れるくらいの距離に生毛の生えた粗末な親しみやすい顔が静かに呼吸をしていた。

群がった生徒たちは、とてもこらえきれないおかしさを、プッと吹き出す者、クスクス洩らす者、叱《しっ》！　とそれを黙らせておいて自分がたまらなくなり、口を押えて後列に逃げこむ者。——聖書の講義なんど誰一人まじめにきいてないことを証拠だてる騒ぎを演じていた。それにまじってI先生も「悪いわ、悪いわ」と弁解しながら、思い出しては身体をくねらせてゲラゲラ笑い崩れていた。

間崎は、I先生の飛びぬけたおかしがりように力を得て、身体半分の重味を橋本先生の肩に託して用心深く立ち上がった。

「だいじょうぶ？」

「ああ。——今笑った人、覚えといて学科の点を少しずつ引くからその覚悟でいるといい」

「あんなことを言って、誰だっておかしいにきまってますわ」

橋本先生は素早く肩をぬいて洋服の塵を払ってくれた。

——よかった、みんなおかしがらせて……。今日半日のモヤモヤした浮き上がった気持はこんなことでもなければ休止符が打てなかった——

間崎ははっきりした負け惜みの文章を心の石盤に書き流し、腰から上にあまり上等でない器械を接《つ》ぎ足したようなチグハグな感覚で二、三歩あるき出した。

「せんせい、帽子！」

ふり向くと彼の背後に、江波恵子が帽子を両手に抱えて立っていた。ほの赤く汗ばんで——。

「ありがとう。貴女も点数を引かれる一人だな」

帽子を受けとりながらあけひろげた裸の胸にチラッと目を走らせた。

「私、笑いません！　笑いません！」

のしかかるような身ぶりで二度否定した。

「じゃあいい」

「ほんとなの。笑わないの江波さんと私とだけ」

橋本先生がなにげない調子で薄絹に包んだある真実をささやいた。江波は顔を俯《ふ》せたままピヨクンとお辞儀をしてコートの方へ駈け出していった。

植え込みにまぎれこんだ油蟬がせっかちにばかばかしくなき始めた。

四

暑い日が続いた。

九月の末に突然文部省派遣の視学官が市内中等学校の国漢科授業を視察することになった。

アメリカの信者たちの献金で経営している間崎たちの学校では、公立学校のようにお上の視察を恐れる必要はなかったが、それでもやはり相当な準備を整えねばならなかった。帳簿の整理、生徒の調査、製作品の陳列、校舎内外の大掃除。ミス・ケートはこんなことには無頓着であったが、長年方々の学校に勤めてきた教頭の長野先生が、一人であれこれと細かい心遣いをした。間崎も当日の教授者の一人に選ばれた。愉快なことではなかった。大勢の人が観ている前では教師も生徒も固くなりがちで、しっくりした授業が出来なかったからだ。

間崎は、教室が明るく生徒が快活な五年のB組を参観授業に選んだ。

「教科書は一と通り目を通しておけばよろしいから、髪を洗い、洋服にブラッシをかけて、清潔にしておいでなさい」

視察がある前日、それだけ、生徒たちに注意をした。教材は徳冨蘇峰《とくとみそほう》の「乃木《のぎ》大将の殉死」という文章だった。それは珍しく、蘇峰の文章を読んでいつも耳ざわりに感じる、あの国士風なマンネリズムの響きがない、素朴な熱情のこもった練達の名文であった。間崎は教案の一節に次のような教材観を記した。

「乃木大将が自殺した動機について世間の学者思想家の中には往々功利的な見解にもとづいて、あるいは国民の覚醒《かくせい》を促すためと言い、あるいは社会の汚風堕俗に大鉄槌《だいしっつい》を下さんがためであると論ずる人もあるようだが、かくのごときは大将の心事を誣《し》うるもはなはだしいと言わなければならぬ。大将の死が端的に吾人《ごじん》の胸を打つのは、死の手段に出でた心理の純真さにある。

『現し世を神去りましし大君のみあと慕いて我は行くなり』――たとえば力以上にはりきっていた凧《たこ》の糸がフッツリ断《き》れたように生存の意志を喪失した老将軍のやせ細った後ろ姿。これが我々の心のカメラに深刻な映像を印し、悲痛な琴線の調べを湧き立たせるのである。この理解なくしていたずらに大将の死を政治的、功利的に扱おうとする卑俗な提唱は、倫理を冒瀆し、生活を浮薄にするものである。（中略）徳富蘇峰の名は明治、大正、昭和の文壇にまたがる鬱《うっ》乎《こ》とした存在であるが、時勢の急テンポな推移は時に蘇峰老いたりの感を抱かしめぬでもない。しかし本課のごとき、論者と対象人物との間に感情、思想、教養上の比いまれな共鳴があり、枯淡にして清新な情熱が、語ににじみ句にあふれ、読者をして思わず襟を正さしめずにはおかない気魄が感得される。

生徒は思春期の女子である。封建の弊風ようやくあとを断たんとするの時、従来女子に許されなかったこの種の人間第一義的な心境、感情を深く味わわせて、新時代女性の素地をつくらんとするのが、本課教授の主旨とするところである」

間崎は教授準備として乃木大将の伝記や逸話集を二、三拾い読みした。謹直な人格者であるとばかり思っていた将軍が、青壮年のころには大酒をあおって往々手に負えない狼藉に及ぶことがあったとか、あるいは将軍の日常生活が一汁一菜式の質素を極めたものであったという世評は当っておらず、実際の将軍は身分に相応した生活上の形式を重んじており、赤坂の乃木邸は今日でこそ将軍の無欲恬淡な人格を物語る生きた証拠として東京名所の一つに数えられているが、あれが建てられたころには、陸軍の将官連であんな洋風の立派な住宅に住まっている人は一人もなかったと言っていい。また将軍は身体の健康を保つ第一条件は栄養に富んだ食物を摂取することにあるというので、三度の食事には山海の美味を食膳にのぼせた、というような記事を興味深く読んだ。その本の著者は『肉弾《にくだん》』を書いた桜井忠温《ただよし》という元軍人であった。

視察の日は朝から粉糠雨《こぬかあめ》が降っていた。視学官は午後来るとのことで、教員室の中はなんとなくザワついていた。

「そりゃあ無理な話ですよ。こちらは一ヵ年の計画を立ててすすめている授業をわずか五、六分視察されてかれこれ批評され、おまけにそれが勤務成績に影響するんだから間尺に合わない話ですよ。しかし視学官殿にしてみればそうするのが自分のお仕事なんだから、まあまあどこもここも仕方がないというわけでしょうな。今日もまあそういったところで、あんまり固くならず楽にやってください……」

教頭の長野先生が授業に当った先生たちを円テーブルの周囲に集めて参観の順序を打ち合わせた後で、皆を慰め励ますような述懐を洩《も》らした。

「さ、一つ咽喉を洗って音吐朗々《おんとろうろう》というところをきかせてやるかな」

歌人の佐々木嘱託教師が窓際に薬罐《やかん》をもち出し、ゲーゲーうがいをしてみんなを笑わせた。

間崎は新聞を読んだりあまり必要のない帳簿の書き込みをしたり、一人でボソボソ落ちつきのない時間を過していた。

昼食後まもなく視学官の一行が三台の自動車に分乗してやって来た。職員や生徒代表が玄関の廊下に整列して鄭重《ていちょう》に一行を迎えた。視学官は小柄なキビキビした事務家らしい型の人で、白いきれいな顔をしていた。ミス・ケートがつかつかと歩みよって握手を求めた。視学官はポッとはにかみ笑いをしてあわてて握手を返した。学務委員や市内の校長連七、八人の随行員が靴をカツカツ鳴らして来賓室へ通る後ろ姿を見送って、間崎は思わず熱苦しい嘆息をついた。

「辛辣らしいぜ、気をつけないと……」

佐々木教師が肱を小突いてささやいた。

「ふむ。でも好人物らしいじゃないか」

間崎は不安を押し隠すようになにげなく答えた。

接待係の女の先生たちが緊張した顔をして廊下を忙わしげに往来した。今日の彼女らはちがった人を見るように綺麗にも立派にも見えた。

始業まであと十分だ。間崎は人ごみを避けて物置に通じる薄暗い廊下を徘徊した。頭の中で授業の段どりを二、三度諳誦した。スラスラと淀みなく諳《そら》んずることが出来たけれども、何か大切なことを忘れているような気がして、あせるほど不安が増して行く。自分のたてた教案がこんなにしっくりしないというのは、詮《せん》じつめると、乃木大将と自分との人柄の相違に帰着するのではないのだろうか。ばかな！　自分の無意味な弱気のせいだ……。

教員室へ引っ返す途中、接待準備室に当てられた応接室を覗くと、橋本先生が二、三人の上級生に手伝わせて、メロンの切れを果物皿に配っていた。

「先生、だいじょうぶ？」

白い割烹着がよくうつると思った。眼の縁が上気して薄く汗ばんでいた。

「だいじょうぶじゃないんですよ。でも何とかやりますから。いやンなるな。……貴女のとこも忙わしいんですね」

間崎は室の中に入った。

「ほかの方、お座敷のほうの接待に出て私一人お台所係にさせられちまったんです。……先生、アーンして。ひときれ食べて咽喉を湿していらっしゃい。私もあとで授業参観させていただきますわ」

間崎が口をあけると彼女はフォークでメロンの切れをつっこんだ。誰も忙わしいのであたり前のことに考えられた。

「先生！　Y先生ったらここへ御馳走をとりにくるたんびに鏡に向ってパフをお使いになるんです。ユーウツですこと」

吉村というランニングの選手でおどけた子だった。ユーウツですこと、というのは上級生間の流行言葉《はやり》で、これにはみんな仕事の手を止めてドッと笑い崩れた。そこへ噂の当人、Y先生が空のお盆を抱えて他の接待係と一緒に気色ばんだ様子で入って来ると、さっそく柱鏡に向って、パフを使い始めたものだ。

「あらあ、どうしたんでしょう、この人たちは?……早くしてちょうだい。視学官は御冗談ばかしおっしゃってとても面白い方。ねえ」

浮き浮きした調子でいる。赤くほてった耳たぶへ油光りのする髪の毛が五、六本まといついたのが妙に熱苦しい。間崎は橋本先生だけに苦笑いを見せて職員室に引き上げた。

始業のベルが鳴った。間崎はぬるい番茶でゴクッと口の渇きを呑み下ろして、いつものように二、三本のチョークを裸のまま握って二階に上がって行った。校舎の中は例になくひっそりして、スリッパの音が廊下の果てまで響いた。生徒たちは両手を膝の上に揃えておとなしく控えていた。あけ放した窓から微風が吹き通って、髪や肌の香が薄荷《はっか》のように匂った。教壇に立った。生徒たちの机がいつもより綺麗に光ってみえた。

「みんな髪を撫でつけて来たろうね」

間崎は出席簿を脇息《きょうそく》にして一とわたり室内を見まわした。クスクス忍び笑いが起った。

「皆さん後ろを向きましょう、ワン、ツー、スリー」

茶目な畑山サッという生徒の音頭でプッと、吹き出しながら全生徒が後ろ向きになった。不意の悪戯で間崎はびっくりした。それが、みんな申し合わせて髪をお下げに結んで来たことを示すための団体行動であることがわかった時、間崎は先刻来の憂悶を忘れて、胸をそらせて高らかに笑い出した。

「まもなくお客さんが見えますがこの元気でやりましょう。慄えたり吃《ども》ったりしないように……」

好調子で授業が始った。前課の教材の残りを急いですませ、「乃木大将の殉死」の読み方にかかったころ、階段をドヤドヤ上がる足音が聞え、ミス・ケートを先頭に視学官の一行が教室の中に入って来た。級長の長尾が号令をかけた。

「いや、そのまま。失礼」

視学官はツカツカと生徒の列の間を通って後ろの壁際に行き、間崎と真向いに面して立った。ほかの参観者は廊下側の窓際に並び、はみ出て廊下に立った人も三、四人あった。その中に橋本先生の顔もチラッと見えた。

間崎は右手に教科書をもち、左手を教卓にのせ、ジーンと硬化し始めた室内の空気に無言の抵抗を試みた。自分があがったらそれっきりだ！　指名された生徒たちは、間崎の予想を裏切って、いずれも落ちついて明快に朗読した。

「そこまで。次、おしまいまで……」

生徒の顔を眺めまわしてゆくうち、ふと江波恵子が目に触れた。

「江波さん！」

「はい」

江波は返事をしてつつましやかに起立した。間崎はひとりでに顔がほてってきた。仕方がなくて、唇を噛み、髪を二、三回撫であげた。江波はふくらみのある声に、大人びた抑揚を付して流暢に朗読を続けていったが、「現し世を神去りましし大君のみあと慕いて我はゆくなり」という大将の辞世の和歌のところへくると、急に朗吟するような調子で二回繰り返して読み、さらに先の方へ読み進んでいった。それは初めてきく人には平素から和歌を復誦する習慣になっているかのように思わしめたほど自然に行なわれたが、間崎は針で突き刺されたようなショックを受けた。不良め、きっと何か仕出来《しでか》すにちがいない、という突然な不安が、頭の中に組み立てられていた授業の計画を煙りのように朦朧と混乱させてしまった。

読み終った。

「こちら向いて。――今、私たちが読んだ文章の中で論じていた主眼点はどんなことですか。……考えた通りに発表してごらんなさい」

三人、四人、五人、七、八人の生徒が手を挙げた。

「岩村さん」

「はい。第一ページに書いてあることが主眼点だと思います。乃木大将が自殺をされたのは、名誉心や虚栄心のためではなく、もっと純粋な動機からであったということです。二ページから以下は、それを証拠だてるような大将の生前の事蹟《じせき》について記してあります」

「よろしい。では今、岩村さんの言った純粋な動機というのは、ハッキリ言えばどんなことですか」

「明治十年役《えき》の際に軍旗を敵に奪われた責任観念であります」

「そう。遺言書の第一条に明らかにそのことを述べてありますね。ほかに自殺の動機となったものがありませんか。もっと直接なことで……」

手が上がらなかった。ようやく一人!

「江波さん」

「はい。明治天皇が崩御あそばされたので寂しかったのです」

「どこにそれが書いてあります?」

「文章全体を読めばそんな感じがします。それからさっき私がよんだところにあった辞世の和歌にその心持を述べてあったと思います」

「よろしい。それが大切なところです。大将が自殺をされたほんとうの原因は、軍旗を失ったことよりも、明治大帝に崩御されたたとえようのない寂しい心境、それであったのですが、しかし遺言状の中にそんなことを記すのは恐れ多いことですから、軍旗のことだけ述べて、ほんとうの心境は歌の中に表わしたのだと思います。たとえて言うのはどうかと思いますが、母親に死なれた子供の心持、親しい尊敬する友達に死なれた人のガッカリした心持、それは一片の私心もない純粋な感情で、自分の行為が世間からどんなふうに批判されるか、どんな影響を及ぼすかなどということは考える余裕もない、さし迫った、切ない心持です。

さて、殉死という行為はいけないこととして昔から禁じられてありますが、なぜでしょう。忠実な召使が自分の敬愛する主人の後を追って死ぬるということはそれほど咎むべき行いではないかと思いますが……。なぜでしょう……」

間崎は、生徒と自分とがようやく一つの精神的な仕事に向って協力し始めたことを感じた。ゆっくり、急がずに……。

「山本さん」

「はい、死にたくない人も義理に迫られて死ななければならない場合が生じるからです」

「富田さんは？」

「はい。主人の後を追って死ぬよりは生き残って主人の家のために働いたほうがお互いのためになるからです」

「ふむ。両方とも正しい考え方だと思います。山本さんのは理論的な立場から、富田さんのは実際的な立場から、殉死を否定しております。乃木大将の場合のように、自分の御主人になくなられて、どうしても死なずにいられないような心持になる人は、何万人、何十万人中に一人あるかなしだと思います。そのめったにない、たった一人の人の行為を一般の人に強制するということは、死ぬる人、死なれる人、どちらの側から考えてもよくないことだと思います。いわんや、富田さんが言ったようなためになるならないという功利的な立場から論ずれば、死んでしまえばそれでおしまいです。こんなわけで一般に殉死ということは禁じられておりますが、しかし乃木大将の場合のように、その心持に少しの無理もない殉死は、これを一般的な形式道徳で批判することが出来ないのです。殉死は悪い、乃木大将は殉死した、ゆえに乃木大将の行為はいけない、もう一つ――、嘘をつくのは悪い、母親が病気の子供に薬をのませるために砂糖水だと嘘をついた、ゆえに母親の行いは悪い――皆さんはこの三段論法のどこに誤りがあるかわかりますか。確かに誤ってることだけはわかりますね……」

　生徒はじっと考えこんだ。参観人があることを忘れたような、いつものポカンとした顔で。視学官は壁から身を離し、腕組みをして、何もかも呑みこんだようなくすぐったい微笑をへの字に結んだ口辺に漂わせて、生徒の頭を眺めまわした。ミス・ケートはホーッと軽い嘆声を洩らし、小首をかしげて、生徒と一緒に考えこむ真似をした。ほかの参観者たちも微笑を湛えて、間崎と生徒らをこもごも眺めた。しばらく待ったが手を上げる生徒がないので、間崎は、一度手を上げかけてあわてて引っ込めてしまった級長の長尾を指名した。

「長尾さんはさっき半分手を上げたようだったが、考えた通りに答えてごらんなさい。間違っても構いません」

長尾は他の生徒の微笑にふり向かれながら赤くなって立ち上がった。

「はい。……嘘の中にもいい嘘と悪い嘘とあるのだと思います。人を欺して自分が得をしようとするのは悪い嘘で、人のためにつく嘘はいい嘘だと思います」

間崎は、視学官が白い歯をみせて笑ったのや、ミス・ケートが感心したように大きくうなずくのをチラッと見てとって、自分も自然に微笑んだ。

「そう、それでよろしいが、もう一歩つっこんで考えるとはっきりします。嘘が悪いというのは、事実を偽って語るそのことが悪いというのではなく、なぜ事実を偽って語るか、それを語る人のその時の心持次第で善悪がきまるのだと思います。これはわかりますね。形式でなく、内容の問題です。あったことをそのまま並べ立ててもそれを真実と呼ぶことが出来ません。人の心持が働きかけて初めて真実として生きてくるわけで、これは他の例で言えば、お菓子や果物がある、それに我々の舌が働きかけた場合に初めておいしいということが言い得《う》るのと同じことです。殉死という行為も同様で、腹をかききって自殺する。その動作が悪いのではなく、死にたくないのに死ぬ、義理のために虚栄心のため死ぬ、その心持がいけないのです。だから、乃木大将のように誰が考えても無理のない、それしか自分を生かす方法が残されていなかった時に殉死をしたということに対して、常識的な観方《みかた》でかれこれ批難をするのは当らないことだと思います……」

「はい！」

「江波さん」

「それでは自殺を肯定してもいい場合があるのですか」

うかつに答えると、第二、第三の質問を準備していそうな様子なので、間崎はちょっと当惑して、おどけたふうに頭に手をのせた。教室中の空気が一つの流れをなして動いていた。間崎はその水先案内《パイロット》であった。

「困りましたね。先生の今までのお話からすれば当然江波さんが言ったようなことが許されなければならないわけですが、しかし私はやはり自殺はいけない行為だと貴女がたに教えます。嘘をつくのは悪いことだと教えます。なぜ？　それは簡単に言うと個人の道徳と社会の道徳とはちがうからです。ある人にとっては少しも無理のない行為であっても、社会的な立場からはその行為を是認されない時があります。例えば貴女がたの中で昨夜お母さんの病気を看病して一睡もしなかった方があって、今こうして授業している時に欠伸をしたり居眠りをしたりするとします。その人に対しては事情がわかっていれば責めることが出来ませんけど、だからといって、さあ居眠りしなさい、欠伸をなさいと言ったんでは、教室全体がそのために大変な迷惑をうけてしまいます。今日のようにお客さんでもおいでになってる時だと、なあんだ、ここの生徒は怠け者だな、という悪い印象を与えてしまいます。この二つの矛盾したような立場、貴女がたのように理想に燃える年頃の人たちには何だか煮えきらない中途半端な考えのように思われるか知れませんが、しかしこの二つの異った考え方は立派に両立して行けるし、両立させなければならないものです。盗みは悪い、しかし盗人は気の毒だ。——貴女がたはこの二つの命題を矛盾と感じないで受け入れられるような豊かな心の持ち主となってもらいたいのです。少し抽象的な話になりましたが。……乃木大将の殉死にしても、大将その人の心持には一点難ずべきものがないとしても、その行為の結果を社会的に考えてみると、多少の被害者がなかったとは言われません。被害者という言葉はおかしいですが、それは大将と同じような閲歴境遇にあって明治大帝から信任を得ていた豪い軍人や政治家たちが、乃木大将だけが殉死して自分たちは死ななかった、生き残った、——誰も何とも言いはしませんが、その人々の心のうちは実に暗然とした重苦しいものであったにちがいないと思います。人が大勢集ると簡単なことでもいろいろ複雑になってくるのは止むを得ないことです。……なんだかボンヤリしたお話になってしまいましたが、いいですか、江波さん、こんな説明で、何かほかに聞くことがあったのですか？」

「はい。……このごろ新聞によく見える情死事件などは道徳上からどんなふうに批判されるのでしょうかと思ったのですが、今のお話で先生のお考えが大体わかったような気がいたします」

視学官は再び白い歯をみせて、腕組みのまま、二、三歩前にふみ出した。時間は半ば以上経過していた。この分ではベルが鳴るまで参観されるものと覚悟しなければならない。それにしても肝腎の本文には一行も入らず、変則な授業になってしまったが、間崎はこのままで押しきることにきめた。少し調子を張って、

「自殺する当事者たちの心をそばへより過ぎて眺めることは危険です。貴女がたの周囲をごらんなさい、空は青々と晴れているし、樹々はその空に向って枝を伸べ葉をひろげている。ここにはこんな立派な建物が建てられ、その建物の中で私たちは熱心に勉強している。またお客さんたちは私たちの勉強ぶりを眺めていてくださる。家では貴女がたの家族の人たちが働いている、貴女がたの眼は美しく光っているし、頭は考えているし、胸は豊かに波打っている——こうして何もかも生きよう、働こう、活動しようとしているのが、私たちの社会の正しい姿なのです。意志なのです。その意志を裏切る行為をする人に対して、私たちは気の毒には感じても積極的な好意をもつことは出来ません。私たちは生きているし、生きなければならない、これ

ほどハッキリした強い真実はないのです……」

ミス・ケートが「ほう、ほう」と同感の嘆声を発した。それは彼女のたくましい身体からひとりでにほとばしり出た生命の息吹のようなものであった。視学官は頬を歪めて微笑した。間崎は声の調子を落して先へ進んだ。

「この問題はこれで打ち切りにして次に進むことにしましょう。少し乱暴な言い方かも知れませんが、若い元気な貴女がたは、死に関する問題なぞ考える必要がないのです。それよりはどうして美しく立派に生きるかを工夫することが大切です。立派に生きる、ということは、同時に死ぬることをもその中に含むことになるのですから。……大分わき道の話になりましたが、それではまた教科書にかえることにして……やはり第一ページの中ほどに、乃木大将自殺の真因が社会の汚風堕俗を矯正することにあったのだというような功利的な見解は、忠臣義士の心を商売根性視するものだ、と批難してありますが、一体功利的に物事をやってゆくのはいけないことなのでしょうか。……富田さん」

「はい」

「貴女がこの学校で勉強しているのは何のためです」

「はい、身体を丈夫にして立派な日本婦人となるためです」

「はあ、それではもし貴女がたの中でいい成績をとろうとか、級長になろうとか、あるいは学校の出来をよくして立派な人のところにお嫁さんに行こうとかいう考えで勉強している人があるとすれば、その人は間違っているでしょうか」

クスクス笑い声が起った。それにまじってひときわ甲高い声が爆発した。江波だ。間崎は、一生徒の発作的な無作法を参観人の前に恥じるとともに、江波の変質性に対してこみあげるようなカッとした憎しみを感じた。富田は、自分のせいではない突然なざわめきに怯《お》じ気《け》づいて、首を垂れたまま答えなかった。

「思った通り言ってごらんなさい。その時自分がこうだと思ったことが、その時の真実なんですから……」

富田は固くなってしまった。追究すれば泣くばかりだ。生徒のその時々の感情にはたとえ無意味なものであっても尊重してやらなければならないことがある。

「よろしい、着席して。——今の問題について自分の意見がある人？　沢谷さん！」

沢谷は中位の頭だが、万事に世慣れて常識に富んだ生徒だった。

「はい。どちらも悪いことではないと思います。同じことを異った立場から言ったにすぎないと思います」

「ほかに——。水野さん！」

「はい。ふだんは功利的で物事をやっても差し支えありませんが、最後の目的をいつも忘れさえしなければよろしいのだと思います」

「うむ。沢谷さんのも水野さんのも正しい考え方です。例えば我々が飲食をする究極の目的は我々の生命を保持することですが、ふだん我々はそんなまじめな考えでなく、おいしいとかまずいとかいう感覚に支配されている場合が多い。勉強にしても運動にしても、そうそうは第一義的な立派なことばかり考えてやってはいられない。これはそうですね。そうでなくしようとすれば、かえって無理が出来てしまう。かりにもし貴女がたの中で、自分の人格を向上させるためにのみ勉強するのだと考えて、学期ごとの成績や席次には一向無関心だという人があるとすれば——実際あり得ないことだと思いますが——、私はその人に対して遠くから敬意を払っても、その人を好きにはなれないような気がします。実際我々の日常生活はほとんど功利的にのみ動いてるといってもいい。先生が今こうして授業しているのも、貴女がたを立派なレディーに教育するんだという考えのほかに、頭の片隅には、一つうんと上手な授業をして大勢のお客さんたちを驚かしてやりましょう、というずるい考えも働いているかも知れない。そのくらいのずるさはまず勘弁してもらわねばならない。ふだんの貴女がたとのお心安立てにね」

江波がまっさきに大きく口をあいて、身体をそらせて笑い出した。間崎はこのクラスを参観授業に選んだことを後悔した。顔が赧くなった。

「ところで、先生がそんなずるい授業をしようと思っても、にわか仕込みでは急に立派な授業は出来ない、ふだんの実力だけのことしか出来ない。そこが面白いところです。話が横道にそれましたが、もし世間の人々を覚醒せしめようとする動機で乃木大将と同じように自殺をした人があったとしても、その人の行為が功利的だから悪いとは言い得ない。講談などを読むと、主君を諫《いさ》めるために切腹した家臣の話などがよく書いてありますが、そうしたことは自殺を手段に選んだという理由で、倫理的には、手段と目的と一致した行いに劣るかも知れませんが、しかし社会にはそういう活動も、そういう傾向の人間も必要なのです。政治家などはその型に属する人間だろうと思います。

私たちは今ここでこの文章を読んで、この文章の中にあふれた感激に浸ることはもちろん大切ですが、こんなに高い深い心持でなければ尊敬する価値がないというようなきびし過ぎる考え方をしてはならない。しかし乃木大将は豪い人だったと思います。辞世の歌、現し世を神去りましし大君のみあと慕いてわれは行くなり――ゆっくり読み味わってみればみるほど、何の無理もなくこれだけの心情を吐露できたのは、人間として最高の修養をとげた人だと思われて、自然に頭が下がるような気がします。

もう時間がありません。今日は一般論で本文の解釈には入りませんでしたが、今まで言ったことで何か考えたことがあったら、それを言ってもらって授業をおしまいにしようと思います。何かありませんか？」

しゃべり疲れ、きき疲れ、考え疲れて、ホッとした空気が教室中に漂っていた。

「やっ、おじゃまさま。大変面白く拝見しました。……失礼だが教科書をちょっと拝借。向こうでちょっと読んでみたいと思いますから……」

視学官は教卓に近づいて間崎から教科書を借り受け、生徒の方へニコニコ会釈して外へ出て行った。ほかの参観者もゾロゾロ後につづいた。それを見送っている間崎の疲れた眼に、列のいちばん後ろにあって、こちらに小さく頭を下げて行く橋本先生の姿が、さわやかにひらめいた。

はりつめた呼吸が一時にゆるむと、全身に粘っこい汗が湧いていることがわかった。頭がボーッとほてっていた。参観者たちの足音が階下に遠退いた時、最前列に坐っている吉村というおどけた生徒がヒョッコリ立ち上がって後ろをふり向き、両手で大げさに胸を撫で下ろす仕草をした。みんなドッと吹き出した。間崎もそのおどけた仕草にほんとなものを感じて高らかに笑った。

「時間いっぱいでみんな疲れたろう。……でもいつもよりかグンといい授業が出来たように思うけど。先生一人でしゃべり過ぎたかな」

「そんなことありませんわ」

「よかったわ」

「背の高い、長いひげを生やしたお客さん、私の教科書やノートをかがまって覗くので、あがっちゃったあ」

「私たち時間の前には、先生がお若いからきっと固くなるだろうって、だから先生を困らすような質問はしまいってずいぶん皆で心配しましたわ。そしたら先生ちっともあがらないので、頼もしくなっちゃったあ……」

「こら。何を言ってやがるんだ。——後で視学官の御批評があれば貴女がたにもお話するからこれからもウンと身を入れて勉強することにしましょう。まずお互いさまにやれやれだ……」

雑談哄笑してる間にベルが鳴った。間崎は一度も板書する機会がなかった白墨をさっきのように手摑みにして、片手で出席簿をブルンブルンふりまわしながら、職員室に引きあげてくると、いち早く佐々木先生がかけよって、かぶさるように両手を間崎の肩に乗せてグイグイ押しつけた。

「いや、君、大成功！　おめでとう。まる一時間も視学官をしばりつけておくなんて前代未聞だぜ、おかげで僕らはすっぽかしを喰わされてしまったが、学校のためには万々歳だ。生徒もよく動いたそうだね。よかったわって橋本先生がためいきをついてたぜ。インテリ女史を感心させたのは君をもって嚆矢《こうし》とするね。何しろ大した腕前だ……」

妙にうわついた讃辞だった。間崎は気の毒に感じた。

「そんなんじゃないですよ。だいぶ危険思想を宣伝したから一時間監視されたんですよ。後でお叱言を頂戴するにきまってます……」

　ほかからもおめでとうを浴びせられるたびごと、間崎は一律な弁解の辞を繰り返したが、煩わしくなって、裏庭へ逃れ、花壇の間の蔭になっている芝生に身を横たえた。思いのほかに疲れていた。呼吸も乱れ、胸の鼓動も不規則に打っていた。ぬくまった土のいきれ、植物の花粉や液汁の人間くさい匂いが、変に腹立たしい、荒《すさ》んだ気持をそそりたてる。晴れ上がった空の青さもはり紙細工のようにつまらなく目に映ずるばかりだ。授業のことなぞ考えたくなかった。自己を誇示しようとする思い上がったおしゃべり、江波恵子のヒステリックな笑い声などが、耳の底になまあつく蘇って、胸いっぱいに吐き気が湧く。視学官はもちろん世慣れた慧眼《けいがん》で自分の腹の底を見透かしたにちがいない。それをまたほかの先生が羨むなんて。……人の心はときどきどうしてこんなに醜くばかり働くのであろうか。

　第六時限の授業が開始されて校舎の中は急にひっそりした。間崎は今日の教材中にあった乃木将軍の詩を口ずさんで、ささくれた神経を、縹渺《ひょうびょう》とした詩の中の世界に遊ばせようと試みた。

山川草木《さんせんそうもく》転《うたた》荒涼《こうりょう》
十里《じゅうり》風《かぜ》腥《なまぐさし》新戦場《しんせんじょう》

征馬《せいば》不《すす》レ前《まず》人《ひと》不《かた》レ語《らず》
金州城外《きんしゅうじょうがい》立二斜《しゃ》陽《ようにたつ》一

これは大将が長男勝典《かつすけ》を南山《なんざん》の役《えき》で失った後の偶懐だ。人と風物が渾然《こんぜん》とぼかされて、淡々水のごとく空気のごとくだが、この七言詩《しちごんし》の中に具象された縹渺粛殺たる沈黙の情景の彼方に、一点星のごとくかすかな光芒《こうぼう》を放つものがあり、それに触れれば心琴おのずから高鳴るを禁じ得ない。老子《ろうし》の提唱した和光同塵《わこうどうじん》という境地がある。虚脱に過ぎてかえって技巧のあとを感ずる。この詩の中にはそれがない。愁いをもつ人の姿が率直に平淡に描かれている。しかし人間は常住こんな静謐《せいひつ》な境界《きょうがい》に自適できるものではない。その必要もない。いつかは自分にも寄る年波とともに、枯淡な言行一致の心境が訪れる日があるかも知れないから、今は、気を負って行動したり、無意味に自分を苛めさいなんだりするあわただしい生活も、さして咎むべきではないであろう。さっきの授業だって、あれはあれでいいのだ。

五

間崎は起き上がって、胴衣や上衣や唇にまで絡みついた枯れ芝を払い落した。校舎の中から、教壇に立っている男や女の先生たちの甲高い声が、混線した電話をきくように、遠く近く入り乱れて聞えた。やってるな、と間崎は思わず微笑した。蔦かずらに青々と装われた赤煉瓦の建物の中で六百近い人間が一つの精神作業に協力している！　自分もさっきはその一人であった。自分をいたわって……少しでも世の中に役立たせるんだ……。間崎は頭をふって陰気な考えをふるい落した。ふと、人気《ひとけ》のない夏の日でり道で営々と働いている蟻の群集の姿が網膜に映じた。そのまま視線が曇って熱い涙があふれ出た。間崎は両手の指を組み合わせて頭を強く押しつけ、下唇をつき出して涙を受けながら、眼の前の赤くぼやけた花の輪郭をキョトンと眺めつづけた。

頭が軽くなった。間崎は同僚の授業を参観するつもりで東入口の階段を上りかけた。すると上から二、三人の足音が聞え出し、橋本先生とI先生が顔色の蒼白な一人の生徒を両方から抱え、その後ろに大政所の山形先生が付き添って下りて来るのに出会った。

「先生、大変！　辻さんが急に具合が悪くなって教室であげちゃったの、ちょうど参観のあるとき。早く校僕室に行ってお掃除にくるように言ってくださいませ」

　I先生は間崎を見るなり眇眼《すがめ》を大きくみはってハーハー呼吸を弾ませながら声をかけた。生徒は彼の受持の辻ヨシエというお琴の上手な、おとなしい、成績もいい子だった。

「それは……」

　間崎は大股に階段を下りかけた。

「あっ、先生、私と肩を替ってください。お掃除は私がします。校僕たちは会議室や学長室を片づけてるはずですから……」

　橋本先生だ。

「ほんとにそうでした。さっき長野先生がお言いつけになっておられました」

　後から山形先生もいつものゆっくりした言葉で言い足した。役に立つ人だ、と間崎は二人のどちらの人ということもなく感心させられた。

「それじゃあ、僕一人で運んで行きますから、I先生もお掃除に手伝ってください。病人は山形先生に看ていただきますから……」

　間崎は橋本先生に替って、片手を辻ヨシエの両脇にさしこみ、片手を膝の後ろの関節にあてて「ヨイショ」と小さなかけ声をしてひといきに抱え上げた。伸びて生気が失せてしまった病人はかなりの重量であった。

「おたのみします」

橋本先生は大急ぎで掃除用具をとりに下りて行った。

「お一人でだいじょうぶですか。落っことすとこわれてしまいますよ」

一段々々足に力をこめて下りてゆく間崎の先に立って山形先生が心配そうに二、三度同じ言葉を繰り返した。ようやく静養室にたどりついて病人を寝台の上に寝かしつけた時、間崎は、腕の重みが急になくなった反動で後ろへよろめくように感じた。

「重い人だ。丈夫にならなくっちゃあ……」

フーフー呼吸をついてもう一つの寝台に腰を埋めた。山形先生は慣れた手つきで、含嗽《うがい》、服薬、毛布、水枕、とテキパキ仕事を運び、一と通りの介抱がすむと枕の方にまわって病人の頭を軽くもみ始めた。辻ヨシエは眼を固く閉じてうすい気息を洩《も》らしていた。顔に赤味がさしてきた。

「この方は一年生のころから病身な人でしたが、蛔虫《かいちゅう》駆除の治療をしてからその後ずうっと丈夫になられたのですがね。参観授業で緊張し過ぎたんでしょう。根がおとなしい方ですから……。辻さん、辻さん、苦しいの、もういいでしょう、あげてしまえば楽になりますからね……」

病人はかすかにうなずいた。山形先生は自分の小さな束髪から櫛をひきぬいて辻ヨシエの髪を梳《す》いてやった。

「艶があっていいお髪ですこと……」

病人はフーッと力強い吐息を一つ吐いて、舌先で唇をなめまわした。もう安心だ。間崎は、自分も何か慰めの言葉を言おうと思ったが、どんなやさしいことを言っても、今の場合自分の声ではあまり太過ぎるような気がして、呼吸をつめて物音をたてないように努めるばかりだった。

「貴女、胸苦しいでしょう。ここあけて風をいれましょうね……」

山形先生は頭の上からのしかぶさって、辻ヨシエの上衣の胸ボタンをとりはずし、グイグイ手荒く白い胸を露出させた。乳房のふくらみの一部がみえた。すると、ベッドに投げ出されていた病人の腕がもの憂げに動いて胸の露出面をせばめるはたらきをした。間崎は立ちあがった。このまま止まっているのも決して悪いことではないが、出て行くのが自分としては自然な感情だ。

「授業を観て来ます。あとよろしく」

「どうぞ」

I先生と橋本先生がハンカチで手を拭きながら室に入って来た。

「どうして？　ああ、びっくりしちゃった。死んじゃうのかしらと思ったわ」

Ｉ先生は驢馬《ろば》のように年中驚いてる人だ。橋本先生はベッドの端に腰かけて病人の熱をはかったり脈をとったりしながら、

「もうすっかりいいわ。苦しかないでしょう。苦しい？　眼があけられない？　あいてごらんなさい。先生の顔をみてごらんなさい」

辻ヨシエは瞼をうすく開いて、青い瞳を覗かせたが、すぐまた閉じた。橋本先生は辻の腕を膝にのせてポンポン弄《もてあそ》んだ。

「だいじょうぶだわ。この人、もう気分はいいんだけど、お客さんの前であげたもんだから、それが心配で眼があけられないの。ね、ヨシエさん、そうでしょう。だけどそんなこと気にしちゃだめよ、病気なら誰だって仕方がないんですからね」

あんなことを言う、と思っても、やはり親切な人だなと感ずる。山形先生はホホホ……と静かに笑った。と、突然病人は寝台がきしむほどのいきおいで寝返りを打ち、毛布を頭からひっかぶってグスングスンはげしくすすり泣き始めた。

「おばかさんね」

橋本先生は毛布の上から辻ヨシエの背中を二つ三つたたいた。山形先生はまたホホ……と笑った。Ｉ先生は海ほおずきをグッグッ嚙みながらぼんやり病人の方を眺めていた。間崎は室を

出た。

参観授業は二年のC組で行なわれていた。武田スミ先生担任の国語副読本である。教材は若《わか》山牧水《やまぼくすい》の「比叡《ひえい》と熊野《くまの》」編中の一節、伊香保《いかほ》から榛名湖《はるなこ》へ遊んだ紀行文であるが、その中の、落葉松林《からまつばやし》で深い感動に身悶えしながら鳥の啼き声に聞き惚れるあたりの叙述は、今も間崎の記憶に鮮明な印象を残していた。そういえば間崎が「比叡と熊野」を読んだ動機も、いつか上級の授業に出て、これまで学んだ国語教科書の文章の中で何がいちばん面白かったかを尋ねた時、さまざまな答えが出た中に、作文の上手な四、五人の生徒たちが言い合わせたようにこの「山上湖へ」をその一つに数えていたので、生徒の鑑賞力をテストする考えで自分も読んでみたものであった。そして生徒そっちのけに感心してしまった。牧水の文章の基調をなす自然詩人らしい詠嘆調の底には、多少とも煩瑣《はんさ》な生活に疲れた近代人の神経が織り込まれているのだから、大人がするような読み方を生徒に期待することはもちろん出来がたいことであるが、しかし、わずか二年生ぐらいの生徒にもこの文章のよさが相当に鑑賞できるのだという新しい発見は、間崎に、自分の職業のむずかしさ、たのしさを、改めて考えさせる機会をつくったのであった。

師範出の武田先生は、生徒の扱いもうまく、授業ぶりも堅実であった。黒板には教材の要領がいわゆる「有機的な配列法」でぬき書きされ、いま、難字句の摘解をやっているところだった。視学官は間崎の授業の時のように後ろの壁際に腕組みをして立ち、顎をツンとつき出して、窓のそとを眺めてるような恰好で参観していた。

「……それでは、次のページの二行目にこうありますね。『あゝ鳥は啼く、鳥は啼く。私はまた更らなるを聞いた。釣瓶《つるべ》打《う》ちに打つ様な、初め無く終りも無い、やるせないその声、光から生れて光の中へ、闇から闇へ消えてゆく様なその声、筒鳥《つつどり》の声である』名文ですね。ここの、釣瓶打ちというのはどんなことですか？」

「はい」「はい」「はいはい」「先生はい、はい！」

大変なかけ声だ。みんな片かしがりになって力んだ手の挙げ方をしている。待ちきれないで指先をヒクヒク屈伸させている子もある。低学年の授業はこの活気が面白いのだ。

「藤田テイ子さん」

「はアい」

お河童頭の藤田テイ子はきおいこんで立ち上がったが、ゴクッと呼吸をのんだっきりしばらく口がきけなくなった。生徒がクスクス笑い出し、参観者も誘われて微笑した。

「落ちついて。――皆さんに笑われますよ」

「――釣瓶打ちというのは、釣瓶を汲み上げる時のような連続した音を言うのであります」

「はい。よく覚えておりましたね。皆さんの中には釣瓶のないお家《うち》が多いかと思いますが、釣瓶を見たことのある方、手を上げてごらんなさい」

「はい、はいはい、はい！」

残らず手をあげた。

「はい。田舎に行きますと今でも釣瓶を使用してる家が多うございますね。私は貴女がたの年頃の時、田舎で暮しておりましたから、毎日釣瓶を汲み上げて働きました。朝早くにガラガラとあの音がきこえるのはほんとに気持のいいものです。それで釣瓶打ちというのは、今藤田さんがおっしゃったように連続した音を言いますが、例えばどんな物音を釣瓶打ちと言うのでしょう？　ここでは筒鳥の啼き声を言っておりますが……」

今度はさっきほど手が上がらなかった。

「はい、山本さん」

「はあい。犬の啼き声です」

「犬？　犬が釣瓶打ちに啼くなんて言うかしら……」

「でもワンワンと続けて啼きます」

参観者の一人がクスンと笑った。

「ホホ……。さあ、困った。そりゃあ続けて啼きますけど、あんな高くなったり低くなったりする物音は釣瓶打ちとは言えませんね、ほかに、考えた人？　矢田ミツさん」

「はい。機関銃の音や起重機が上がったりする時の音を言います」

「そう、好い例ですね。高低のない、強い、烈しい連続した音。釣瓶打ち。わかりましたね。それではまた文章にかえって、ここで筒鳥の釣瓶打ちの啼き声を形容して、始めなく終りもないと言ったり、光りから生れて光りの中へ、闇から闇へ消えてゆくと言ったりしておりますが、これは筒鳥の啼き声のどんな特徴を表現したものでしょうか。むずかしいところですね。それがわかればここの文章をほんとうに理解したことになります」

そうだ！　確かにむずかしいところだ。同時に、間崎は、自然詩人なる作者がその勝れた直観力を通じて把握した表現形式を、どこまでも理攻めに押して読解せしめようとする武田先生の扱い方に、不満と危惧を覚えた。自分なら筒鳥の啼き声をのんきそうに二、三度まねしてみせて、それから説明に入る。……果して容易に手が上がらなかった。

「それでは別にききましょう。この、始めなく終りもない、光りから光りへ、闇から闇へ、という言葉は同じことをちがった言葉で言ったものでしょうか、それとも筒鳥の啼き声の三つの異った特徴を言ったものでしょうか」

「同じことを言ったのです」

「ちがったことです」

「三つでなく二つのことを言ったものです」

生徒たちは確信がないので坐ったまま思い思いにつぶやいた。武田先生は鞭で首筋をたたきながら当惑したような笑みを片頰に浮び上がらせた。しかし取り乱してはいなかった。

「それでは、今度は、この三つのうちのいちばん最初の、始めなく終りない、という言葉だけを考えることにしましょう。これは筒鳥の啼き声を形容したものに相違ありませんが、始めなく終りもない啼き声とはどんなものを言うのでしょう。さあ、これなら、わかりそうですね。始めなく終りもない……これをわかってくださらなければ先生ガッカリしてしまいますよ……」
二、三人おずおず手を上げた。
「村井アキさん」

「筒鳥の悲しそうな啼き声を言ったのです」

「矢田さんは？」

「細い声を言ったのだと思います……」

武田先生はおっくうそうに頭を振って、それでも根気よくもう一度自分で問題の文章を音読し始めた。授業に倦怠の気分があらわれた。間崎は気の毒に感じたがやはり扱い方がいけないのだと思った。

「はい！」

突然後列の一生徒がハッキリした呼び声を上げた。

「藤木さん、わかったの?」

「はい、ここの、始めなく終りない、光りから光りへ、闇から闇へ、という文章は一つのことをちがった言葉で表現したものだと思います。それは、筒鳥の、変化のない、ぶきっちょな、粗末な啼き声を形容しているのです。鳥の中でも鶯《うぐいす》の啼き声などはそれと正反対に面白い節回しがあります。筒鳥のは流れ星みたいで捕えどころがない感じなのだと思います」

視学官は白い歯をみせて微笑しながら二、三歩前にふみ出した。

「そう。その通りです。よく思いつきましたね。流れ星とは……。ほかの方はあんまりむずかしく考え過したんでかえってわからなくなったのね。きいてみるとわけのないことでしょう……」

武田先生は藤木の答えを無造作に肯定して、すぐそれを補足する説明に入り始めた。神経質でない――これも一つの教育者の人格だ。間崎は自分の予想が裏切られた驚きと舷《ふなべり》をたたくといったふうな讃嘆との眼差を、藤木カツ子の興奮した赤い顔に注がずにはいられなかった。無理だと思われたあの教路をたどっても根気さえつづけば絶頂を極めることが出来るのだ。それは眼には見えない恐ろしい力だった。

武田先生は夏冬地味な紺セルの服を着用し、青白い顔に強度の銀縁の近眼鏡をかけ、空時間には自分の座席で、古典文学を読んだり時には居眠りなどする無口な中年のミスだ。後ろ恰好などいかにも貧しげだが、結べば唇が内側へ隠れてほとんどなくなってしまううすい細長い口の形と、右の頬にある小指のさきほどの黒子《ほくろ》とが、内にくすぶる並み並みでないねばり強さを露骨に顔の上にあらわしていた。間崎は初めてこの人の顔を眺めた時、東洲斎写楽《とうしゅうさいしゃらく》の人物画を思い出したものだ。それで、運動は嫌い、お世辞は下手、お叱言は多いときているので、一部の生徒にはかなり反感をもたれていたが、しかし授業にかけてはこの人ほど冷静、周到、かつ厳格な熱心家はいなかった。間崎は肌合いが違うと思ったのでめったにこの人とは口を交えたことがなかった。

——こんなことがあった。学校が退けていったん家に帰ってから忘れ物に気がついて、夕方ごろ、着流しで学校に来てみると、武田先生が日直番で、人気のない職員室の窓辺にもたれて、夕陽にあかあかと照らされた広い校庭を眺め下ろしていた。なぜだかこの時には眼鏡をはずしていた。

「御苦労さまです。ずいぶん蒸しますね」

間崎は愛想よく声をかけた。

「はあ」

武田先生は向きなおって、間崎が、机の抽き出しや戸棚をかきまわすのをじっと見つめていた。

「あのう、先生」

「はい」

間崎は顔を上げた。

「あの、先生はふろふきのお大根が好きですか。私はどういうものかあれが嫌いでなりませんの……」

「えっ」

間崎は面喰らって武田先生の顔をじっと注視した。と、武田先生はみるみる顔を真っ赤に染めて羞《はじ》らうような微笑を浮べ、くるりと後ろ向きになってしまった。間崎は、瞬間、今の質問に答えたものかどうか迷ったが、答えないほうがお互いのためであると考えた。帰るとき「さよなら」を言ったが、今度は武田先生のほうで沈黙を守っていた。

あまり美しくない独身婦人の幻想に浮んだふろふきのお大根。——間崎は拭いきれない寂しいものを頭のしんに感じた。それは地殻に穿《うが》たれた空洞のようなもので、どこからもそれを埋めつくす土を運んでくることが出来ないのだ。自然には意志だけあって倫理がない。そう言うほかには、人類の幾割か幾十割かの人たちが不法にも背負わされているこの種のどうにもならない不幸が存在する理由の説明がつかないのではないか。江波恵子もその一人だ。……神は阿片だと左翼は言う。しかしこの阿片なしには癒しがたい性質の不幸の数々が人類の中にばらまかれている疑いもない事実を認める限り、我々は神を否定する合理的な根拠をもたないのだ。否、神はそのはじめ、人々の生命の糧として誕生した。それを阿片にすり換えたものは今もなお人生にはびこる邪悪《よこしま》の精神のはたらきであり、未来永劫にわたってこの邪悪な精神は人類とその消長をともにするものと覚悟せねばならぬ。しかる時、我々は阿片の神を否定するとともに、僧侶の口先や国王の鼻息に温められない潑剌たる裸身の大神を混沌の霧の中から誕生せしめねばならないのでないのか。神の問題については、このようなとり上げ方が正しいのだ。……青い焔《ほのお》を吹き上げつつ混濁し奔騰《ほんとう》する盲目的な意志の流れ……。すべての革命思想には倫理の面がもっと広く深く取り扱われなければならない。……つまらない、大儀な人生。だが歩き続けるより仕方がない人生……。

間崎の心は、他人のちょっとした不幸をみても、蛞蝓《なめくじ》のように萎縮した。これは彼が心身満ち足りた境遇におかれているので、他人の疝気《せんき》を頭痛にやむ、軽いマニアに冒されているせいもあったが、しかし、彼の均斉とれた健康な肉体は、彼がディオニソス的な放縦《ほうしょう》熾烈《しれつ》な虚無主義《ニヒリズム》におちいることから常に彼を引きあげ、保護してくれる。彼は二日と続けて懐疑主義者であることが出来なかった。

あれから相当な月日も経ち、今では武田先生のふろふき大根の質問を思い出してもおかしいくらいのものだったが、目前に、先生の自信に満ちた強引な授業ぶりを参観するに及んで、かつて先生に対して抱いた自分の大げさの宿命説が、恥ずかしい落書きのようなものに思われて、胸がうずうずしてならなかった。武田先生は古典文学に親しみ、ときどき居眠りをし、そして何よりも生徒に教えなければならない人だ。どうして、約束された椅子は革ばりのどっしりした重味のものだった。

視学官たちは筒鳥の啼き声が解決されたところで参観をきり上げて、教室を出た。間崎もそのお伴をした。階段を下りてしまうとちょうど終業のベルが鳴った。間崎は職員室にかえる前に静養室の病人を覗きにいった。介抱の先生たちは姿を見せず、辻ヨシエひとり、まだ顔色は蒼白いが、案外安らかに眠っていた。足音をききつけたのか、そっと眼をあけて闖入者を確かめた。

「どうした。もう楽になったろう」

「―――」

眼をつぶって頭だけでハッキリうなずいた。

「歩いて家へ帰れるの？」

うなずいた。こわれ物にさわるようで間崎はほかにやさしい適当な言葉が思い浮べられなかった。

「じゃあ、ゆっくり休んでいくといい……」

間崎は寝台のそばを離れた。

「先生――」

「なに」

「先生……佐々木先生に、先生からお詫びして……」

眼を閉じたままで口をきく見慣れない恰好が妙に間崎の胸を打った。

「いいよ。仕方がないことだもの」

間崎は駈けよって辻ヨシエの頭を抱きしめてやりたい衝動にかられた。ミス・ケートだったらこの心持を咎めはしないだろう……。ドヤドヤと二、三人の生徒が室の中に飛びこんで来た。なにか真剣な勢いのものが三つの顔に現われていた。いずれも間崎の受持だ。

「ヨシエさん」

「心配だったわ」

三人が寝台の両側に馳けつけると同時に、足音をききつけた瞬間から眼を大きくみひらいて、変な泣き顔みたいなものをつくってハーハー呼吸を弾ませていた病人は、やにわに寝台の上に起き直って、二人の友達の肩にすがってウウウ……と身悶えして泣き始めた。間崎は、鼻の先に急に煙いものが渦巻き出したような半端な気持にさせられ、去りもやらず、刺繍毬《ぬいとりまり》のようにまるまった四人の少女の興奮状態に見惚《みと》れていた。それは気楽な美しい観物であった。ふと彼は、病人の背中の方にまわった野崎朋子《ともこ》が、片手に病人のお下げ髪をグルグル巻きつけ、片手で病人の背筋を撫で下ろしながら、彼の方に向っておどけたウィンクをパチパチ送ってよこすのに気がついた。間崎は苦笑して二たまたぎで部屋を出た。（なんだか、なんだか……）そんな遠慮深い感慨が、廊下を歩いているうちに（なんでえ！　なんでえ！）という巻き舌の調子に崩れてしまった。（なんでえ！　なんでえ！）

職員室に来てみると、佐々木先生が円テーブルの周囲に四、五人の同僚を集めて、例の銅鑼《どら》声《ごえ》で悲憤慷慨《こうがい》の一席を弁じているところだった。間崎の顔をみるとにわかに立ち上がって、

「間崎君、ここへ来たまえ」

と怒鳴った。椅子がガタンと倒れた。居合わせた職員はのけぞって笑い出した。

「さ、坐りたまえ。おい、僕はここに四年B組の級主任である君を相手に営業妨害、損害賠償の訴訟を提起するものである。時もあろうに視学官殿がおいでの最中にゲロを吐くとはなにごとであるか。畢竟するにこれは級主任の平素の訓練よろしきを得ない結果と認むるのが至当だ。ええ、君、まったくその通りだろう。おかげで月手当七十円の佐々木嘱託教師は終生拭い消す能わざる不面目を蒙ったのだ。教材は、そら、十八番の平家物語先帝入水《せんていじゅすい》の巻、朝からうがいすること両三度に及び、音吐朗々、さすがの視学官殿をうんと唸らせておったとこなんだ。だんだん読み進んで例の『哀しきかな、無常の春の風、たちまちに花の御姿《おんすがた》を散らし、情なきか

な分段の荒き波、玉体を沈め奉《たてまつ》る……』という悲劇の最高潮に達したところで、いきなりゲロとおいでなすった。そら介抱だ、後始末だとごたついてる間に生徒の気分はすっかりこわされて授業はめちゃくちゃさ。——というわけで当該被害者たる小生は貴殿に対し、名誉毀損、損害賠償を要求する権利あるものと認定し、小生任意の期日において、貴殿名義をもって『電話十八番』を呼び出すべき件につき、立会人諸氏の前において、貴殿の同意を求むる次第である……」

「賛成、賛成」

爆発する笑い声に交って拍手の音も聞えた。電話十八番というのは学校出入りのお菓子屋のことだった。

「恐れ入りました。つつしんで同意します」

間崎は頭に手を上げて大げさに陳謝の身ぶりを示した。もちろん冗談だが、今日あるため、

二、三日前から熱心に下調べをやっていたらしい佐々木先生にはまったく気の毒だと思った。この先生は町の富豪のあととりで、毒気はないが少々吹くほうなので、生徒から「大砲」というニック・ネームをつけられていた。「潮音《ちようおん》」派の一ページ組の歌人でもあり、新味はないが大がらな豊かな調子の歌を詠む。試験の出来がよい生徒には自筆の短冊を褒美にやり、生徒はこれを佐々木先生の「金鵄勲章《きんしくんしよう》」と称して、ニコニコ笑いながら押しいただくことになってい

た。

「間崎君みたいにそうおとなしく出られると少々顔まけだね……時に病人は？」

「佐々木さん、意気地がないぞ。いまさら電話十八番を撤回するなんて我々立会人が承知ならん……」

「ヒヤヒヤだわ」

視察がすんだ気軽さで、みんなふだんに見られないぞんざいな口のきき方をし、ちょっとのことにも大きな声をたてて笑った。リーダー格は佐々木先生であったが、そのリーダーが話の合間合間に短い口髭をひねってぼんやり天井を仰いでいる姿が、妙に間崎の目をひいた。

六

まもなく、会議室で視学官の講評が始った。正面に据えた長テーブルに視学官とミス・ケートが着席し、左側は来賓、右側から鉤《かぎ》の手に本校職員が居並んだ。席が定まると、ミス・ケートが立ち上がって、集りの祈りを簡単に述べた。来賓の町方の校長連は窮屈そうに頭をちょこなんと垂れた。

視学官が立った。

「皆さん、本日は大変にお骨折りをかけましてまことに恐縮に存じます。これからごく簡単に私が平生教育に対して抱いている所懐の一端を申し述べまして、本日のみなさんのお心づくしに報いたいと存じております。しばらく御清聴をお願いいたします」

視学官はひといきにそこまで言って軽く頭を下げ、上衣のポケットから豆手帳をとり出してテーブルの上にひろげた。少し早口だが若々しい歯ぎれのいい口調で、胸をはり、両手を尻のところに組み、こころもち右肩をいからせて話をする。

「さて、私の教育論を述べさしていただきます前に、本日この学校に出まして私が最も愉快に感じた一つの事実を申し上げてみたいと思うのであります。なぜかなれば、それは私の教育理想を如実に具体的に示してくれたものでありまして、これを語ることはすなわち私の教育的信念を申し上げることにもなるからであります。それは、先ほど四年の国語の授業を参観しておりました時に、ある生徒が急に加減が悪くなりまして、自分の机の上に吐瀉《としや》をいたしたのであります。これは思いがけない突発事故でありまして、授業に当られておった先生にはまことにお気の毒に存じましたが、その際校長先生始め二、三の先生方がさっそく病人の介抱やら後始末やらをされたことは皆様も御覧の通りでありましたが、私はふとその時おかしなことに気がついたのであります。というのは校長先生が鉛筆の先か何かで机の上の吐瀉物を床へはじき落しているのを見まして、失礼でありますが、汚ないことをなさる、今に雑巾で掃除なされればいいに、と不審に思っておったのでございます。ところがその教室を出まして次の教室に行く途中の廊下で、校長先生が、私だけにこうお話ありました。

『見苦しいありさまを見せてお気の毒だが病気のことだから悪しからず御諒承が願いたい。病人はお昼の御飯に章魚《たこ》を食べてそれに当られたらしいが、すっかり吐いてしまったからじきによくなると思う、心配しないでくれ』

私は『いやいや』と御挨拶だけはしたように覚えてますが、ほんとはそれを聞いた瞬間強く胸を打たれてしばらく口がきけなかったのでございます。私が、汚ないことをなさる、と思ったのは、校長先生が病人の吐瀉物を検査されておったのであります。こう申してははなはだ失礼でありますが、校長先生がなされたようなちょっとした心遣いというものは、昨日や今日のにわか仕込みでは到底出来がたいことでありまして、私はこの一事から本校の教育一般に対して全幅的な信頼をもつことが出来たのみならず、私個人の修養上にも少なからぬ反省鞭撻の賜《たまもの》を受けたのであります……」

真率な語気が聴き手の胸を打った。大きな、ふんわりした沈黙の塊りが部屋のまん中にじっと浮んで動かない。ミス・ケートだけがいつもの柔和な微笑を湛えて、視学官の言葉に同意を表するように、ゆっくり二、三度うなずいた。間崎は、モリモリ湧き上がる嬉しさを咽喉の口でクッとふさいだが、それでも身体が弾んで仕方がなかった。

次に視学官は豆手帳を片手にひらいて、彼のいわゆる「所懐の一端」を披瀝した。いろいろ断片的に言ったが、要領は、教育の実際化という点にあるらしく聞かれた。その中で、今日のように思想、道徳、人情、風俗が激変する過渡期においては一定の鋳型にはめこんだ融通のきかない人間をつくり上げることは間違いだ。我々は我々に植えつけられたイデオロギーを生徒に強要してはならない、我々より新しい、我々よりあらゆる点において勝れたネキスト・ゼネレーションをつくり上げるために、我々は自分の所有する精神的財産のすべてを彼らに惜みなく与えねばならぬ。彼らがいかにそれを過小に評価しようともそれに対して不平を言ってはならない。貴方の子供が明日運動会だ、もし貴方が彼に勝たしめようとするならば、彼に走法のテクニックをきびしく教え込むよりも、面白いお話をきかせ、おいしいものを食べさせて、ぐっすり眠らせたがいい。明日の社会がどうなるか、どうすべきかについて貴方に自信がなかったら、貴方は、よく考えよく働ける人間をつくり上げることで満足せよ、ぎっちょをつくるな、肉体精神の機能を完全ならしめよ、我々の使命はこれにつきる、という一節や、あるいはまた女は努めず巧まずして女である。だから世間提唱するような特に女らしい教育という概念は厳密にいえば成り立たぬ、女らしい教育、すなわちままごと教育、目かくし教育である場合が多い。時代は女子の秘められた未知不思議な力に期待すること切なるものがある。それは行きづまった男性文明に一方の清新な分野を展開せしめるであろう。知識において道徳において芸術においてかけねなしの真実を彼女らに与えよ、というような二、三の主張には、傾聴すべき刻下の切実な問題が含まれているように感じられた。むろんそれは前人未発の新奇な教育論ではないが、解説者が自己の良心にかけた問題として取り扱っているところに、迫真力がこもっていた。間崎は、ミス・ケートとは異った、仕事をおろそかにしない人間の一つの型を見たように思った。

「――最後に本日拝見さしていただきました授業についての感想を申し上げますと、いずれも誠実熱心、しかも和気藹々《あいあい》たる情景を呈し、これは御校のように諸種の条件に恵まれた私学校でなければ見られないことでありまして、私どもいちいち上からのお指図を仰がなければならないロボット教育者の羨望に耐えないところでございます。授業の中で異色があるように感じたのは、間崎教諭の五年の授業でありますが、率直に申しますと、私はこの人の授業ぶりが模範的な立派なものであると断言できる自信をもちません。あるいはひどく誤った教授法ではないのかとも考えましたが、ともかくも私は一時間のあいだ、生徒とともに考え、生徒とともに開発されて、愉快に、われを忘れて過したのであります。これは教授者が、自殺の倫理観といったふうなかなりむずかしい、当面の抽象的な問題を完全に自家薬籠中《じかやくろうちゅう》のものとしておったがため、よそ目には危なっかしくみえる破格な方法に拠りながらも、十分に生徒をひきつけ、生徒を活躍させることが出来たのではないかと思います。この点教授者の豊富な学殖に敬意を表するものでありますが、しかし私はあえて間崎教諭に教授形式の鍛錬確立のために、望蜀《ぼうしょく》の言として申し上げたいことは、流星の無軌道な光芒は燦《さん》として耀きますが一瞬に消えます。それより支那《しな》の哲人が言った、天行健自彊不息《じきょうふそく》の常軌常道に則るのが、教育そのものの本質に合致しているように考えられるのであります。

内容についてはあれで申し分ないと思いますが、わずかに遺憾に思った一事は、一般の自殺否定論に対して乃木大将の殉死をどう肯定するか、これを取り扱うにあたって、間崎教諭は論理的な方法に拠って生徒の理知に訴え、しかも十分成功したように見受けましたが、成功しただけにこの方法は面白くないように感じられました。あれはむしろみずみずしい弾力性に富んだ女生徒の魂に呼びかけて、形式上の矛盾はそのままに、それを矛盾でなく感得させるように取り扱うべきだったという気がします。生徒にはそれがわかるだけの力がありますし、そういうわかり方があの場合正しいわかり方ではないかと思います……」

自分の名前が呼ばれた瞬間から間崎の頭はジンジンたぎり始めた。人前で裸体にされたような羞ずかしさが頬や額や耳に燃えた。やわらかい脳味噌の奥底にも……。そうした夢中な状態の中に、ときどき、ガーン！　と烈しい打撃を身体のどこかに感じた。それはいちいち金的《きんてき》を射る視学官の痛烈な評言の作用であった。自分の分がすんで、武田先生（この人のはゆとりがないのが欠点だと言った）や松村先生（行き届いてるが生気に乏しい）の批評にうつっても、眼がチカチカかすんで、容易に顔を上げられなかった。

講評が終った。そのまま煎餅《せんべい》と紅茶で簡単な茶話会が開かれた。町の校長たちが視学官を中心にとりとめない教育談に花を咲かせた。ミス・ケートは片眼鏡の握り柄を右に左に動かし、明るいにぎやかな円卓風景を覗き見してうなずいたり微笑んだりしていた。

間崎は他人の身体の蔭から、自分を余すところなく剔抉《てつけつ》した豪い人の横顔をむさぼるように眺めつづけた。その人はいま煎餅をボリボリ噛みながら、町の校長連から進呈されるお愛想に、親切な、ぶっきらぼうな生気を吹きこんで、自分のために設けられた時間を有効適切に進行せしめつつある。間崎は、自分も大人になったらこの人のスタイルのどれか一つを身につけるのも悪いことではないと考えた。

この時、突然、彼から右二人目に坐っていた佐々木先生が立ち上がって、吃《ども》り気味な筒抜け声で視学官に質問を発した。テーブルの縁を固くつかんで少し慄えながら、

「あ——、私は本校の嘱託教師で佐々木一郎と申す者でありますが、視学官殿に教えを乞いたいことがございます。差し支えありませんでしょうか」

一座がシンとなった。佐々木先生は眼鏡に手をかけて二、三度かけ直す仕草をした。困るな、と間崎は思った。

「どうか御遠慮なく」

「は。私の質問はあるいは礼儀を失しておるかとも思いますが末輩御指導の意味においてお怒りなく御示教あらんことを願います。あ――、私どもの学校には、例年ないしは隔年ごとに視学官殿、督学殿がおいでくださいまして私どもの拙い授業を御視察くだされ、その後で今日のように有益な御講評を賜るのでありますが、いずれも剴切《がいせつ》丁寧にして、裨益《ひえき》するところ甚大なものがございます。ところが、ここに、菲才《ひさい》不敏、私ごとき愚教師にとりましては解決至難な問題が一つ存するのでありまして、それは露骨に申し上げますと、私たちに賜る視学官殿の御訓示が、その年々にちがうことであります。A視学官殿は、教育は訓練である、形式陶冶《とうや》が大切だ、と仰せられ、翌年来たB視学官殿は、教育は内容本位だ、教授者に学殖があれば授業の形式は自然に生れてくる、と教えられるのであります。どちらにも真理が含まれているように思われる結果、私ごとき愚教師はそのいずれを採るべきか去就を決し得ない不安な状態に彷徨《ほうこう》している次第であります。このことにつきまして視学官殿の御高説を拝聴させていただきたいのであります……」

話の間に、起立している狭い空間をひろげようとして少しずつ椅子を後ろにずらせるはずみに、ガターン！　と音をたてて椅子が横倒れにころげた。間崎は、問題そのものには重要性を認めなかったが、佐々木先生の猪突《ちょとつ》果敢な「大砲」には好意がもてた。参観授業をフイにされた埋め合わせの発言らしくも邪推されないことはないが、それにしても、この人でなければ言えない、それを言った！　という気がする。

「いや、君、それなら僕も同感だね」

視学官は、片方の耳をいじくりながら、破顔一笑して、着席のまま答えた。

「その悩みは我々だって同じことです。そりゃあまあ貴方がたに対しては監督指導の立場にあるかも知れないが、役所にかえればやはり上からの指図に従わねばならない、その指図がまた拳々服膺《けんけんふくよう》しきれない多面性をもっている。早い話が文部大臣が変れば教育方針も一変する、何のために変るのか、変えねばならないのか、ともかく変る。その理由はおそらく大臣御自身もおわかりないんじゃないかと思う（笑声）。これはしかし貴方がたでもよくお考えになれば、昨日と今日と、去年と今年と、生徒に向ってずいぶんちがったことをお話なさってる場合が少くないと思う。ところで、私は、この矛盾、でたらめを受け入れるのに二つの態度があると思う。一つは、仕方がない、と思い通りに行かないのが世の中なんだ、これでもどうにかなって行くだろうという消極的な態度と、今一つは積極的に出て、いやこれでいいんだ、人間の身体の構造が精巧複雑をきわめているように社会や自然も内にたくさんの矛盾を孕《はら》んでいながら、大きな目でみると秩序整然とした体形を保って歴史の軌道を進行している、いやこの矛盾、でたらめの面をもつ地層の中にこそ生命生存の荒削りな永遠に若々しい力がひそんでいるのだ、という考え方です。そこで、御質問の我々視学官連のけしからぬでたらめ講評についてですが、これは馬耳東風《ばじとうふう》と言ってはあまり我々が可哀そうですから（笑声）、せめて他山《たざん》の石というくらいのところで、どうか貴方がたの工夫、おはたらきによって、我々のでたらめを出来るだけ貴方がたのお授業の上に生かしていただきたい……」

どこを押しても好きな音ばかり出す楽器のような人。間崎は淡い恋慕の心持で、コーヒー茶碗のお皿をスプーンでカチカチ鳴らしている視学官の、白皙《はくせき》な、ひきしまった顔にじっと見惚れた。

街の屋根越しに斜めからさしこむ夕日が、電車や通行人やエルムの並木をはなやかに染めていた。往来が雑踏しているわりに何となく静かだった。音という音がうすい膜に包まれて、物の形だけが地上を我が物顔に飛びちがっている。それは夏の夕方、昼と夜との入れ替えの時刻などにまれに見かけるおかしな幻覚風景の一つであった。

暑苦しかった。汗っかきの間崎はカラーと首の間にハンカチをさしこんで、みえもはりもなく、ぐったり疲れて歩いていた。彼には今日一日の刺激が強すぎた。他人に見せるための窮屈な授業時間以外には自分の言いたいことも言い得ず、今思うとそれほどのことでもなさそうな出来事に対して頼まれもしない一人相撲をやっきとつとめていた自分をかえりみると、ただもうつまらなく、寂しいのだ。夜、下宿の室に寝ころんで、ねちねち自分をいじめにかかっている自分の疲れた頭を想像すると、運ぶ足に自然と力がない。こんな時女の人だったら、裁縫をしたり、着物をたたんだり、小遣帳をつけたり、間食をしたり、ともかく、自分の身体をもて扱うことはあるまいのに、男ってときどき損なこともあり、神様はまず公平でいらっしゃる、というわけだ。

「せんせい」

どこかの店頭から細長い藁《わら》づとを抱えた橋本先生が飛び出して来た。

「今お退がり。遅かったのね。おや、帽子は？」

「さっきのどさくさで誰かに間違えられてしまったんです。貴女は？」

「一度家へ帰って買い物に出かけたとこなの。……これ、燻製《くんせい》の鰊《にしん》よ。あそこの店のはとてもおいしいの」

橋本先生は藁づとを大切そうに間崎の方に差し出してみせた。

「そんなものをもってると貴女はとてもよくうつる。ラケットかパラソルでなくっちゃ似合わない人だと思ってたのに……」

「あら。私だって女ですもの。……せんせい、私今晩せんせいとこに遊びに行こうと思ってたんですが、かまいませんか」

「どうか。……少し疲れてますから議論さえ吹っかけてくださらなきゃあ喜んでお待ちします」

「フフ」

二人は目を見合わせて小さな笑い声をあげた。歩道が狭いので、人にすれちがうと、橋本先生は遠慮なしに間崎の右肩を押してよこした。そのために一度車道に落されてから、間崎も遠慮なしに押し返すことにした。

「私ほんとはこの角を曲るんだけどもう少し先まで送っていくわ」

間崎は少しずつ元気を回復し、それにつれてだんだん雄弁に、今日の視学官の品騭《しなさだ》めをし始めた。

「だめ、だめ。今日の人、お役人としてはずいぶんわかりのいい方にちがいないけど、あんな小さく完成された人柄に感激するなんて青年らしくない心がけだと思いますわ。あんなの、ちょっと勉強した人なら努めなくたって相当な年配になれば自然になれそうな気がします。それよか、少しは桁《けた》はずれでも、若い間は本質的な勉強に打ちこむのが正しいことじゃないでしょうか。私は先生をいい方だと思いますけど、じれったい方だと思います」

「貴女もいい方だけど少し無法な人だと思いますね」

「また――。なんでもお話にしてしまうんですね。貴方のそのアマトゥル気分がとれてしまえば私はほんとに貴方を好きな方だと思います。ね、勉強なさらない？　私、貴方にいろいろ教えていただきたいのです」

「教えるなんて。……だけど僕はほんとにあの視学官みたいな人柄を鍛え上げるには、貴女がなんでもないと言うけど、容易なことじゃないと信じているのです。言葉があれだけ身に嵌る、というのは大変なことですよ。一方からは、貴女のおっしゃることが確かに僕の弱点であるとも考えておりますが……」

「いやだなあ。あの視学官から受ける魅力に抵抗し、その本体にメスを振うのが正しい態度なのに。貴方はあの微温湯《ぬるまゆ》的な円転滑脱な教養で社会を正しい方向に動かしていけると思いますか。セルロイドに包まれた良心ではだめ。裸の良心が要求されているんだわ。そして、それは私たち青年だけが果し得る人類への奉仕じゃありませんか。……貴方にはわかってるんだ、ただ……」

橋本先生は眼を耀かせて間崎の顔を長い間みつめた。間崎は石ころを蹴って返事をしなかった。彼らが歩いて行く一、二間の目前に、人や車が縦横に往来する活気に満ちた情景が次々に展けてきた。少し離れたところは霧に包まれているようで彼らの眼にはぼんやりかすんで見えた。

「そのことはだんだん答えさせてください。……で、気楽に答えてください。今日の僕の授業、視学官の講評が当っておりませんでしたか」

「あんなことも言えるでしょうが、よかったわ、感心しましたわ。というのは貴方がおっしゃった内容には異論が大ありですけど、貴方は御自分で言うことだけは確実に御自分のものにしていらっしゃる、さっきの言葉で言えば、言葉があれだけ身に嵌る、それに感心したのです。そこへ行くと私は自分一人だけで、ほんとなこと、正しいことがわかってるような気がしても、教壇に立つとしどろもどろで自分のほんとに教えたいことが上手に言えなくなるのです。勉強が足りないのですわ。だけど私貴方のお授業を拝見したあとで、こうこじつけて自分を慰めたの。間崎先生の授業は立派だ、しかし羨んだりまねたりしてはならない、今はぎごちなく下手でもかまわないからお前の頭の中に芽ざしている考えをふやけさせないでヒタ向きに伸ばして行け、そうすれば間崎先生などはすぐ追い越せる、小さな完成よりもお前の孕んでいる未完成のほうが比較にならないほど立派な大きなものであることを忘れるな、と。その結果、なんでもかんでもともかく貴方よりか私のほうが豪い人間だということにきめてしまったの……。貴方と肩を並べて歩いてる今もそう思ってるの……」

「変なんだなあ……貴女って人は……」

間崎は、どこかの小僧さんが撒いた打ち水を無意識に飛びよけた。ヒタ！　と橋本先生が立ち止った。それが命令であったかのように間崎の足も急速に運動を止めた。二つの顔が、間近く、探るように睨み合った。色彩や物音が遠くうすれて消えた。

「口惜しくはない？……貴方、恐ろしくばかね」

白い手が上にひらめいたと思ったら、間崎は、帽子を紛失した裸の頭を平手でピシャリと殴られた。そこは人ごみのしている十字路であった。橋本先生は下唇をきつく噛み、今にも笑い出しそうな、しかし決して笑うことはあるまいと信じさせる奇妙な表情をつくって、三歩四歩、一、二間も、間崎の顔をみつめながら後じさりをつづけた。細長い藁づとをブルンブルン振りながら……。そしてくるりと方向転換をして足早やに立ち去った。

間崎も歩き出した。無法だ！　無法そのものでさえある！　自分の妹があれだったら毎日髪をひンむしる喧嘩だろう！　だがあの人は妹じゃない！　では何だ！　橋本先生だ！　友達だ！……間崎は、何かひどく固いものに二、三度肩や胸をつきあてたのを覚えてるきりで、途中のことはまったく夢のようにぼうっとして下宿まで帰って来た。

「たたかれて……たたかれて、頭は痛し、春の風」

こんな俳句があるかないか、ともかくこれは間崎の口にふつぜんと湧いた即興詩であった。

玄関に味噌汁の香がただよっていた。

「小母さアん、ただいま！」

七

間崎は晩飯をすませてから風呂場で水浴びをやった。ウォー！　ウォー！　とかけ声しながら、飛沫を、ガラス窓や天井にベトベトはね上げる音をきいて、宿の小母さんが、

「まるで馬の行水みたいね」

と笑った。

「――今日ね、小母さん、東京から豪いお役人が来てうちの学校を視察して行ったんだよ。僕の授業を御覧になって、大変よく出来たって、賞めてくだすったんだ。嬉しくって身体がゾクゾクしやがるのさ。お菓子をおごれって言う先生もあれば、お祝に頭を殴る先生もあり、光栄の至りだったよ。今その上《のぼ》せを冷ましてるとこなんだよ」

間崎は薄くらがりに足をひろげて立ち、タオルで身体を拭きとりながら口軽いおしゃべりを始めた。

「まあよかったわね。――年内にはきっと昇給なさると思うわ。その時にはどっさりおごっていただきましょうか」

「ああ。飛行機でも大砲でもお望み次第に買うよ。僕はね、小母さん、年が若いし、経験も少いし、いろいろ欠点もあるが、しかし教師としては上等の部類だと自分で信じてるんだ。ミス・ケートだってよく用いてくれるし、生徒も相当信頼してくれるし……ね、小母さん、僕、立派だろう」

間崎は自分の才能や性行にふとした信頼がもてた時、その感激を正面きって公言も出来ない代りに、胸の底に秘めきりにしてしまうということも出来ず、誰か気安い相手を見つけて、軽い駄法螺《だぼら》の貝をブーブー吹き鳴らして、胸のつかえを晴してしまう癖をもっていた。家にいる時はすぐの妹の浜子がよく法螺貝吹奏の聴き手にさせられ、一度なぞは父が隣室で書見しているのに気がつかず、友達に手紙を書いている浜子のまわりをうろついて、さかんにこの手を発散させていると、隣室からエヘン！　と咳払いに怒鳴られ、頭を抱えて退散したこともあった。

「立派ですとも、そりゃあもう先生がおっしゃるまでもない。知り合いの女学生がいる家へ行くと先生の噂ばかりなんですよ。学校から帰ると何している、食べ物は何が好き、御飯は何杯食べる、と根ほり葉ほりきくんですからね。――それに私いつも家の人と話してるんですが、女学校にお勤めしてるのに女のお客さんを一ぺんもよせつけたことがないのはほんとに見上げたお心掛けだって……」

「だめっ！　今晩くるんだ。女の綺麗なお客さんが一人でおいでになるんだ」

間崎はタオルを腰に巻きつけ、風呂場から台所に出て来た。小母さんは食事の後片づけがすんで、持薬のせんぶりを土瓶に仕込んでいた。

「おやおや。——でも先生のような方にはたまにはそんなお客さんがあったほうがいいわ。いつもとうさんや私ばかりお相手では先生にお気の毒だと思ってたんですよ」

小母さんは豹変した。まんざらのごまかしではなく、小母さんが指摘したような不満不足の感じは間崎といえども日頃意識しないことではなかった。年頃の妹が二人もいる家庭から、老人夫婦ぎりの下宿にうつった当座は、夜になると、手もちぶさたで身体をもて余すことがよくあった。学校に慣れて、年若い女生徒の醸す空気を自由に呼吸することが出来るようになっても、女の人と個人的な接触をもたない寂しさが、乾いた風のように胸の中を吹きめぐることは止まなかった。そんな時、間崎は、本を読んだり手紙を書いたりして気をまぎらし、無理な強い刺激で胸の風穴をふさごうとする誘惑を努めてしりぞけた。

下宿の主人、といっても、もう頭が綺麗に禿げ上がった老人だが、この人は造船所の使丁長を勤めており、中年から文字を読むことを覚えたとかで毎晩遅くまで講談本を耽読《たんどく》するのを何よりの楽しみにしていた。少し耳が遠くなっているので、ほんとなら勤めを退かなければならないところだが、不思議と長年仕えた所長や課長の声だけはよく聞え、大抵の仕事もカンで差し支えなく果せるので、造船所の最古参者として皆からいたわられて働いているんだという。

小母さんとの間に二人の子供があり、姉娘は旭川《あさひかわ》の穀物仲買のところに嫁ぎ、息子は室蘭《むろらん》の製鋼所の事務員を勤め、家はまったくの無人なので、室の隅々まできれいに磨き上げられ、小母さんはいつも小さな髷《まげ》を結ってキチンとした身姿《みなり》をしていた。

「これからちょっとお使いに出なきゃあいけないんで、せっかくの綺麗なお客さんを拝見できないで残念ですね。……用事が出来たら、うちの人ドシドシ使ってくださいね……」

小母さんが茶菓《さか》を二階に運び上げて来た。

「あら、襦袢《じゆばん》の襟がほころびて……新しいのに替えましょう、ついでに着物もね」

間崎は言われるままに身姿を改めた。小母さんが外出したあと、寝ころんで雑誌を読み出すと、階下でも主人がゆっくりした節回しで講談をよみ出した。一昨日あたりから、天保水滸伝《てんぽうすいこでん》の笹川《ささがわ》の繁蔵《しげぞう》の武勇譚《ぶゆうだん》が読まれていた。間崎は雑誌を伏せて主人の座敷に下りて行った。

「……女のお客さんが来るんだってな。楽しみなこっちゃ」

主人は眼鏡ごしに間崎の顔をジロリと見上げた。そして軽焼きをワングリかじって音読を続けた。間崎はその真向いに胡坐を組んで勝手にお茶を注いだ。

考えまいとしても橋本先生が訪ねて来た時の話題があれこれとたくさんな風船玉のようにフツフツ頭をもたげてくる。それを語るにはある慎みをもってすべきか、それとも男の友達に対する時のようにムキダシでいくべきか。——これも考えておいていい問題だ。だがこうして会わぬうちから会った時の楽しみをチビチビむさぼってしまうのはおよそばかげた行ないだ。

「ごめんくださぃ――」

玄関で声がした、女の人だが、橋本先生らしくない改った声なので不審に思いながら玄関に出てみると、立派な身姿の中年の奥様風の婦人が大きな風呂敷包みを抱えて三和土に立っていた。

「あの、こちらに間崎先生おいでででございましょうか」

「はあ、僕です」

「おや、ホホホ……。そうのように存じましたけれど、もし間違いましては失礼だと思いまして。私、江波恵子の母でございます。恵子、恵子！　いらっしゃい。先生おいでですよ」

驚いている間崎の眼の前に、入口の板戸の蔭から、袖の長い着物をきた江波恵子がニコニコ笑いながら姿を現わした。母と娘がこんなによく似て丈夫で美しいなんて。――間崎は当惑するよりもこの発見に瞬間的な有頂天の喜びを感じた。

「どうぞお入りください。よく来たね、恵子さん、お入りよ」

「フフ」

江波は母親の身体の蔭にかくれて、といっても背が高いものだから、肩先から顔を覗かせて、抑えつけた含み笑いを洩らした。

「それではちょっとおじゃまさせていただきます」

親子の者は間崎の後から二階の室に上がった。席について簡単な挨拶を交わした。

「……これがもう始終先生のお噂ばかり申しまして、一人じゃ先生のお宅に上がれないから私がついて行くなり、家にお招びするなりしてくれってせがむんでございますよ。みなりは大人のくせにからっきし子供なんでございます。ちょうど街に用事が出来まして今夜は知り合いの家に泊って明日帰ることになりましたので、お礼がてらこれと一緒におじゃまに出ましたようなわけで。これ、お粗末なんですがおみやげにもって参りました……」

落ちついて、ハキハキした口のきき方をした。江波の息苦しい描写に現われたお母さんというのは、もっと年よった、疲れたような感じの人だったが、現実のお母さんは、眼に黒いうるおいを帯び、ひきしまった豊かな顎となめらかな白い頬をもち、髪を頭の輪郭なりにベッタリ縮らせた若々しい隙間のない感じの人だった。これがどうして「感覚と理性を白濁した血の流れの中に喪失した女」であり得よう？

「どうも……」

間崎は差し出された大きな紙箱の前に窮屈そうに膝を揃えた。

「こんなことを申し上げては何ですが、僕と村尾先生、矢代《やしろ》先生、三人の若い連中で、生徒の家から届ける贈り物は一切辞退する約束をして今日まで頑固にそれを実行してきたのです。何も僕たちだけが豪ぶってるわけじゃありません。年をとって家庭でも持つようになれば僕たちもおとなしく贈り物を受けるようになるでしょうが、今のところは断わったほうが気持がサッパリするからです。……ですが、これはいただきます。なぜって、恵子さんは僕の受持でこそありませんが、ずいぶん僕に世話を焼かせるからいただいてもいいと思うんです。——そうだろう、恵子さん？」

「ええ。いただいてもいいわ」

江波は眼の中に隠されたもう一つの眼を覗かせて間崎に笑いかけながら素直にうなずいた。皆が自分以外の二人の顔を代る代る眺めて一緒に大きな声で笑い出した。

「こんなに重くって……中身は何ですか……」

間崎は両手で紙箱を抱えて机の上にのせながら母親に言う丁寧な口調でたずねた。

「さあ。……恵子！」

「知りません」

「何ですね、この人は？　先生の靴でございます。これが、先生は御立派だけどお履き物だけが貧弱だなんて生意気言って、ちゃんと寸法をはかっておいたんでございますよ」

「ああ、靴？」

間崎は鸚鵡返《おうむがえ》しにつぶやいて、母親に気兼ねをしない特別な眼差で恵子の顔をじっと注視した。あの靴、あの手紙、いたずら者だよ、君は！——こう叱りつける間崎の顔を、江波は口をきつく引き結んでまじろぎもせず無邪気に見つめ返した。間崎はバツが悪くなった。

「ありがとう、いただきます」

「どうか中をあけて御覧くださいましな。女の私どもにはどんな型がいいものやらさっぱり分りませんでしたから」

「ええ、じゃ拝見します」

箱をあけると中身はボックスの上等な編み上げ靴だった。間崎は身のまわりの品にはあまり執着をもたないほうの性質だったが、江波の心遣いが嬉しかったので、両手にグローブのような恰好に靴をはめこんで机の上をガッガッ歩かせてみた。江波はネジがほぐれたように首をゆるく仰向かせて笑った。

母親はお茶道具をひきよせて二人にお茶をいれてすすめた。主客顚倒といった形だが、向こうは年上だし、江波の作文で一回人柄に馴染んでいるので、それで差し支えないという甘えた気持だった。

「恵子さん、家でよほどわがままなんでしょうね」

「わがままって——私たちは友達みたいにして暮しているものですから。ね、恵子」

「わがままだわ。先生、わがままな人きらいなんですか」

江波は母親の言葉を奪って、長い袂《たもと》の先を膝の上でクルクルうち振りながらなにげなくきき返した。

「筋の通ったわがままなら好きだが、むちゃなのは困るね」

「私はどっち？」

「ちゃんぽんだと思うね」

「そんなの——。ずるいわ」

江波はプーッと唇をふくらませた。母親は自然に笑い出して、

「先生、人間のわがままなんてたかが知れたものでございますわ。自分ではこの上もないわがままをしたつもりでも後になって考えてみるとほんの小っぽけな欲を遂げているだけで、いっそ自分の意気地なさが情けなくなりますわ。人間ってせいぜいこの程度のことしか出来ないのかしらっていう寂しい気持ですの。……私なんかもそうでした。だから恵子には、私、出来るだけのわがままを許しております……」

「……しかしそういう育て方がこの人を善くするか悪くするかは将来分る問題だと思います。いまのところ混沌としているのではないかと思います」

「善いとか悪いとかって……よくそうおっしゃいますけど私どもにはそれがどうもピッタリ呑み込めないんでございますが……」

母親はうるんだ眼を急にみはって間崎の顔を注視した。霧のような薄い膜がその眼をおおっているように感じられた。間崎は答えないで静かに茶をすすった。母と娘が仲好く並んで、それぞれ女であることを豊かに匂わせているのは、なにかしら満ち足りた思いのすることだった。

「お母様。もう帰っていいわ。私一人でいられますから……」

「そう、じゃ帰ります。――先生、今度日を申しますからきっと家へも一度いらしてくださいませ。失礼します」

お辞儀をして立ち上がる母親に、江波はかぶさるように抱きついて何か耳打ちをした。

「うん、うん」

母親はまじめにうなずいた。間崎はひとりぽっちなものを意識してふと橋本先生のことを思い出した。江波が一人のところに来られては、三人とも都合が悪いだろう。だけど仕方がない。自分としてはどちらにも踏みこんだ貸し借りの気持はないのだし、もし一緒になっても、生徒と先生と、女の客同士でジグザグに明快に時間を刻んでいってくれるだろう。それには信頼がもてた。自分は頓着なしに自分だけの真実を泥のように室いっぱいはねかせばいい。こんなに考えながら母親を玄関に送って出た。主人が本を読む間延びした声が洩れて来た。

「何ですか、あれ？」

母親は草履をはいて三和土の靴脱ぎ台に立ち、間崎の胸に顔をすれすれにもたせてささやいた。着物の藍の匂いがした。白粉や香水の匂いでは確かにないような淡い刺激だった。間崎は肉親のようななつかしさを覚えた。

「主人です。つんぼなんです。ああして毎晩講談を読んでいるのです……」

間崎は下駄をつっかけて門まで送りに出た。

「面白い方ですこと。……先生おいくつでいらっしゃいますか?」

母親は肩をすりよせて並んで歩き出しながら相手の顔を下から覗き込むようにした。

「二十六です」

こう答えた言葉には、それが大切な宝物でもあるかのような一種気負った調子が含まれていた。そして確かに母親はその語韻に魅入られたにちがいない。精神のある成熟した状態は、一個の単語の響きで容易に一個の華麗な世界をつくり上げるからだ。

「貴方は……分け隔てのないいい方らしいのね。恵子に親切にしてやってくださいまし。あの子は寂しがっているんでございますよ。私はあの子に父をもたせることが出来なかったんで、あの子は父代りの男の人を欲しがっているんです。親切にしてやってくださいまし。……こんなにズケズケ言って御迷惑じゃないんでしょうね……」

「いいえ……。将来、恵子さんをどうなさるおつもりでしょうか」

「どうって……。そうね。私とそっくり同じ人間にするかまるっきりちがった人間にするか、そのどちらかですわ。先生ならどちらがいいと思いますか?」

「さあ、肝腎の貴女のことが僕にはまるで分らないものですから……。でもちがったほうがいいかと思いますね」

この時ふいに間崎は自分の肩に何か重味が加わったのを意識した。江波の母が手をかけているのだった。夜目にもあでやかな笑顔を傾けて、

「ごめんなさい、ちょっと足がしびれたものですから……。ときどきこんなになるんです。……先生は私のような生活をしている者を軽蔑なさいますか」

「……概念としてはですね。つまりそういう生活を存在させる世間を否定したいのです。しかしそういう世界での生活を余儀なくされている人間を軽蔑はしません……」

そういう間崎の声は呼吸がつまってかすかに慄えていた。母親は撫でるように静かに笑った。

「……もうここでお帰りください。恵子が待ってるでしょうから。……先生、どうかお気遣いなくあの子と遊んでやってくださいまし。あれであの子は人を楽しませることもよく心得ておりますから。私は早く母親としてでなく友達としてあの子とつき合えるようになれたら、と願っているんでございますよ。……一度ぜひ宅へもおいでください。では、ありがとうございました、さよなら……」

母親は肩からすべらせた手を間崎の左手にもっていって軽く握手のような真似をした、間崎

は板のように固く突っ立っていた。その間に江波の母はついとそばを離れて、別人のように犯しがたい形の整った後ろ姿をみせてまっすぐに明るい大通りの方に歩み去った。着物の藍の香がしばらくうす闇の中に漂っていた。

間崎は両腕をブルンブルン回転させて、酔ったような濃い気分を夜気の中に払い落しながら宿に引っ返した。あんなに優しく豊かな魅力に富んだ婦人がどうして生活に倦み疲れた人であり得るのだ？　江波の描写は色と形でデフォルメしているのだ。それともまた、僕たちの人生では、初対面から笛を吹くような美しい会話を交えられる人は、その性格の深みに神も手を下す能わざる化膿と腐敗の病根を宿しているのであろうか。なぜ人間は、男も女も、ろくなわがままも通せないような小っぽけなくすんだ生活に甘んじなければならないのか。

間崎は外へ外へと手がかりもなくふくらんでいく心の波紋をやるせない焦躁の視線で眺め入った。僕は疲れている。今日の視察授業と、帰り途《みち》で会った橋本先生の無法な行いと、江波親子の突然の訪問と、僕自身の弾む若さと……クソ、体操でもやってやろう！　間崎は宿の近くの高い石塀のくらがりに立ち止って音をひそめて乱暴なラジオ体操を始めた。犬がのそのそ匍《は》いよってすぐ前にペタンと腰を据えた。

八

室に引っ返すと、江波恵子は机の横にキチンと坐って新聞を読んでいた。棒縞《ぼうじま》の派手な着物の色合いが室の中を明るくしていた。

「よく来たね、ほんとに。……だけどお母さんと一緒でないと来られないなんて案外意気地なしだね」

間崎は座布団いっぱいに大きな胡坐を組んで机の上から煙草をとり上げた。江波はウフウフ笑ってマッチを擦った。

「だけどね……、先生、こんな顔、立派じゃない?」

「どれ」

差し出された新聞の映画欄には入江たか子のクローズ・アップが載っていた。

「いいね。のんびりして……聡明な感じで……」

「私たちの組の田代さんに似てるでしょう。よっく御覧なさい」

「似てる、確かに。そういえばほんとによく似ているね」

田代ユキ子は江波の組の副級長で、均斉のとれたいい身体つきをしており、あまりむだ口をきかない、一寸見《ちよつとみ》には陰性なほうだったが、内には温かい潑剌とした力を秘め、慕い寄る友達をたくさんもっている、といったふうの生徒だった。顔も整っていて立派だが、いままでは少しうるおいがないとばかり眺めていたのに、江波に指摘されてその顔に年月の成熟を少し加えてみると、清楚と豊麗の混った実に美しいクローズ・アップが構成された。

「それね、先生、私だけが気がついていたのよ。入江たか子さんの映画をみるたんびに誰だっけなあと考えさせられるんですけれど、どうしてもわからなかったの。そしたら、こないだ、ホラ、先生が運動場でボールを蹴ってころんだ日、私たち郊外散歩に行ったでしょう。あの時、向こうの原っぱでお弁当を使いながらふと後ろをふり向くと、田代さんが二、三人のお友達と一緒に何かお話しながら口を大きくあけて御飯をつめこんでいる斜めな顔が見えて、まあ美しい！ と思った拍子に、ああ、この人がたか子さんだった、と気がついたの。嬉しくって嬉しくって、私、食べかけたお握りのかけらを捨てて『ユキ子さあん、ユキ子さあん』と大声で叫んでしまったの。ふだんそれほど親しくしていたわけでもないからユキ子さんびっくりなすったわ。でも私は大切な用事があるからって、むりやり、人のいない林の方へどんどん引っぱっていったの。

『なによ、江波さん、ここなら聞えやしないじゃない』

林の入口までくるとユキ子さんは気味悪がって動かないの。

『だって大秘密よ。人に姿を見られてもいけないの』

私がまじめくさって言うものだからユキ子さんは渋々後からついて来ました。小径を二、三度曲って大きな白樺の根もとの熊笹の上にハンカチを敷いて坐ったら、シーンとして姿は愚か人の声さえも聞えてこないの。ユキ子さんはわざと私から少し離れた所に坐って、恐い顔をつくって、

『御用ってなに?』

とおっしゃるの。

『御用ってね、貴女そんなこわい顔をしてたら言えないわ』

ユキ子さんはじっと私を睨むんです。

『じゃああたし帰るわ。あたし、あなたとはそんなにお友達じゃないんですもの』

そう言ってあの人立ち上がってドンドン帰って行っちまうの。

『いけない、いけない!』

私は飛び上がって、追い越して、通せんぼうをしたわ、一生懸命なの。

『いやだ、あたししつっこいの大嫌い』

ユキ子さんは喧嘩みたいに言って私の手を払いのけるんです。頬が真っ赤で、眼が光って、

とても美しかったわ。

『じゃ言うわ。あたし、貴方が美しい方だと思ったの。それを言わなければ死にそうなほど言いたかったの』

『まあ――』

ユキ子さんの私を憎んで燃える眼ったら。

『ほんと。私がどんなに一生懸命で言ってるかわかってね。私は今まで貴女が美しいなどと考えたことがなかったの。こんどそれがわかって、貴女にほんとにすまなかったと思っているの。ごめんなさいね。こんなことを言って……』

『あたし……あたし、美しくはない！　美しくなぞあるもんですか』

ユキ子さんは吃《ども》りながらそれを言ったかと思うとしゃがんでシクシク泣き出しました。そして憑かれた人みたいに、

『……ひどいわ。あたし、そんなじゃない、そんなじゃない、美しい人って、どこかよその方よ』

そう言って肩先をブルブル慄わせて今にも死んでしまいそうなの。私、かがんでユキ子さんの身体を抱いてあげたわ。

『貴女を泣かせてごめんなさいね。でも貴女ほんとに美しいんですもの。それを知ってるの二

人きりしかない。私と、それから貴女と……』

『あらっ！』

あの人は涙がいっぱいあふれた眼で、私を恨めしそうに見上げました。

『そんな、そんな、ひどいわ、あたしが自分のことをそんなに考えるなんて……』

『でもそうなんだわ。貴女の頭がそれを意識しないでも肉体がちゃんと承知しているのよ。だから貴女はいつも明るくつつましくしていらっしゃるんだわ』

『嘘だわ、嘘！……』

ユキ子さんは私の胸に顔を埋めて子供みたいにしゃくり上げるんです。それから私たちは静かな熱い言葉でいろんなことをささやきあったの。先生には教えてあげない。それで、ちょっとの間に私たちはすばらしい仲好しになっちまったの。ユキ子さんは私の顎の下に頭をつっこんで下から私の顔を見上げるようにしながら、

『江波さん、誰にも言わない指切り、ね』

そう言って、きつく絡んだ二人の小指を眼の前にもち上げてブランコみたいにゆっくり振ったわ。

『ほんとはね……。あたし、鏡をみて自分が綺麗なんかしらと考えたことがあるの。だけどなんだか恐ろしい気がしてそんなことを考えるもんじゃないと思ったの。私間違ってるにきまっ

てると思ったの。だって誰もあたしを綺麗だなんて言う方なかったんですもの。パパは、お前美人じゃないが遠慮やひがみのない顔でわしは好きじゃ、なんて変なことを言うし、軍艦に乗ってる私の好きな伯父様は一年に一ぺんぐらい家へあそびに来ては、こりゃあ、体育美人！南洋に行くとよう似た、もっとすばらしい身体の娘がどっさりいるぞ、なんて冷やかすのよ。だからあたし、自分のことを、心がけはちゃんとしてるけどありふれたきりょうの娘だと考えていたの……。

たった一度あたし賞められたことがあるわ。去年の今時分かしら。弟と犬をつれて海岸に散歩に行くと、砂浜の船の蔭で写生をしている人があったの。ボテボテ肥った身体の大きい人で、皮もむかない林檎を片手にもって、一と刷毛《はけ》なすっては一とかじり食べるの。弟が私を突っついてクスクス笑うもんだから、その人ヒョイと後ろをふり向いて、ウィンクするみたいにおかしな顔をこしらえて私たちを睨んだの。ちっともこわくなかったわ。だって、その人パパぐらいの大人で、眼の細い、チョビ髭を生やした、とてものんびりした顔をしてるんですもの。「ふむ、君たち三人は姉弟《きょうだい》かな」ってその人きくの。弟が「三人じゃないや、二人だい、犬が姉弟なもんか」って怒って言うと、「やあ失礼、まさにそのとおり」なんて言うものだから、あたしこらえきれなくなった機関銃みたいに笑ってしまったわ。

するとその人あたしの顔を穴のあくほど見つめて、風船玉がしぼむみたいな長い嘆息をフーッと吐くの。「お嬢さん綺麗だなあ。あんたは長生きしなきゃあいけませんぞ。長生きをね。おいくつ？」それが真顔なの。あたしこわくもなんともなくてただもうお腹《なか》の皮がよじけるほどおかしかったわ。「十七です」って正直に答えると「ああ、立派です。長生きするんですぞ」とまた同じことを言うの。「長生きってお婆さんになることでしょう？」ってあたしがきくと「お婆さんは困る。そうさな、長生きってのはお嬢さんが幸福に暮すという意味かも知れん。どれ、小父《おじ》さんにも一度よくお顔をみせたまえ」そう言って両手を膝の上にかまえてあたしの顔をつくづく拝見するの。あたし弟と並んで写真をうつす時みたいにすましてやったわ。ちっとも窮屈でない楽しい気持なの。「はい、ありがとう。小父さんお礼にダンスを一つ見せてやるかな」って、その人、絵筆とパレットを両手にもって、トラララ……なんてわけのわかんない唄を大声に唄いながら、おかしな尻ふりダンスを始めたのよ。ボテ小父さんでしょう。ユーウツ（上級生の流行語）ったらないの。弟はおかしがってあたしのお腹に牛みたいに頭をつっこんで来るのであたしよろけて倒れそうだったわ。踊りがすむと「さあ小父さん勉強だ！さよなら！」と言って、すっと後ろ向きになってカンバスと睨めっこを始め、あたしたちのことはまるで忘れたみたいにすましこんじゃったの。寂しかったわ。しばらく経ってもその人後ろをふり向かないので、あたしたちその人の幅の広い背中に、兵隊さんのやる失敬！の礼を捧げて、長い砂浜を、ふりかえりふりかえり街の方へ引っ返したの。その人一ぺんもあたししたちの方をふり向いてくれなかったわ。

家へ帰って、お母様一人の時にそのお話をきかせてあげたら「そう、よかったね」とお笑いになって「今度お休みが続く時お前とお母様だけでどこか山の温泉へでも遊びに行きましょうね」って嬉しい約束をしてくだすったわ。でもあたしそれだけじゃ物足りなかったの。お母様はあたしのお話をきいても、あたしが美しいのかどうか一と言もおっしゃってくださらなかったんですもの。それであたしあのボテ小父さんは頭が変な人なんで、ほんとはあたし美しくも何ともないんだと考えたの。つまんなかったわ。だけど、それがあってから、夜お床に着いて眠れないでいるとボテ小父さんの言葉や仕草が、香りの高い草花みたいにハッキリ眼の前によみがえってくるの。胸がドキンドキンとして哀しいくらいだったわ。そして、ボテ小父さんは世間に知られなくもほんとの美が描ける豪い芸術家なんだと考えたり、またボテ小父さんが言った通り、もしかするとあたしは美しいのかも知れない、だけど神様はたった一人の人にしかそれがわからないようにお作りになったのだ。その一人はだけどボテ小父さんではない、ボテ小父さんは予言者ヨハネみたいに後から来る者の前触れをするだけの役目で、神様のお定めになった真実の一人は、あたしの生涯のずっとずっと先に行って現出するのだ。その一人は男かしら女かしら。年寄かしら子供かしら。長い時間と広い広い空間との交叉点のどこかにポッチリ落された芥子粒《けしつぶ》の一点、あたしのたった一人の人。——気がつくと自分の指をかじって泣いてるあたしなの。幾晩も……幾晩も……。

恵子さん！　あたし嬉しい！　あたし美しいのね。美しいのね。……おっしゃってよ。あたしどんなに美しい？』

ユキ子さんは、この長い告白を、私の胸に顔をもたせて、やさしい一と息に続く言葉で、そよ風のようにささやきました。私はクラリネットが鳴るような生き甲斐を感じたの。だけど、ユキ子さんが最後に言い出した「真実の一人」という言葉が、たちまちに私をいつもの不幸の泥沼にスプスプと沈めてしまいました。私はうつろに答えました。

『どんなにって……女なの。美しいって言うよりか、ユキ子さんの肉体と精神は完全に女なの。わかる？』

上衣を通して私の乳房にまで感じられた熱い嘆息がユキ子さんの物も言えない狂喜を強調子《クレッセンド》に物語っていました。

『ユキ子さん、顔上げて。……私を眺めてよ』

『……こう？』

あの人は泣き濡れた笑い顔を、『お化けエ』みたいに私の顔にかぶせてきたので、私たちの眼の前には、円い大きな眼玉だけが世界いっぱいにギラギラ光って見えたの。眼って青い巨大なけだものだわ。動いて、考えて、生きてるの。せんせい額と額で押しっくらをしたことがある？……私はその時二つのことを考えていました。私の笛の穴をピッタリふさいでユキ子さんがひとりでに血の色の陶酔からさめるのを待つべきだろうか、それとも私の笛の背徳的な終曲《フイナーレ》をゴボゴボと奏し続けて真実追求の太っ腹な荒仕事を完成すべきだろうかと。私はいつの時もそうであったように、この時も、方向と色彩をもたない無色透明な私の良心に屈服しました。

私の声は沈んで艶気がなく……

『ユキ子さん、貴女これから私がお話することを聞いてしまっても今みたいに泣いたりしない約束をする？……いいえ、貴女にはもう泣けない、貴女の涙は冷えて乾いてしまう、貴女のお顔は骨ばって青白い憎しみの硬直を示すにちがいない。私はわかっています。だけど私は言わずにいられない。貴女が知らないからって、貴女を中途ですっぽかして知らん顔してるなんて私には出来ないことなんですもの。私言うわ』

『なによ。あたし恵子さんになら殺されたって恨まないわ』

あの人は精いっぱいな媚び笑いを私に見せてくださいましたけど、もうその笑いの隅々にはかすかな不安の影が戦《おのの》いているのがわかります。

『貴女さっき貴女の美しさを発見してくれる真実の一人とおっしゃったわね。……ボテ小父さんは予言者ヨハネだともおっしゃったわね。……じゃ私は何でしょう？　横合いから出て来て貴女の美しさを盗みとった私はなんでしょう？』

『貴女は……貴女は……お友達だと思うわ』

陽がかげるようにあの人の顔からは優しい表情が一ぺんに消えてしまいました。

『いいえ、邪魔者です。真実の一人の方が貴女を発見し、貴女が埋れていた白い粉を払い落して貴女の美しさを耀き出させてくれる前に、私の眼、私の呼吸、私の手型は、貴女を汚してしまったんだわ。貴女は壺の底に秘められた芳醇な葡萄酒なの。貴女の主人が貴女に唇をつける前に私はこっそり水を割ってしまったのよ』

『そんなこと……ないわ、ないわ』

あの人の顔、まっ青なの。慄えてるの。

『憎い憎い私でしょう。だけど私ずるいんじゃないわ。私は人が意識、無意識に隠している真実のかけらを盗み食いしないでは生きて行けない朱色の小鳥なのよ。……お気の毒なユキ子さん、貴女はもう、一度さらした美しい肩の肌を人の目からも貴女の目からも包み隠すことが出来ないんだわ。貴女をさがすたった一人の方は、貴女が目に触れても、貴女を貴女でないと思うかも知れない。なぜって、貴女はその人が現われるまで、白い匂いのいい粉の中にかくれん坊してる約束だったんですもの……』

あの人は石で刻まれたみたいに黙ってるの。地虫が鳴いて、樹液が匂って、世界が私たちを置いてけぼりしてどこかに遠足に行っちまったあの時間に、私の血脈だけがギコンカコンと歌時計のように活潑に動いていたわ……」

江波はその話を、初めからしまいまで、息疲れもなくサラサラと語り続けた。うるおいはあるが、抑揚のまったくない声調で、電燈の真下にさらされた彼女の顔も、花のように変化なく、疲れた、もの静かな美しさを湛えていた。

間崎はきいてる間に何度か胡坐から立て膝に、また胡坐に坐り方を変えて、そのたびごとに我知らず乱れた熱苦しい嘆息を洩らした。彼が見たものは、青白い、無限にかぼそい神経の線が縦横に網をはりめぐらした薄明不可知の世界の鳥瞰図《ちようかんず》であった。耳をそばだて意力を注いでも、その瞥見《グリンプス》を確実に把握するのが困難に感じられた。ああ、こんなにも土の匂いが微塵もない透明な生活の面貌があり得るのは、人生の星であろうか汚点であろうか……。

九

「変なお話なんだねえ……。そう言うしかない。そんな、逆立ちを何十遍も繰り返したようなお話にはとてもついて行けないよ。僕は、君みたいにそう呼吸長く妙なところにいつまでももぐる変則な健康体をもち合わせないんだもの。君のその歪んだ生活力を真っ直ぐに矯《た》めなおせばすばらしいと思うんだがね。……それでユキ子さんと君とは現在どんな関係なの」

「口をきかないの。あの人、でも、このごろ元気になったわ。いつか廊下ですれちがった時私の手に紙片《かみきれ》を握らせたの。それは——私はやっぱり貴女に感謝すべきだと考えました。遠くから貴女の御幸福をお祈りいたします——と書いてあったわ。先生、ユキ子さんお好き？」

「うん。君のお話をきいたら好きになった。これから機会のあるごとに口をきいて君がえぐった傷あとを癒してあげるさ。いいね」

「どうぞ。先生はそんなのお手当なら名医でいらっしゃるんですもの」

「中止《ストップ》……。お互いにもっと品位のある言葉を用いること。……君はさっき他人の肉体にひそむ真実を盗み喰いする朱色の小鳥だなんて言ったけど、そんなのは考えとしては美しいけど、事実としてはいけないと思うね。他人の真実を啄《ついば》むよりか恵子さん自身の中にそれを芽生えさせるんだ。根気と謙遜と知恵の肥料を注ぎこんで」

白々しさを唾と一緒に嚥《の》み下して、そこまでしか間崎には言えなかった。江波は年上の人のように余裕ある笑顔を傾けて、間崎を斜めに見上げた。

「そんなのいや。私先生からも何か盗もうとしてるんですわ。だけど先生はカムフラージュして大切なものを外へ現わさないんですもの」

「ちがう！」

間崎は初めて本音を吐くキーのどれかにさわられた。

「ちがうんだ。カムフラージュじゃない。僕は、思想だの学問だのはなやかな言葉だの、そんなものすっかりすりつぶして皮膚の中に塗りこめてしまいたいのだ。そして、いくらかおしゃべりで、平凡な外見をそなえた人間になりたいと思ってるのだ。僕の修養法だ。……だから僕は恵子さんを見ると渺茫《びょうぼう》とした海を眺めてるようでどうすればいいか頭がぼうっとなる。というのは貴女を理解しきれないのじゃない。貴女を服従させる力の動かし方があることも知っている。だけどいつかの作文にも書いた通り、僕は教師という柵の外へ足を踏み出したくないのだ。貴女がたは乏しい僕に盗めるものがあるなら十分盗むがいい。だけど僕のほうから身を屈して僕の人間性の機構を貴女がたに覗かせる義務があるとは思わない。恵子さんはそれをずるいとか臆病だとか煮えきらないとか考えるかも知れないが、それをとり去ってしまえば我々の生活は成り立たなくなってしまう。僕はそれを慎みだとか礼儀だとか呼ぶ。この慎み、この礼儀の埒内《らちない》に泥足を踏みこむことは、夫婦や親友の間でも許されないことだと考えている。――ホラ、こんなに先生は恵子さんとちがうんだ」

「じゃあ！　じゃあなぜ私を好きなのかしら。……盗むのは私じゃなくって、先生が私から何かをつまんで行くんだわ。ウソツキ先生」

江波は下唇をつき出してベッカンコウの顔をつくった。間崎は言葉が見つからなかった。代りに橋本先生がいつか言った、『あの子を先生のお嫁さんにするんでなかったらひいきにするのをピッタリお止めになったほうがいいと思いますわ』という言葉が、青い水底をよぎる魚群のように、間崎の滅入った心にひらめき動いた。なにげなく吐き出す煙草の煙りを江波は無邪気に間崎の顔に吹き返した。顎を少しそらせるその仕草のおかげで、首筋が十分に伸びて、隈なく眺められた。白く、艶々しく、円柱のようにたくましいその感じが、間崎の視力を急速に衰弱させる。急に耳につき出した置時計のセコンドが、駆り立てるように決定的な一つの心がまえを間崎に強いるのが感じられた。それが実現するまでには、まだはるかな心理上の距離が予想されたけど……。

「ごめんください、間崎先生いらっしゃいますか、あの、橋本でございますが――」

階下からハッキリした声が聞えた。おう一ぺんに二つのセンテンスを簡潔に言って退けて……。

「あっ！　橋本先生！」

江波はパッと立ち上がって、声を立てない、だがよく聞える言葉でひとり言を言い、クスクス笑いながら室の中を素早く見まわした。

「かまわない、坐ってるんだ、おとなしく」

なぜか間崎も江波のように熱い呼吸だけでその言葉を言い、床がきしむように不器用に立ち上がった。

「いやいや、私隠れるわ、隠れるの、隠れるの、さあ、大変……」

押し入れを引きあけて、自分が坐っていた座布団やよごれた茶碗を押しこむのがほとんど一瞬の間になされ、間崎は啞然として今少しで何か愚かしい声を立てるところだった。

「ごめんくださいーー」

「返事をなさい、はあいって……」

「はあい」

間崎と彼の女生徒は口を押えて笑いを包んだ。江波は……止めたってむだだ、蔭で隠れんぼでもする気で、楽しげに、ひそひそとはしゃいでいるのだからーー。ツイと寄って来て、間崎の肩に両手でつかまって顔を胸にくっつけた。清らかな髪の匂いがした。それから押し入れの中にもぐりこんで積み重ねた夜具の上に猫のように丸まって寝た。まっくらがり。すべてこれらのことは信じられない速さでとり運ばれた。間崎は、自分の夜具にうつるであろう江波の体温を、かすかに、なつかしく感じながら、案外やましくない気持で新来の客を迎えに階下におりて行った。

「人臭いわ！」

橋本先生は間崎に案内されて室に通ると、挨拶もすまないうち、開口一番にそれを言った。

「そうですか――」

間崎は用心深くニヤニヤ笑った。

「こんな空気の中にこもっているから煮えきらないリベラリズムが発生するんだわ」

橋本先生は勝手に障子をあけ放って、フーフー呼吸を吹き、両手をひろげて風を煽《あお》る動作をしながら、室内にこもった煙草くさい蘊気《うんき》を、冷え冷えする外のくらがりに追い払った。それがすむと、座布団からずって畳の上に端坐《たんざ》した。

「今晩は。――おじゃまに出ました」

「ようこそ」

間崎は変に人ずれのした、生温かい気持で、真正面から橋本先生の顔をニヤニヤ眺め下ろした。

「まあ。睨んでいらっしゃる。――昼間のこと怒っているんですか」

橋本先生は真っ赤になっていた。それは駆け引きのない純な初々しい感情の発露と見られた。

間崎のたるんだ心は一ぺんに振い立った。

「あんなこと、怒るもんですか。――だけど、貴女という方は少し激した感情があると必ずそれを肉体的な行動に移さずにいられない方なんだと思いました。感情ですよ、あるいは性癖。ともかく秩序だった意識、思想という意味ではありません」

「おっしゃることよくわかりますわ。――ナマな人間としては少しばかり風変って面白いが、彼女の思想なんてとるに足りない、その意味でしょう」

「そうです。ただ、貴女の言うナマな人間と彼女の思想とに対する評価の仕方が、僕と貴女とではまるであべこべなんです。僕も貴女に街頭で三十棒をくらわされて遺憾がない微温的なオポチュニストであることは確かですが、貴女はまた貴女の理想に従順でない貴女の人間性をむやみに虐待してるんじゃないかと思います。これは言葉の上だけの話かも知れません。しかし意味はあると思います。――実際は遠くから眺めていますと、貴女ほど自分の肉体を上手に処理してる方はないようですが……」

「私はそれを恥じております。――でも、怒らないでくださいね。人間性、思想、感情などという問題は、私たちの間では、先生がおっしゃるのとは全然別な立場から一点のボカシもなく正確に解明しつくされておりますわ」

「知ってます。――だけど出来上がっている公式と実際問題との間には大きな距離が伏在していると思うのです。その距離を血みどろな悪戦苦闘の実践で少しずつ縮めて行く、ということになるんでしょうが、実際には、過剰な精力や学問の魔力で、不当なずるい飛躍をとげている場合が多いのではないかと思います。貴女がたの理論には隙間がない。だけどその理路整然とした一体系の風貌は、およそガッチリとは反対な、その身支度に一分の隙も見せない華奢な紳士のような印象を与えがちなのは、結局、理想と現実との距離の縮め方に大きな手抜きが行なわれているからではないかと思うのです。纖細怜悧《れいり》な素描の線、装飾的だとさえ思われる華麗な気魄。——それはそれ自身として小さな世界を完成しているかも知れませんが、現実を掬《すく》い上げる、地味な、堅固な力に欠けているように思われるのです」

「貴方がおっしゃることはみんなほんとのことだと思いますわ。だけど水のように精分がうすい。貴方は先に進む人たちの手から洩れこぼれた虫喰い栗を拾い上げて珍重吟味するだけには熱心ですけれども、その人たちが確実に収得した豊富な獲物については考えようとなさらない。迂闊です。意地汚ない。訂正趣味は私のいちばん嫌いなもの！」

橋本先生は熱い嘆息とともに最後の一句をたたきつけるように吐き出した。霰《あられ》に打たれるような冷たい、まぶしい快感が間崎の五体を斜めに駈けめぐった。

「趣味ではありません。僕としては全力的に考えているつもりです。煮えきらない。妥協的だ。——貴女が批難するその気分こそ生活というもののほんとの味ではないかと思うのです。文学の例をとれば年が若く気力が旺盛な時には、エドガー・アラン・ポーだとかボードレールだとかランボーだとか、青い炎を吹き上げるような迫真力をもった芸術に心を牽かれる。僕がそうでした。そこには、真実、絶対などの深遠な面貌がちらつき、永遠に通ずる瞬間のひらめきさえも覗かれるのです。この幽玄孤高な世界の瞥見《べっけん》に比すれば、世俗の生活などは一顧の価値もない紙屑同然のものです。――今日貴女がたはボードレールやランボーを頭から否定するでしょう。しかし貴女がたの抱く社会的熱意には、どこかしら一と昔前の青年たちがディオニソス型の奔放な芸術に没頭耽溺したのと似通った気分があるように思われてならないのです。科学的だとか弁証法だとか階級だとか環境と意識だとか、言葉はいろいろ新しい。けれどもそれらの言葉を理解する貴女がたの態度は、かつての青年たちがボードレールやヴェルレーヌを読んだ場合と同じように、ひどく高踏、放縦《ほうしょう》なものに感じられるのです。こうした反省は、貴女がたの中で抜け目なく行なわれているかも知れませんが、その自己批判をも一切含めて僕はなおそう言いたいのです。初めにかえって……僕は生活というものをはなやかなものだとも深刻なものだとも考えません。平凡ではあるがウッカリはしていられない――ちょうど田や畑の作物をつくるようなものだと思うのです。自分だけが真理に通じ、自分だけが意義のある生活をしている――もしそういう気持で暮している人があるとすれば……そういう人も必要なんでしょうが……僕はその人を好まないだけです」

間崎は言葉の不足を目で補うかのように、語っている間、橋本先生の顔をじっと見つめ続けた。そらしもうつむきもしない黒い視線の交流が、ある時には間崎に、ある時には橋本先生に強く作用し、そのたびに相手が消え入るような焦躁不安の念に駆られているのがまざまざと心に反映した。

「せんせいは……ずるいと思いますわ。私は『私たち』という言葉を使ったのに、単数の『私』だけにお話をなさるんですもの。私は未熟ですから、先生がおっしゃったことはいちいち身に応えますけれど『私たち』としての『私』は、それを一とくさりの世迷言《よまいごと》として蹴飛ばすことが出来るのです。けれどもそれでは虎の威を借る狐になってしまいますから私はおとなしく負けます。私を完膚なくやっつけた後の先生のお心持は何かしら穏やかでない、寂しいものがあると思います。その白々しい寂しさが、私に代って先生と執拗に渡り合ってくれるでしょう。私自身たびたび経験しましたから……。だけどつまらないわ。先生は私を呑みこんでしまって、何を言ってもかまわないという余裕のある気持でいらっしゃるんです。……もう私、口をきくのを止めようかしら」

橋本先生は歯が痛む時のように口辺を歪ませて机の一点を凝視していた。

「そりゃあ困りますね。……口もきかないで腹ン中だけで僕を軽蔑しているんではほんとの軽蔑にもならないと思いますが……。他を見下し己れを高くするにはそういう思い入れ主義ほど都合のいいものはありませんが、都合がいいだけ根拠がすこぶる薄弱だと思いますね。自分の頭の中では一分一厘間違いない真実だと思われることでも、外へ出して、世間の埃や太陽の光りを浴びさせると他愛もなく萎んでしまうのがありますが、そういうのはやはりほんとの真理だとは言われないと思います。……貴女も、貴女の思想を口へ出して陽の目を浴びさせてみるんですね。それには僕なんか恰好の稽古台かも知れませんから御遠慮なしにたたいてください。それとも貴女は姿勢《ポーズ》だけの真理主義者たらんとするのですか……」

「まあ、貴方こそ日蔭の湿っぽい心理について百科辞典《エンサイクロペディア》みたいに通じていらっしゃるわ。そんなにたくさん覚えこんで一体どうするおつもりかしら？」

「どうするって……役に立てようなんて最初から考えてはいませんよ。少くもその点だけでは貴女より豊かな気持だと思いますね。貴女は覚え込んだことをすぐに役立てようとする、自己の発展というか成長というか、そういうことと密接に結びつけて、極端に言えば厚さ一インチの書物を読めば一インチだけ背が高くなったような気分でいられる。なかなかしっかりしたことだとも、またたいへん困ったことだとも言い得るでしょう。遠慮のないところ、なんでそんな学んですぐ役に立てるような覚え方をするのかと不満に思いますね……」

「……そんなことみんな先生のおっしゃる通りで差し支えありませんわ、九十九欠点があっても一つだけ最後のものの糸口をしっかり握っていればいい、そう思っているんですから……。なんだか先生とお話していると温かいお湯にでも浸ってるようで、精神上の遊蕩《ゆうとう》に耽っているんじゃないかしらという気がしてなりませんの、ごめんなさいね、無躾なことを言って……」

間崎は赧くなって乾いた髪を大急ぎで二、三度掻き上げた。その様を橋本先生は注意深い静かな眼差でじっと眺めていた。

「僕、赧くなったらしいですが、しかしやましいからではありません。……貴女は触るれば火花を発するような対人関係を希《のぞ》んでおいでのようですが、そんなもんじゃないと思います……」

ここで間崎は息を深く吸いこんで落ちついて相手の顔を眺め返した。

「……僕は貴女と知り合いになったことをずいぶん喜んでおります。僕たちの友情がつまずきなく発展して行けるようにと皆に聞える声で祈りたい気持もあります。こんなことを考えるのです。僕たちは、貴女の積極性、僕の消極性を口先ではお互いに難じ合っておりますが、実はその背馳《はいち》する牽引力が、僕たちを一対の友人にしているのではないかと思うのです。もしも僕たちの口から出る言葉が、陰影も象徴も含まないナマな残酷な真実を表現しているものとすれば、僕たちの間には永遠に融けあえない白々しい感情の氷山が聳《そび》えているはずです。別に言えば、僕も貴女の生き方に教えられるものがあり、貴女も僕を軽蔑しきれない未熟さをもっているということになるのでしょう……」

「軽蔑なんて！……私は……」

橋本先生は、間崎が一と息長く吸って火鉢につきさした煙草の吸い殻をじっと見つめていた。間崎が灰の中に何か隠したとでも思ってるかのように……。その顔は一瞬自己を忘却した、はかない、渺茫とした美しさを湛えていた。間崎は慄然とした。何を言い出すかも知れない！

「僕は貴女が溌剌、颯爽とかまえているほど貴女に心をひかれます。貴女のおしゃべりをきいていると元気になる。けれども貴女のおしゃべりが何かの真理を解説しているなどとは夢にも考えられない。僕にザンザンふりかぶさってくるものは一にも二にも貴女の性格だけ！　無法で、明るくって、怜悧でどこか子供じみた性格だけ！　貴女の僕に対する気持も結局同じようなカラクリではないかと思うのです。貴女は、それが嘘だ！　不服だ！　と言いきれますか？」

間崎は危機をそらすために考える間もない一連の言葉を速射した。かえっていけないことを言ったのではないか。

「……そんな妥協点を見つけてくれたってちっとも嬉しいことはありませんわ。なんだか卑しい言葉の投げ合いをやって、陰性な貴方が勝った、私には眼をつぶっても言えないことを平気でおっしゃるから。そんな気がするわ。いつか言ったこと、今日言ったこと、言葉だけ継ぎ足して考えると、貴方はひねこびれた小理屈の多い、いやあな方ね。だけど実際の貴方はやはり若い人だわ、いい人でもあるわ。それというのも貴方は貴方らしい実践で言葉を自分のものに消化しきっているからわりと悪印象を与えないのだと思います。ちょうど芝居の盗人や悪人の理屈に合わないでたらめな台詞が群集の喝采を博するようなものだわ」

橋本先生は眼を皺にして間崎の胸のあたりを寒そうにみつめながら、急に調子を落して愚痴っぽく言った。白粉のムラが目立って世帯《しょたい》やつれした女の人のような寂しさが添った。

「ひどいことを言うなあ……」

「ちっとも……。私お茶をいただきますわ」

橋本先生は、袂の先を口にくわえて、シュンシュンたぎっている鉄瓶をはずして、静かにお茶の支度をした。茶碗を両手に押し戴いて、フーフー湯気を吹き、うまそうな音をたてて、二た口三口に顔をすっかり仰向かせて飲み干してしまうと、

「何の御馳走？」――と打って変った朗らかなひとりごとを言いながら菓子箱の蓋を開いた。赤い漆がピカピカ光っている容器の中に小母さんが手際よく花形に並べてくれた唐饅頭《とうまんじゆう》が、ボツンと二つ欠けていた。江波が食べちゃったのだ！

「まあこの並べ方。お茶だって出がらしだしこんな歓待法ってないわ。待ちきれないで、貴方一人で召し上がったのね」

咎めながら自分も一つつまんだ。

「フフ……」

間崎はなにげない笑いの中に昂《たか》まる感情のほのめきを強く押し隠した。というのは、彼は先刻来、今夜のお客さんはみんな自分勝手にお茶を注ぐ、と気がつくと、奇妙に複雑なおかしさに切なく喉をふさがれていたのであった。

「いやです。笑わないでください。いつまでもグスングスン思い出し笑いみたいなのをして

……。貴方、今日、疲れてるんでしょう。何だかおっしゃることも態度もよごれてふやけてるように見えますわ」

橋本先生は歯茎や唇にねばった糟《かす》をなめずりながら物を頰ばったモグモグした声で言った。間崎は眼を円くして小鼻をヒクヒクさせていたが、こらえきれずに、だしぬけに、

「そうじゃありません！」

と怒鳴って、家中に鳴り響くような笑い声を爆発させた。今度は橋本先生がキョトンとした顔をつくった。

「……僕の、僕の歓待法が小笠原流《おがさわらりゆう》でないって非難するお客さんが、お茶も自分でいれる、お菓子の蓋も自分であけるなんて、ずいぶんおかしいと思って……」

「なあんだ……」

橋本先生は少し赤くなって間崎をまぶしそうに睨み上げた。間崎は家にいて妹たちと過したある時のなごやかな記憶を呼び起した。

その時、押し入れの中でゴソッという音がした。吹き出しかけた声とも、壁板にさわった音とも、どちらにもききとれる怪しい物音だった。間崎はフッと呼吸を強く切って思わず首を垂れた。驚いたのは橋本先生だ。

「あれ！」

と叫んで、茶盆をガチャンとはねかして間崎の身近かに躙《にじ》りより、押し入れの唐紙《からかみ》に吸い寄せられた驚きの眼差を、そのまま静かにめぐらして、

「まあ——。ねずみ。先生とこもひどいのね。びっくりしたわ」

ようやく青白く微笑んだ。いつもの髪をキッチリ後ろに束ねた白い、隠し事の出来ないはっきりした顔立だった。

「臆病だなあ……。開けて退治しようかな」

「いらないわ、そんなこと。——あらあら、私お茶をこぼしちゃって……」

両の袂、懐ろなどを忙わしくさぐって、それがないことがわかると、掌でタンタン頭のてっぺんを打って、

「おやおや、塵紙もハンカチも忘れて来ちゃったわ、着物を更えて出かけたもんだから。……ください」

「そういう人が他人の小笠原流儀を云々するんだからな……」

間崎はわざとふざけた口調で言って畳のよごれたあとへ、ドサリと塵紙の束を投げてやった。

「いいの。先生だって職員室でみていると手の甲で洟水《はなみず》をこすったりしていらっしゃるわ……」

つき上げるような友情が間崎の身体を一、二寸前方に傾かせた。橋本先生は無心に畳を拭い

ていた。水色の襟が人なつかしく、かすかに、垢《あか》じみて……。

間崎は、ふざけるのとはおよそ正反対な、何かしら痛いような峻烈《しゅんれつ》な心持だった。論語かにある「信ジテ疑ワズ」といったふうな橋本先生の生一本でお人好しな性格が、金槌《かなづち》で打ちこむように胸の奥深いくらがりに確実な地積を占有し、泣けば他愛なく泣き出せそうな、呆然としたたよりない状態にあったのだ。けれども、押し入れの中の江波恵子が、今にも、のんきな顔で「バー……あたしこんな暗いとこにいるのはいやになったわ」とか何とか言いながらいきなり外へ飛び出して来そうで、それを思うと、橋本先生の肉体的な心の美しさに身をゆだねきりにすることが幾度も躊躇され、また口惜しまれるのであった。

おかしな少女、江波恵子！　間崎は橋本先生と対談中、江波の存在に牽制されて右顧左眄《うこさべん》の言を弄する不快の感をいささかも経験しなかった。すてばちに無視したのではない。いわんや忘却するなどあり得ないことだ。分秒時の間にも、夜具を積み重ねた上に丸まって寝て、まじまじと眼を見開いているであろう恵子の怪奇可憐の姿が、唐紙を透して、白い骨のように鮮明な投影を間崎の脳裡に宿していた。無抵抗な点、けれども決して消えることがないという点、それは秋の霧にも比せられる稀薄な美しい存在であった。間崎が、埃をはたくような一流の栄えない論戦を橋本先生とまじえている時、透明体に化した江波恵子は、間崎の言葉の先々へ音もなく移動して、立場をもたない、聴くためにだけ聴く白い耳をじっとそばだてていた。間崎は二倍の気力で語ることを要求された。けれどもいつわりを語ることは許されない！　この倫理は不思議でもあり厳《おごそ》かなものでもあった。

十

押し入れの中で不用意に発した物音は、この快い刺激に横溢《おういつ》した二重影像に弛緩《しかん》した間隙を生ぜしめ、間崎は初めて分裂する心の悩みを意識した。鳥毛の帽子もサーベルも、一切の軍国的服飾をかなぐり捨て、手の甲で洟水をこする可否、どこの家の押し入れにも鼠が棲息している疑いのない事実など、通俗安易な主題に関心を示し始めた橋本先生と、好もしい程度の意気投合を実現し得ないということは、舌もどかしい遺憾のことであった。こんなに品よく世間ずれた友情というものは、屈託の多い日常生活のオアシスにほかならず、めったには訪れてはくれないものだ。厄介な少女、江波恵子！　君の気まぐれな出現にそなえるため、もしもの場合にはどちらへでもそれて行けるふざけゆるんだ心を、この大切な際に、じりじりもちこたえていなければならないとは！　これは生命の刃物を河原の石塊《いしころ》にかけるような深刻な不幸なのだ。ああ、ほんとの鼠が出て来て鼻をかじられてしまえ、江波恵子！

「先生」

「なに」

「……もう私どちらだっていいんですけど、せっかく持って来たんですから……」

橋本先生はお茶を含んで口の中をブクブクゆすいで一と息にゴクッと飲み干した。まったく小笠原流ではない。だが、独居して行うことを人の前でも同様に行なうということは一概に悪いとばかりは言えない気がする。——部屋の入口に置いた青い風呂敷包みをひきよせ中から四、五冊の書物を拾い上げた。

「これ、先生まだ読んでなかったらお貸ししようと思って……」

「ちょっと拝見」
1、無産者政治教程。2、グラトコフ『セメント』。3、シャボアロフ『戦列への道』。4、レーニン『何をなすべきか』。5、無新三部。6、森鷗外『即興詩人』(これはどういうわけだ?)。
「借りましょう、貴女の御期待に副《そ》い得ないことはわかっておりますが……。このうちシャボアロフと即興詩人は読みました。政治教程も無新もときどき読まされたことがあります。読めばそれぞれに面白く少しずつためになってると思います」

「シャボアロフは?」

「感心しました。あれなら誰が読んだっていい本だと思います。正義と信ずることのためにあらゆる困苦艱難《かんなん》に打ち克つ——意義の如何にかかわらず修養の助けになる本だと思いました」

「いやだなあ、そんなに読むなんて……。それじゃあいちばん大切なものを見逃しているようなものじゃない？」

「そうばかりも言えませんね。貴女がたがブルジョア文化の価値ある遺産は継承すると言ってるように、僕らだって貴女がたの態度実践からいろいろ学んで差し支えがないと思いますね。僕は小説が好きだから——小説の問題で言いますと、プロレタリアの作家や批評家は、自分たちの陣営に属する作品のほんとの良さは陣営外の人間には分りっこない、こんな狭苦しい考え方をしているように思われる。それは本質的に正しいことでしょう。けれども現在のところではその間に純粋でない感情の残渣《ざんさ》を多分に混えているように思われるんです。レーニンがゲーテを愛読したとかいうように、いいものは誰が見てもいい、芸術というものは、物惜みしない、そして秘密なカラクリなどをもたない、悠揚とした、しかも隙間のないものだと思うのです。ところがですね。プロレタリアの作品で、私らが読んで面白くないなあ、下手だなあ、と感ずるものを、同志の人が批評する文章を見ると、作品中の一行一節を抜き出して奇妙なしかつめらしい理屈を言っている、賞めているんだかクサしてるんだか分らない。また私らが読んで、すばらしいなあと思う作品でも、同じ筆法でおまじないみたいにちょっとケチをつけてみる。

芸術はそんなに一行一節に拘泥して青筋をたてるような神経衰弱的なものではないと思うのです。一個人の一作一作にそんなやり方をなされるんでは、正直な作家なら、本心は地獄のありさまにちがいない。小説の問題だけでなく、一般に大衆々々とは言ってるけど、言葉の上の大衆だけで、一国のシンになっている大衆の層をつかんでるかどうかは疑わしいと思うのです。むしろみずからそれを排するようなやり方をしてるんじゃないかと思うのです。別な言い方をしますと、相当年配の大人たちが貴女がたの思想や実践運動に対して抱いている理論のない無言の疑惑には、何かしらほんとなものが含まれているように感じられてならないのです」

間崎は控え目に、声を抑えてそれを言った。こんなことを熱して語ったあとにともすれば襲う頽廃の気分は間崎のとらないところだ。じっと間崎の顔を眺め続けていた橋本先生は、胸のふくらみが目立つような無遠慮な嘆声を洩らした。人差指を案内図のような形にこしらえて鼻の下にあてがいながら、

「貴方は、少しずつほんとらしいことを言うんで、イヤだなあ。私がもう少し出来てれば貴方に言われてショゲルようなことないんだけど。……ほんとは貴方みたいな考え方、いちばん手に負えない愚かしい考え方なんだそうだけど、私には説明できないから仕方がないわ。……でも貴方どうしてそんな二番煎じみたいな意識をもって自分を不幸に感じないのかしら……」

「……人はそれぞれの適応性をもっていますから。貴女だってその例に洩れるものではないと

思います――」

お茶をゆっくりすすり合い、二人の間にはある落ち着きが出来た。けれどもそれは間崎の欲する対人関係とははるかに異るものだった。いま、橋本先生は疲れをみせ、よりかかろうとする家畜のような白い屈従の気配を示していた。間崎は、相手が男である場合も女である場合も、被虐使性《ひぎゃくしせい》の友情をしっくりしたものに感じていた。相手が興奮に駆られて、生物的な人間の匂いを硫黄のように発散させ、生れたての形も整わない「真理」の利剣を焦々しくふりかざしてくる時、彼は守るところをわずかに安全に守って、ほかは相手が切りきざむのにまかせる。敵の利剣が自分にも不要な身にこびりついた肉腫を斬り落してくれれば、やはり自分の成長発展にそれだけ役立つ友情と考えて誤りないわけだ。また彼自身の信ずるところあるかに思われる消極性も、押し除けられ、無視されようとしながらも、相手に絡みつく何物かをひそませているのではないかしら――。それを感じてくれない人とはまったく無縁、世界を別にして生活することになるのだ。関係が逆になって、自分が優越した立場に置かれるとなると、間崎はあさましいほど喜びと落ち着きを失って、肉体的に自分を信頼しきれなくなってしまう。これは理屈でなくって、彼が不具者でもあるかのような、どうにもならない陰鬱な事実であった。学校で、教室以外にはどんなチビの生徒に向っても教訓的な口がきけない、むだ口か悪口のほかには言えない、ということは、彼のこの性癖を物語る生きた証拠であるといってもよかった。

だが間崎は拱手傍観《きょうしゅ》して自己の被虐使性を甘やかしていたわけではない。いつかはこの安全第一主義が根底から覆えされる日がくる。それもあまり遠くないうちに……。その起因となるものは恋愛？　思想？　生活の倦怠？　偶発的な不幸？　あるいはまた生涯このままかも知れないし、それならそれで止むを得ないことだが、いずれにしても自分のこの性癖に関する反省、予想ほど間崎の胸を怪しく戦かせるものはなかった。

この人か！——間崎は試すような眼差で、橋本先生の身体をなにげなく眺めまわした。キッチリ締った胴、坐っていると少し不釣り合いに長すぎると思われるまっすぐな脛《すね》（股《もも》というのがほんとかも知れない）、若い婦人にありがちな、消えやすいむだな付加物の美しさをまったく持ち合わせない、ひきしまったそれでいてゆとりのある白い美しい顔。……この人が何のためにたとえ一時でも身を屈しようとするのか。もってるままの美しさと聡明さで元気に憚《はばか》りなくふるまうのが彼女自身の天から与えられた鉄則だと思われるのに。間崎は他人が自分だけに示そうとする弱さに対しては一種の身慄いを禁じ得なかった。

味気なく彼は言葉を続けた。ここまで滅入りこんでもう江波恵子を気にする潑剌とした心もなく……

「僕がこんな性質になったのはいろいろな原因があるでしょうが、家庭が変に睦《むつ》まじ過ぎたのもその一つだろうと思うんです。興奮したり、感激したり、一人で青白く考えこんだり、そんな寂しい隙間が僕の家庭には昔からなかったのです。ウッカリして僕が少し勢いこんで何か学問的な話でも始めると、妹の奴らが、ヒヤヒヤ謹聴、なんてすぐにひやかしてしまう。ふざけたり、お互い同士甘やかしたりしてるわけじゃないんです。兄妹それぞれに勉強もしますし、世間話の調子ではいろいろまじめな問題も話し合うんですがいったん普通でない気色を匂わせたらもうだめ。きき手の誰かが窘《たしな》めるようなツンとした顔、ニヤニヤした顔をこさえてしまいます。こんなこと、貴女に報告していると、何だか不潔なイヤらしい家庭のように思われるでしょうが、実際には信頼、礼儀、節制が保たれて、どこの家よりも楽しい、住みよいわが家でした。すぐの妹、浜子というんですが、こいつが現在の夫と家で見合した時、母が心配の余り、隣の室に立聞きに行ったところ、妹の奴、ふだんの口調で、

『よく世間で性格の合わない夫婦だとか何だとか申しますけどそんなこと間違った話だと思います。一方が変人でもない限り、二人がわがままをつつしんで努めれば必ず和合した家庭がつくれると思います……』

こんな話をしているのを、相手の海軍大尉が『はっ、はっ』と謹聴している。

『……船に乗ってる方は品行が悪いと言いますけど、貴方も今までそうでしたか』

この手きびしい質問に相手は、

『はっ、そうであります！』

と率直に答えたそうです。自分が実力以上のことを口外しない代り相手にも嘘を吐《つ》かせない。これがまあ僕の肉親に共通した一種の長所とでもいいましょうか。

『結婚をなさったらそんな悪遊びを一切お止めになる決心がつきますか』

『はっ。海軍軍人は妻を大切にするであります』

僕はそのころ風邪をひいて二階に臥せっておりましたが、母が忍び足で入って来て、泣き笑いをしながら一部始終を語ってきかせました。——と、まあこういうのが僕の家庭の一スケッチなんですが、そこの跡取り息子、すなわち間崎慎太郎《しんたろう》なんです。……なにかうなずけますか」

膝を横崩しに間崎の身近かに坐った橋本先生は素直にハッキリうなずいた。といっても実際の動作は頭をヒョイと仰のかせたのであったが——。

「少しばかり羨ましいわ。でもそんな型、女の人ならしっかり者といわれるほうでよろしいと思いますけど、若い男の人では、夏冬、足袋はいてるみたいで面白くないと思いますわ」

「困りますね、天邪鬼《あまのじゃく》で——。身に即したお話はこれで切り上げて何かのんきな話をしましょう」

「えばってるわ。自分の家だと思って気を強くなさるのね。私、ラフに扱われるのはいやですから……」

「ちがいます。貴女が疲れていらっしゃるんです」

間崎は自分に託されたかたちの室内の空気を重石のような窮屈なものに感じた。どんなふうに時間を進行させればいいのか皆目見当がつかない。――もしかしてこんな隙間に恋愛というものが忍び込むのではないのか、言葉がつきたあとの空しさを満たすために――。考えただけで間崎の顔は赧くなった。いっそ江波恵子を押し入れから出現させて、急ピッチで今夜のページをむちゃくちゃにめくり了せたら……。

虫が匍《は》うような沈黙が来た。なにものとも知れない白けた悪意が、室の隅々から、畳の目から、爪のように伸びてくる。間崎はふと旧約聖書のある恐ろしさを感じた。人間の精神が血や肉の臭いから脱けきれなかったころ、父と娘が濁った力で子孫の繁殖をはかったころ――その恐ろしさだ。間崎の口は石のように冷えた。反対にふだんはその存在さえも意識しない体内の赤黒い血潮が沸々と熱したぎった。一度、二度……二人はぼんやりした無感動な目を見合わせた。お互いが醜いと感じていることだけが棘を刺すようによくわかった。

「せんせい、私もうお暇します」

「――――」

橋本先生は一、二歩ずって座布団に坐りなおした。

「ごめんなさい。私が、先生に妥協したのがいけなかったんです。哀れみを乞うていたのかも知れません。——私の境遇はそうしまいと思っても人の前でつい心にもない気休めを言ってしまう、そんなものでしたの。ふだん気をつけて、少し極端なほどその反対に出るようにしてるんですけど。……私の楽屋、先生だけに覗かれて、でも私ちっとも後悔なんかしておりませんわ。今夜寝て、明日寝て、明後日ごろは元気になれますわ。ごめんなさいね、つつしみのないことばかり言って……」

低いが気力の回復が感じられる言葉だった。間崎の口もおのずとほぐれた。

「いや、僕の責任です。弁解ですが……僕は僕が言う言葉を今夜貴女がなさったように他人からまともに受けとられることに慣れていなかったのです。年齢がいつか僕に自信をもたせることもあるかも知れませんが……。でも最後にこれだけはキッパリ言いきれると思います。貴女のまっすぐに伸びた若さは、思想を実行に、熱情を感覚的陶酔に移さない限りおさまりがつかないのだということです。……そして僕はそのどちらの道連れにもなり得ない人間だということも……」

その瞬間、間崎は「ふっ」というかすかな叫びを——呼吸を耳にしたように思った。が、それは錯覚であるとしても、橋本先生の喉がプクリとふくれたのだけは確かに目撃した。

「ありがとう。私も考えてみますわ。——じゃ、先生、さよなら」

橋本先生は、お辞儀をした顔を間崎の方にふり向けずに、静かに立ち上がった。

玄関の履脱《くつぬ》ぎ台に江波の赤い下駄が並んでいた。

「この家にも娘さんがいるのね。ちっとも人声がしない……」

緒のきつい草履を、土を蹴って足にはめながら橋本先生が言う。間崎は黙っていた。

「少し送ってくださらない」

「行きましょう」

外は寒いほどの夜風だった。空は白々と間近く晴れて、風に吹き落される星が、見てる間に三つ四つ流れ飛んだ。

「寒い……寒い」

橋本先生は意気地なく肩をすぼめて間崎のわきにすりよって来た。ある星々は明らかに二人だけを見下ろしている。

「僕は熱いですね」

「あんなこと言って。今夜先生少し図に乗ってやしない」

橋本先生は、風よけに袂の袖口で襟前をおおっているあり合わせのつき出た肱で、間崎の脇をゴツンと突いた。ほんとに痛かった。二人のだしぬけな笑い声がしずかな裏町の夜気に反響した。

黙って、足早やに、楽しく歩いた。

「コーヒーを飲んで、それから別れない？」

明るい電車通りに出たところで間崎が足を停めると、橋本先生から命令的に提議が出た。間崎は、時間も時間だし、江波のことが実際上の心配になりかかっていたのだが、ふり切ることがならなかった。

「貴女のおごりですよ……僕は手ぶらですから……」

「いいわ」

「貴女には飲食上の貸しがあるんだ」

「あら、いつ？」

「今夜。貴女僕の室にお入りになった時、障子のそばに風呂敷包みをそっと置いたでしょう。ハハン男が生れそくなったような橋本先生だけど、大体において女の人であるだけに、人を訪問する礼儀は一応心得ていらっしゃる、お菓子かな、ネクタイかな、と欲張っていると即興詩人とレーニンが出た。これは心理的には立派な貸借関係が成立しますよ」

「呆れた！　呆れた」

橋本先生は口惜しがって足を揃えて一、二度舗道の上に飛び上がった。年寄の夫婦の通行人がけげんそうに後ろをふり向いて過ぎ去った。

「……ほんとはね、私も出かける前におみやげのこと考えたの。だけど細かくいろいろ迷ったあげく、そんなことわざとしまい、先生とは初めっから喧嘩するみたいなむだのないおつきあいをしようと決心したの。ほんとよ。——だから私のほうには心理的な借りはないわ」

「交際にはむだのほうが大切ですよ。貴女は一生涯相手と真剣の立ち合いを続けようとむちゃをなさるんだ」

「するわよ。今夜は負けても何遍でも……。先生いばってらしってもサムソンにだって急所がありますす」

「全身急所なら急所がないに等しい」

「くらげみたいね」

「お魚ごっこなら貴女は伊勢海老だ。胴体は細いくせに髭だけがピンと威張ってやがる……」

街の光りや、物音や、電車の出現などが、二人を急速に太っ腹な人間につくり替えた。ずいぶんな駄弁をふるっても、濁音は冷たい夜気の中に散って、楽しい響きだけがコトコトと胸底の心琴に共鳴する。

喫茶店に入った。狭いボックスに顔をつき合わせて一別以来の対面だ。かわるがわる静かに笑ってばかりいた。大きな、厄介な仕事をなしとげたあとのような不満のない心境だ。コーヒーもうまかった。

「貴方なにか温まるもの召し上がらない？」

「じゃウイスキー。ほんのちょっぴりだけ」

「――なに笑ってらっしゃるの？」

「なんにも。貴女は？」

「楽しいから」

「ハッキリしてるな。僕の友達にも貴女みたいな男があった。街中や野っ原に出ると急に鼻息が荒くなって、僕なんか新興社会の害虫みたいにこき下ろされてしまう。ところが二人きりで室の中に向い合っていると、モジモジして何だか僕のほうが少し分がよくなる。その男、新聞社に勤めながら貴女がたのほうの仕事をやってるらしいんです。しばらく会いませんがいい人間でしたよ」

この男との輪郭の類似はさっき室の中でふと気づいたことなのだが、言うべき機会がいままでなかっただけだ。元気な様子を見すまして思いきって言ってみたのに橋本先生は聞いてもいないらしく「フン」と言ったきり、字を読むように間崎の顔をまじまじと眺めつづけた。

「先生、ハンサムね」

「たッ！」

「ほんと。人の顔って絵をみるような気持でも眺められるものね。私、初めてだわ――」

「一人で感心なさい」

「怒らないのよ。ほんとのことなんだから……」

室の中央に据えられた熱帯植物の植木鉢の蔭から、子供の顔がチラチラ覗いていた。橋本先生が目敏《めざと》く見つけて、

「おや、増井さん、どうしたの？　いらっしゃいよ。間崎先生も御一緒なの……」

手を上げて招くと、一年生の増井アヤ子は、夜なのに制服をつけて、ニコニコ笑いながらびっこをひいて二人のテーブルに近づいて来た。ピョコンとお辞儀をした。片端だけれど、顔もきれい、気象も勝ち気で、ひねくれたところのない、いい子だった。

「どうしたの、今時分？」

「はい。お父様と買い物に出かけました」

「そう。お父様は？」

「あっち……おとうさん！」

「うん」

植木鉢の向こう側のボックスから鈍い返事が聞えて、金モールの肩章がついた警察官の服装をした中年の肥った父親がやって来た。ていねいに挨拶を述べた。差し出された名刺で警察署長であることがわかった。増井アヤ子は厳《いか》めしい肩書きの父親の腕に絡みついて、

「ね、おとうさん、いちばん好きな先生ばかりなの。たくさんお礼言ってよ」

そんな無理をせがんで皆を笑わせた。二た言三言世間話が出た。

「お先に失礼します。アヤ子、帰ろう……」

その時まで増井をひきよせて頭を撫でてやったりしていた橋本先生が不意に立ち上がって、さっきの名刺を見なおしながら、

「増井さん、お家へ帰るのね。御一緒さしていただきますわ。寂しいとこを長く通らなきゃあならないんでどうしようかと思ってたところでしたの、どうぞお願いします」

「よかった」

増井アヤ子は手を一つ拍《う》って喜んだ。親子が荷物をとりに自分たちのボックスに帰ったひまに、勘定をすませた橋本先生は大理石まがいのテーブルに両手をついて、間崎の顔をもう一度覗き込んだ。

「明日また。今夜はいろいろありがとうございました」

「こんな気持で別れることが出来て愉快です。お休みなさい」

眼の中から身体の中まで覗きこもうとする瞬間の睨み合いが過ぎて、かすかな微笑がヒタヒタと頬に浮き上がった。

間崎と三人は喫茶店の前で別れた。だんだん切実な気がかりの種になる江波恵子の丸まって寝た姿を眼の前のくらがりに見つめながら、間崎は駈けるようにして下宿に引っ返した。実際

に寒いのと気分の朗らかなのとおかしく入りまじった、いずれにしても身軽い落ちつきのない、足の運動であった。

玄関をあけると一番に江波の下駄がなくなってるのが目に入った。

小母さんが烈しい勢いでとんで出た。

「まああまあ、先生、私はほんとにびっくりしましたよ。今夜のこと一体どうしたんです、先生がお怒りなさったってかまわない、私は見たまんまに言ってしまいますよ。いいですか。私が外から帰ってくると、玄関に女の下駄がある、ハハンお客さんまだおいでだなと思って茶の間に上がると、家の宿六《やどろく》がグラグラ居眠りしている。起してきくと、お客さんなんかは来はしなかったよと言う。何寝ぼけてやがんのさ、下駄があるじゃないかと、どやしつけておいて、知り合いの家で梨のおいしいのをいただいて来たから二階にも上げましょうと皮をむいてもって行くと、だあれもいない。先生の名を呼んでも返事がない。私は不審で玄関の下駄を電燈のあかりで調べてみたが確かに家のものじゃない。家の人も初めて不思議だと言い出す（主人はむくれた顔で眼鏡の奥からいちずに間崎の顔を睨みつけていた）。まさか跣《はだし》で帰って行くお客様もあるまいし、というので、念のためにもう一ぺん二階に上がってみたの。やっぱり誰もいない。私はばからしくなって、畳にペタンと坐って考えこんでいると、先生、どこからか人がスースー呼吸をする音が聞えて来るんです。それが押し入れから。私はカッとしたね、クソ人を盲にして。おとなしいだの先生だのと猫をかぶって、女と押し入れにもぐり込むたあ何事だい、よし、たった今追い出して、汚れた二階はとりこわして火に焼いてしまえ、と中《ちゆう》っ腹《ぱら》でガラッと押し入れをあけると、大きなお嬢さんが身体を丸くしてスヤスヤ眠ってるじゃありませんか。野郎、どこへ逃げやがった、とさがしたけれど先生はやっぱり見えない。それにお嬢さんの様子もどうやら狸寝入りではなさそうなので、まず起してからと思って、ゆすぶってみたが容易に目をさまさない。大分手荒にして、やっと目をさましたと思ったら、このお嬢さん寝ぼけていて『お母さん今何時よう』なんて甘ったれ声を出すのさ。私だということが分ると急にシャンとして『先生は』ってきくの。『おりません』って言うと『じゃあもう私帰りますわ』と言って、一人でドンドン階下へ下りて下駄もはき『さよなら』って丁寧にお辞儀をして外へ出ちまった。わけをきくも何もない、まるで、風みたいにスーッと消えちまったんだからね。そのあと、私は今までうちの人の間抜けを怒鳴りつけてたとこなんですよ……」

一気呵成の雄弁だ。犯跡十分ならずとはいえ、夫婦のものが一種の正義感に駆られてものを言ってることは明らかだ。間崎はうすら笑いを浮べながら、しかし反駁を許さない、強い、ゆっくりした語調で言った。

「今説明する。一回だけしか言わない。悪く疑ったら僕のほうからここを出る。……いいかね、小母さんが出て間もなく生徒とお母さんが訪ねて来た。これは突然のお客さんだ。上がってしばらく話してるうちにお母さんのほうが用事で一と足さきに帰り、生徒だけが残った。そこへ今度は約束のお客さん(女の先生だ)が訪ねて来た。残ってた生徒は、女の先生に見られちゃきまり悪いというんで、一人で大騒ぎして押し入れの中に隠れた。女の先生が室に上がってそれと知らないでしばらく話しこんで、帰る時になってそこらまで送って行けと言う。送って行って、今帰ったところだ。これだけだ。——疲れたからすぐ休む」

「まあ——」

一時にたくさんの出来事で小母さんはにわかには解しかねるふうだった。間崎にしても、江波が出て行くまでの様子を仔細にききたい気持も動いたが、何よりも休息を欲する心でいっぱいだった。まだむくれている主人にやさしく笑いかけてドシンドシン二階に上がった。室が片づいて床がのべられてあった。間崎は、帯や着物を投げつけるように脱ぎ捨てて、ミシミシ音をさせて寝床の中にもぐり込んだ。いつもの天井板の柾目《まさめ》がみえた。輪のような欠伸がつづけざまに吹き上がった。

「せんせい」

小母さんの気兼ねした声だ。

「いいんだ、小母さん、明日。……悪く思ってやしないよ」

間崎は障子をあけても顔が見えない方へ寝返りを打った。

「ちょっとだけ。あのお嬢さんが、あんまりお可哀そうで……」

小母さんは枕許にいざり寄った。おいしい梨というのもお皿に盛って来た。

「ね、お嬢さんがお帰りになってからお室を片づけて、押し入れから夜具を引き出してますと、こんなものがヒョイと目についたんです……」

掌にのせて差し出したのは、折紙の、白い、豆粒ほどの千羽鶴だった。

「お嬢さん押し入れの暗いところで丸くなって寝ながら退屈しのぎにこんなものこさえていたのね。いじらしいと思って……」

「どれ……それから電気を消して行って……」

間崎はくらがりを安らかなものに感じた。永遠にそれが続けば、そうであるほど幸福でもあるかのように……。

十二時に出帆する貨物船の汽笛が長いゆるやかな尾をひいて遠い夜空の涯てに消えていった。

そのころ、間崎は、小さな折紙の千羽鶴をニチャニチャ噛《か》みつぶしながら夢うつつの境をたどっていた。

十一

五年生の修学旅行は毎年十月半ばごろに実施される。八日間の日程で、見学場所としては、東京、名古屋、大阪の大都市を始め、鎌倉、京都、奈良、伊勢などの史蹟地は例年動かぬところで、ほかにその年々のスケジュールで、日光、松島、横浜、横須賀あるいは遠く神戸あたりまで出かけることもある。

この旅行は学校としての重要行事であることはもちろんだが、当の生徒たちにとっては学園生活の最後を飾る楽しい出来事であり、普通家庭の娘として、学校を卒業してしまえば周囲の事情に身を縛られて、あてのない物見遊山に出かけるなど思いも寄らない境遇に入ってしまうので、世間の景気不景気に関せず、毎年の参加率は九十パーセントを下らない盛況を示していた。そのための義務貯金も一年生の時から積み立ててあるのだから、父兄の側に立って考えても、当座負担だけだと大して過重なものではない。

出発の一週間ぐらい前になると、五年生の教室の柱や壁に、裁縫の小切れでつくった照る照る坊主がつり下げられる。細長いのやずんぐり肥ったのや、色とりどりな大坊主小坊主が、期日の切迫につれ、何かの飾りつけのように教室中の隙間を満たしてしまう。インクで八字髭を生やした者、眼鏡をかけた者、二人でシックに手を組んだ者、長い睫《まつげ》の眼でウィンクしてる者――。生徒がいない留守の間に仔細にこの呪《まじな》い人形を眺めてまわると、何度もグスリと吹き出させられてしまう。そして、これは、どれもこれも、行きたい行きたい心のやんちゃな率直なデッサンにほかならない。

「せんせい。行きましょうよ」

「お世話を焼かせない約束をしますわ」

「旅人とわが名よばれん初時雨《はつしぐれ》……いつかの読本にあったわね。悪くないのよオ。そして、空は青いのよオ……」

十月に入ると、昼休みや放課後、二人三人腕を組み合った五年生のルンペン群が、校庭や廊下で間崎をつかまえて、こんなふうに旅行の付き添いを勧誘するようになった。何から何まで窮屈でない楽しいものにしたい――。生徒の考えはこれだけの単純なものかも知れないが、教師に対する窮屈でないという感情は、ただそれだけで済まないで、濁った、怠惰な気分を伴いやすいものだ。

「行かない。……先生は慣れた室でないと一睡も出来ない性分なんだよ」

間崎はそらうそぶいて呆《とぼ》けた返事をしておいた。内実は行きたかったのだ。「そして空は青いのよオ」とミス・ルンペンが表現した好季節に、くすぶって授業しているよりか、多少世話が焼けても、お山の大将で、はなやかな一団の部下を引率して遊山にまわってるほうがどんなに楽しいか知れない。おまけに費用はお小遣までそっくり官費支給なんだから、家庭をもってる人や年とった人以外には、棚からぼた餅式のうまい話であるわけだが、職員室の伝統的な雰囲気は、個人の意見や欲望を率直に表現することを喜ばない引っこみ思案の気分に満たされており、事あって人を選ばなければならない場合には、一事が万事、天下りの形式で最後の決定を見る。この習慣が、間崎には時に好もしく、時に厭わしく、ここでも彼は消極的な中庸の態度を保持していた。

日が迫って、教務係と体育係で作製した正式決定のスケジュールが発表された。明日は付添番が指名されるという。折から身体が空いていた間崎たちは早速配布された謄写刷りの日程を丸テーブルにもち寄って、ガヤガヤ口数の多い雑談を始めた。

「……大阪止りで帰りは松島か。松島はここ二、三年行かなかったな。間崎君、君、志願したまえ。新任者として一ぺんはこの御奉公を果す義務があるんだぜ……」

佐々木先生は何か言う時のくせで間崎の背中をポンとたたいた。

「だめです。僕は小僧《こぞ》っ子で世間との交渉がまずいから……」

「まったく厄介でなあ……。とれば憂《う》しとらねば物の数ならず、弓矢もつ身の……。ふん、ふん。おや、追浜《おっぱま》で飛行機の見学をするぜ。洒落てるな。女学校の遠足は軍人のいるところでは大もてさ。だが女なんて実際世話が焼けるんでねえ、須田町《すだちょう》の交叉点を横ぎるのに二十分はかかるからね。病人はひっきりなしに出る。いや参ったっけなあ……」

「そんなに言うもんじゃないわ。……汽車の中で生徒に白髪なんか抜かせて大威張りしていたくせに……」

窓際で編み物をしていたY先生が顔を上げて口を挟んだ。

「ハッハッハ、そうだった。戸坂ハツエ、小樽《おたる》に嫁に行った……。あの子が真顔で言うのに『先生、白髪をみんな抜いてしまうと髪が半分きゃ残らなくなるわ』って。今にしてしみじみ悲哀を感ずるね」

佐々木先生の髪は目立って薄かった。みんな笑った。まもなく三時間目が終って、授業の先生がドヤドヤ帰って来た。旅行談がひとしきりさかった。

「先生、ちょっと」

誰か間崎の肩を押した。武田スミ先生だ。

「はっ」

間崎は不審に感じて武田先生の後について人声を離れた辞書棚の前に行った。

「いま先生の組で授業しておりますと、田村ハナさんがノートにこんな悪戯書きをしているところを見つけたんです。ほかのこととちがって下品な落書きですから、先生からも十分御注意していただきたいと思いまして……」

「はっ、すみませんでした……昼休みに訓戒室に呼びましょう」

ノートには先生方のあだ名が書き散らされてあった。大した悪事ではないが、相手がまじめ一方な武田先生だけに間崎はひどく恐縮した。

昼休み、訓戒室で待っていると、田村ハナが叱られる時の一応はしおれた、心得た物腰で室に入って来た。戸を閉める時、心配して室の前までついて来た友達にペロリと舌を出してみせていた。それが何となく間崎のカンにさわった。細長いテーブルに差し向いに着席し、落書きのあるページを田村の目前に押しつけて、

「これ、君が書いたのか」

「……はい」

田村はうつむいてテレ笑いをしていた。テニスで鍛えた肢体は、肉が固くのびのびと発達して、ニキビの吹き出た赭ら顔や肩の幅が一人前の女のような濁った豊かな感じを与えていた。偶然に間崎はカッと腹を立てた。田村の平素の言動がちょっと粗野に感じられていたことも伏線的に作用したろうが、直接には、生徒全体が自分に狎《な》れきっている！　自分を不潔な感傷性のはけ口にしている！――どうしたわけか、瞬間、こんな解釈が間崎の頭にメラメラと燃え上

がった。

「笑う奴があるか。こら！」

間崎はもっていた新しい鉛筆の尻ゴムで田村ハナの額をグイと小突いた。思いがけないはずみの力で田村の顔はガクンと仰向いた。

「まあ！……乱暴な！」

自然な声で、はっきり、そう洩らして、田村は青い怨ずるような眼差で間崎をみつめ、そのまま血の気が去った白い顔をふっとうなだれて身を固くしてしまった。

「何がおかしいんだ、何が。——言ってみたまえ」

間崎は畳みかけて威猛《いだか》げに詰問した。が、言葉尻はわれにもなく熱し戦《おのの》いていた。なま熱い血潮が信じがたい勢いで沸騰し奔流し、間崎の身体はあさましいほどワクワク慄え続けた。殴る！——子供のころ、無邪気な戯れのまぎれに妹や遊び友達に試みた以外には覚えのないこの恥ずべき蛮的行為を、思慮分別に富んだ今日、しかも絶対の無抵抗状態にあるかよわい年少者の頭上にふるまったのはなぜであるか。間崎はその原因を彼の被害者の面貌、姿態から発見しようとする愚かしい野望に眼を赤く光らせて、石像のように冷たく押し黙った田村ハナを頭のてっぺんからジロジロ睨《ね》めまわした。深くうつむけた顔——間崎の眼の位置からは、白い額の一部と、やわらかい眉毛の弧線と、その下にピョコンと尖った鼻端の三角形しか見えなかった。

その代りパサパサ乾いた縮れ気味な多量の髪におおわれた頭の形が残る隈なく眺め渡され、髪の毛の間に透いて見える、地の、坊主頭の青さが、名状しがたい、切ない気息で、ひしひしと間崎の充血した眼に沁みこんで来た。制服の襟のゆるい隙間から背中のうす黒い生毛も見えた。それらは間崎の暴行を非難する肉体の生々しい表情にほかならなかった。間崎は恥じた。もしも彼のこの時の蛮的行為が、理性を焼き枯らす純真な怒りの燃焼から発したものであったとすれば、彼の苦悶はこんなに執拗なものではなかったであろう。が実は、鉛筆の尻ゴムで額をつっつくテクニックは、間崎が自然に案出したものではなく、半ば無意識に人真似を試みたのだった。まだ彼が生徒の扱いに慣れず固くなって教壇に立っていたころ、ある日彼は、例の歌人の佐々木先生が、この手で、身姿《みなり》の大きい五年生をさかんにやっつけている場面を目撃し、職員室中に鳴り響く銅鑼声に胆を冷やしながら書棚の蔭から成り行きを傍観していると、

「よし。わかったらそれでいい。今度は気をつけるんだぞ」

「……はい」

佐々木先生の怒り方は精いっぱいな中にもどこかのんびりした余裕があり、授業中にキャラメルをしゃぶっていたんだというその美貌の犯罪人はしまいまで泣かなかった。

「よし、帰れ。初めから素直に詫びればいいものを悪く頑張るからいけないんだ。ホラ、君のおかげで買いたての鉛筆のゴムが折れちゃったよ……」

そう言いながら、佐々木先生は床の上からちぎれたゴムのかけらを拾い上げて、さもいたましげに鉛筆の尻にくっつける真似をした。しんとした中で誰か女の先生がクスリと笑った。うつむいたまま静かに立ち上がりかけたミス・キャラメルは、ふと思いきったように、制服の胸ポケットをふくらませた赤革のシースから、キャップつきの赤い鉛筆をぬいて、佐々木先生の前におずおず差し出した。

「なに、これ、くれるんかね、すまんな。僕のよりか上等だぞ。……もらっておく。そのうち君には今日の爆発記念になにか短冊を書いてやろう。わしを恨むなよ……」

光風霽月《こうふうせいげつ》といった気分だ。抑えつけていた笑い声が一時にあちこちでプスプス破裂した。と、その生徒は、急に遠くからでも見えたほど胸を大きくふくらませ、両手で顔をひた隠しにして、走るように職員室から出て行った。……間崎はこの一部始終を眺めて驚きもし、羨ましくも思った。ミス・ケートが聞いたら地団駄ふんで佐々木先生の野蛮性を難詰するに相違ないが、生徒と教師と、日本人同士だ、あそこまでに職業意識を磨《す》りつぶさなければほんとの仕事が出来ない——。この感情的な理解の仕方には、自分にないものに一応大げさな感心をせずにおかない彼の性格が半ば以上働きかけていたことが、今日まで気づかれずにきたのだった。

間崎は、無理な、強い腕組みをつくって、わななく胸を締めつけ、目前に開かれたノートのページにぼんやり眺め入った。

「……たぬき、栗鼠《リス》、大砲、半鐘ギャング、カザリン、エコちゃん、トコちゃん、殿様、鬼、四段活用、大政所、縮緬《ちりめん》、ニャアちゃん、ETC……」

このうち「ニャアちゃん」というのは間崎のニック・ネームだったが、これは彼が赴任第一時限の授業にその当時の三年生、現在の江波恵子たちのクラスに出て、自分の国語教育論のようなものをしどろもどろに語った中に「何々せニャアならんと思います」という句が頻発したとかで、間崎自身としては平素からそんなキザッ気な言葉遣いをした覚えがないのだが、生徒は五十人の耳で確かに聞きましたと言い張り、こうした言葉そのものとしては意味をなさない「ニャアちゃん」が、間崎の世間慣れないたよりなげな人柄を一と言で剔抉《てっけつ》したニック・ネームとして、佐々木先生などから「君のがいちばん生徒の霊感《インスピレーション》がはたらいているよ」と妙な折紙までつけられてしまった。それ以来、「ニャアちゃん」が変身して、猫という言葉、キャットという英語が出て来ても生徒はクスクス笑い出す。苦笑するしかなかった。――そのほか、それぞれに各教師の動きのある特色を一と筆にえぐった滑稽な寸鉄言だった。その機知は賞讃にこそ値すれ、どこに害悪の厭わしい曇りが見出だされよう?

「黙ってたんじゃわからん。君は授業中にこんな行いをするのをいいことだと思うのか。ことにあのまじめな武田先生の時間に……」

間崎の言葉の調子は紙のように薄く白々しかった。

「……すみませんでした」

それはただ暴力の前に戦く表情のない言葉にすぎなかった。間崎は、おかしなことだが、肉体を運動させることによってのほかは、この生熱く絡んだ窮境を脱する方法が見当らないように考えた。極端な場合を空想すれば、さらに打擲《ちょうちゃく》を加えるか、反対に頭から抱きしめてやるか……。

「田村さん、顔を上げて一度先生をごらん！」

「――――」

田村ハナはのろくさとまっすぐに顔を上げ、青く凍てついた眼で間崎をポカンと見つめた。と重い瞼が幕のように垂れて、わずかな厚ぼったい皮膚の隙間から、眼が足下の床をみつめようと不可能な力み方をしているのがうかがわれた。口をへの字型に大きく歪めて……。そうした顔は、世路《せろ》の辛酸をなめた三十四十の女の骨っぽい意固地さを現わしていた。間崎は呆然として吐息を洩らすのみだった。が、気をとりなおして、どさりとテーブルに身を乗り出し、わざとぞんざいな口調で、

「君はすみませんと言った。だがそれはこわいから一時逃れに言ったまでで、実際は大して悪いことではない。少くも先生に鉛筆で額をこづかれるような悪事ではない、先生は無理だ――こんな思いで胸がいっぱいなのではないのか。正直に言ってごらん。ええ、そうなんだろう

……」

鰻《うなぎ》のようにヌラクラと身悶えする通り魔が感じられた。

「――はい。そう思います！」

はっきりとその言葉が言われた、同時に、顔をまっすぐに上げたまま、今もなお足下の床をみつめようと努力し続けている田村の下がり眼の端から、大きな涙の玉があふれて崩れて頬を伝った。唇と唇は深く嚙み合わされ、眉根に太い縦皺が現われた。肉づきのいいひきしまった首は押えつけた激しい力で蠕動《ぜんどう》した。

これは、うかつに眺めていると、奴隷の逸楽的な肉感をほのめかせる絶望《デスペレート》の姿態にも見えた。

間崎は眼を光らせ、乾いた唇をなめずりながら早口に語った。

「だめだ。そんな一人ぼっちの甘やかした判断の中に閉じこもっていたんでは社会生活なぞ出来やしない。生徒を殴るなんて――そりゃあ先生もいいことだとは思わない。虫のいどころが悪かったんだ。人が大勢集ると簡単なことでも複雑になる。君らは三年生の英語副読本《サイド・リーダー》でイソップを教わったはずだが、あの中に、お池の蛙が、自分たちに石を投げる悪戯小僧たちに向って『お前さん方にとって慰みにすぎないことが私たちには死を意味する』と抗議するお話があったと思うが、社会生活というのはそれだ。自分一人の気持ではてんで悪意のない行為であっても迂闊にしていると他人を害《そこな》うような結果に終ることがずいぶん多い。それを防ぐ手段として、個人々々を犠牲にする場合を覚悟の上で、ともかくも、一律な、融通のきかない法律というものが必要になってくる。学校の生活も同じことだ。君がこれを書いたからって、書かれたエコちゃん（I先生）もトコちゃん（Y先生）もニャアちゃんもそのために君を憎んだりなんかはしない。だけど君のような生徒が一人でも多くなるとそれだけふしだらな学校になってしまう。これはお互いにイヤなこった。そうして先生は年も若いし男だし、君らを少し荒っぽく訓練して行きたいと思っている。これからも耳をひっぱったり、鞭で小突くぐらいのことはするかも知れないが、そういう先生が君らに不快な印象を与えるとすれば、それは先生の不徳のいたすところで止むを得ない……。額に赤い痕《あと》がついている。痛かったか」

「――――」

田村は支えきれる限りの歪んだベソの顔を意固地に右左にふった。溶けきれない冷たい気魄のものが感じられた。

間崎は語りながら自分の豹変を悔いた。自分の所説は誤っていない。けれども確固とした倫理たるべく最後の力強い一と息吹を欠いている言葉は、彼の平素の信念から一途に奔出したものではなく、偶然犯した暴行のあとのアブノーマルな精神状態から間歇《かんけつ》的に噴出した。それのために、彼の迂遠なおしゃべりは自分の蛮的行為を合理化しようとする卑屈な一連の陳弁になり了せた。知らしむべからず、拠らしむべし――間崎はこの東洋流の訓育法に良心かけた憧憬を抱いていた。けれども小胆細心な近代人の身だしなみが骨の髄まで沁みついた彼にとっては、そのクラシカルな対人関係は夢も及ばぬ高嶺の花であったことが暴露し、田村ハナを殴った右手にうずく悪寒、悪熱に烈しく重い絶望の念を催した。

「いい、もう帰りたまえ。君もまだ得心がいかんようだからお互いに考えることにして、……ノートの落書きは消しておくんだ、今度から気をつけて……」

気を配るほど、反対な、細かい心遣いの言葉が出た。田村は、落書きのあるページをベリベリと引き破いて、丸めて、ポケットにねじこんだ。眉一つ動かさず、譲ったとみるとどこまでも絡んでくるある種の不敵な女心が立派に大人びて働いて……。間崎はもう一度カッとなったが、その激情はすぐに鈍い熱っぽい疲労の中に崩れてしまった。

「いいから帰りたまえ。先生はこうして向き合っているのがイヤなんだ……」

「……はい」

田村は、それまで膝頭に組んでいた手をほぐして初めてハンカチで顔のよごれを拭いた。タオルを用いるようにゆっくり幅ひろく拭いた。そして間崎の存在を忘れ果てたもののように、頭から櫛をぬいて口にくわえ、両手を後ろにまわして下げ髪をととのえなおし、上衣の裾をピンと張り、それが出来ると、とってつけたような固いお愛想笑いを浮べて一礼して、静かに室を出て行った。二た足三足、廊下に足音が聞えた。ひき戻して踏みにじってやりたい狂暴な心が間崎をとらえた……。

殺風景な訓戒室を出た。ちょうどY先生がそこを通りかかり、

「どうしたの？」

と、廊下の間をうなだれて行く田村の後ろ姿を見送りながら尋ねた。

「ううん、生意気だからコツンと喰らわしてやったのさ……」

間崎は拳固をつくってY先生の顔の前に振ってみせた。

「嘘だア、先生にそんな野蛮なこと出来やしないわ」

「貴女も欲しいのかな、ほれ！」

拳固をY先生の眼と鼻の間につきつけてグリグリねじってみせ、

「僕は男女や師弟の関係では徹底的に封建主義を愛好しますね」

「惜みなく愛は奪う——ですのね」

Y先生は大きな柔らかい掌の中に間崎の拳固を丸めこみ、ねばりつくようないつもの口調でなにか愚かしいことを言った。

「エクセ、ホモ！」

間崎は何かで覚えた意味を忘れた成句を鋭く口から発してプイとそこを離れた。そして、そのままっすぐに、勤務中は立ち入り禁止になっている宿直室に忍びこみ、カーテンを下ろし

た薄暗い畳の上に、座布団を枕に、大の字なりに寝ころんで、かまきりのように両足を交互に高くもち上げて、詩や歌や流行歌の一節を口の中でそらんじた。……五時間目の始業ベルが鳴った時、間崎は宿直室の羽目板に尻を押しつけ、両足を揃えて出来るだけ高く壁にもち上げる奇妙な逆立ちの姿勢をつくりながら、うつらうつら重苦しくまどろみかけていた。まもなくベルの音でわれにかえった間崎は、その姿勢から一回転して畳にペタンと端坐《たんざ》し、立ち上がってのこのこ室を出て行った。

江波恵子が、正面玄関から、上衣を肩にかついで風のように飛びこんで来た。何か運動していたらしく、頰が赤く染って荒々しい呼吸を吐いていた。

「あっ、先生。旅行に付き添って行ってよ。私、みんなから先生を納得させる全権大使にされちゃったのよ。行くウ？　ね」

「行くよ」

間崎は、片手を乱暴に江波の肩に打ち下ろして、骨と肉を鷲づかみにした。

「痛あい！」

江波はまだ残っている弾んだ肉体の勢いでグイと肩をすかし、

「私みんなを喜ばせるんだ――ニャアちゃんを獲得したって……」

上衣に片腕を通しながら、江波は飛ぶような大股で、廊下を鉤の手に走り去った。間崎はうすら笑いを浮べてそれを見送ると職員室に入り、主任の長野先生の机の前にズカズカと歩いて行った。

「先生。お差し支えなければ、僕、今度の旅行について行きたいと思います。家へもちょっと顔を出さなきゃあならない用事もありますし……」

間崎は嘘を言った。けれども彼の心にはそれが嘘といいきれない逼迫したものがあった。

「はあ！」

長野先生は書類から顔を上げてちょっといぶかしげに間崎を眺めた。

「実は貴方をメンバーに組み込んでありますが、はっきりしたことは明日でないと申し上げられません。なお、貴方の御希望はミス・ケートによく伝えておきましょう……」

「はあ、どうかよろしく」

間崎は、話を洩れ聞きした同僚たちの好奇的な視線を、蠅《はえ》のようなうるさいものに感じながら、ぼんやり自分の席にかえった。頭が重く、何をする気もなかった。黙って椅子にもたれていた。

「しっ！」

——鋭い、といっても、それは口の中だけで発音された強い息のようなものだった。けれども間崎の耳はそれをとらえた。発信者と思われる橋本先生の顔は新聞の蔭にかくれていた。ふと間崎は、大胆にも、職員室では禁断の巻煙草を口にくわえてマッチをすろうとしている自分のふるまいに気がつき、あわててそれをポケットにねじこんだ、奇妙な笑いが膠《にかわ》のように顔中の皮膚に硬直した。顔が見えない橋本先生のスラリと伸びた足は、片方の靴の爪先でなにげなしにコツコツ床を打っていた。

十二

翌日正式に付き添いの任命があった。

「おやおや。またこの年寄にあたりましたか。ほんとに命が縮まりますわ」

山形先生は冗談めかしてそう呟いたが、顔をぽっと赧らめてほんとに迷惑らしく見えた。けれどもあきらめも早く、即日付添係三人で、謄写刷りのスケジュールについて細かな打ち合わせをとげた。といったところで、すべては長年の経験者である山形先生に一任の形だ。役務分担は、総監督および会計――山形先生、庶務・衛生――Y先生、先導係――間崎ということにきまった。

「遠慮なく指図してください。身体だけなら大抵耐えられるつもりですからいくらでも走り使いしますから」

「そうしていただきますわ。ちょっと疲れ出してくると生徒はわがままになって言うことをきかなくなりますし、こちらも疲れてくる、ほんとに泣き出したくなることがございます」

山形先生は頰に手を当てて正直に間崎の言質をとり上げた。こういう時の山形先生の素直なむき出しな味は日頃間崎の好感を刺激するものであった。

「だいじょうぶです。先生お疲れだと、僕、帯をかけておぶってあげます」

「ほほ……。ありがとう。これだって貴方、みかけは蚊とんぼですけど、裸になると案外肉がついているんでございますよ。若い時から養生は欠かしませんでしたから。とても先生にはおぶえませんでしょう。ほほ……」

「ほんと。山形先生はシンがしっかりしていらっしゃるわ。どうやら私のほうがおんぶしていただかなければならないかも知れなくってよ……」

Y先生は太い首をいつもゆるんでいる襟の合わせ目に埋めながら、選ばれた三人だけの親しみを掻き立てるかのような社交的な口調で言った。

「誰が！……貴女なんか歩き渋ったらどぶの中にたたき込んでやるさ」

「ざんこくねえ。覚えていらっしゃい。どうせ同じ夜汽車で寝たり、宿ではお隣の室に休んだりするのですから、先生の寝言も何もかも聞いてみんな暴露してあげますから……」

間崎は黙っていた。決して悪い人ではないのだが、言うこと一つ一つが妙にねっとり絡んでくるのが、呆れておかしいような気持だった。顔も頭も並み以上で、他の先生方とは結構はりのあるつきあいをしているのだが、ウマが合わないというのか間崎には年来の苦手だった。

「ね、先生、私、出来ないながらも自分で馳けずりまわってお手伝いしたいと思うんですが、それには洋服のほうがいいと思うんですけど、ふだん着の仕事服しかもってませんし、どうしたらいいんでしょう」

Y先生は山形先生と間崎の顔を等分に眺めながらまじめくさって言い出した。思わせぶりでまたイヤに感じた。

「着物になさい、貴女。かえって便利ですわ。ホラ、貴女、春お買いになった派手な縞銘仙《しまめいせん》があるでしょう。あれになさい。よく似合いますわ」

「あら、あれ買いそこねたんですわ。柄が大きくってみっともないんですもの。じゃあなくって?」

「いいえ。嫁入り前の方は少し目立つくらいでなくちゃいけませんわ。ことに旅に出るんですもの。——あれ、対で二十円ちょっとだと言いましたね。うちの姪にもあんなの選んであげようと思って……」

「ああ、嬉《うれ》しいわ。柄の見立て、賞められたの今初めてだわ」

こうしてその日のうちに先生の旅行着の問題まできまりがついてしまった。

出発の前日、五年生全部を裁縫室に集めて旅行に関する注意を与えた。一教室に、身体の大きい五年生が二た組もつまったので、生徒は身動きもならず、裁縫机に目白押しにかたまり並んでいた。両手を伸ばして右左に二、三人ずつの身体を抱えてる者。小さいのが大きいのにまるまると抱かれて二人とも特別ニコニコ笑っている者。反対に、大きいのが小さいのの膝に腰かけたため、抱かれたほうも窮屈そうなら抱いたほうの小さいのは大きいのの身体の蔭から首を曲げてようやく顔を覗かせている者。叫ぶ者。笑う者。——蜂の巣をつつくような騒ぎ方を演じていた。間崎は室に足を踏み込むなり気を呑まれてこの騒ぎを鎮めるなど思いもよらない不可能のことに感じ、ニヤニヤ当惑の微笑を浮べるしかなかった。

「まあ、この人たちったら！」

Y先生も大げさに表情をつくってハンカチで口をおおった。窓からさしこむ斜めな陽差しの中に、そういえば、大した埃が舞い上がっている。

「皆さん、静かに、……静かになさい。静かになさい……」

山形先生は、片手を挙げて振って声の不足を補いながら、根気よく同じ注意を繰り返した。最前列の生徒たちだけが手を膝に置いて行儀を正し、チョイチョイ後ろの騒ぎをふり向いては「困った人たち！」と言いたげに先生の顔色をうかがった。後ろにまわれば自分たちだってさっそく「困った人たち」に早変りするくせに……。

「まあまあ、あきれた人たちですこと……」

山形先生は少し興奮した調子でそうつぶやきながら、教壇に上がり、黒板に平がなの走り書きで大きく、

「しずかになさい」

と書いた。間崎は感心した。この訓戒が功を奏し、騒ぎは潮が引くように急速に鎮まって、教室中がシンとなった。

「玉井さん、校長室に行ってミス・ケートにみんな集りましたからと言っておいでなさい」

「はい」

長椅子の中央に左右からサンドイッチのように挟まれていた級長の玉井は、ようやく立ち上がっても歩き路がふさがれているのでちょっとまごついてるふうだったが、だしぬけに、

「ごめんください!」

と大きな声で言って広い裁縫机に匍《は》い上がり、その上を四つん這いにはい出したので、みんなドッと笑った。

ミス・ケートが例の重いゆっくりした足音を響かせて入って来た。

「皆さん大変嬉しそうです。私は羨ましい。ですけれども私は皆さんにたずねたいことがあり

ます。それは何でしょうか……」

「はい」「はい」「はい」

明日を控えた生徒の元気は当るべからざるものだ。ミス・ケートにさえ積極的な応対をする。

「それでは……木村さん」

「はい。私たちが旅行するのはどんな目的かということです」

「よくわかりましたね、ハッハッハ……」

ミス・ケートは顔負けのありさまで間崎たちの方を眺めて朗らかに笑った。嬉しいのだ。

「それではどんな目的ですか答えてください……」

「はい。はい」

みんな手を上げて林のようだ。

「江口さん」

「はい。歴史や地理でお習いした名所、古蹟、都会などを実地について見学いたします。それからその土地々々の人情、風俗を観察します。それから団体的な訓練を受けます。……それから困苦艱難に耐える精神を養います……」

「それから」が幾度も出てくるのではたが笑い、江口自身も笑い出し、そこまで言って次を他の生徒に譲った。吉川ミツが指名されて立った。

「それから見るは見らるるなりと申しますから、旅行中はことに立居振舞に気をつけて、学校の名誉をけがさないようにいたします」

ミス・ケートは生徒の挙げる一項目ごとに大きくゆっくりうなずいた。肥満しているせいもあって一体が動作の緩慢な人だが、いまうなずいてるテンポは必ずしもそのせいばかりでなく、生徒がお経読みに復誦《ふくしょう》する美徳の一項目ずつを、瞬間、生き生きとした倫理の息吹に還元させて、誤りないかどうかをわが心に試しているのだった。恐るべき鍛錬と精力との賜物だ。

「もうありませんか——。ありませんか」

もうないのだ。生徒一人ずつに配布された謄写刷りの「旅の栞《しおり》」にはそれだけの項目しか記載されてないのだから。そして彼女らの誰一人、畳をたたいて埃を舞い上がらせる体の青白い真理探求者ではなかったのだ。

間崎は初め学校で行なわれるこの種のままごと、、、、問答に陰性な疑いを抱いていた。二重三重に装われた服飾の息苦しさの中で真実は青ざめてやせ枯れていく。これでいいのか。——これでいい。いま彼はそう信じていた。いつであったか頭の重い日が四、五日続いたころ、ふと彼は皮を着せない真実の一断面を生徒に語り伝えたいという苛辣《からつ》な欲望にとらえられた。教室に入る時から頬に血がさしていた。三年の副読本の時間だった。教材は某女流名士の「母性愛」という平明な随想文であったが、一と通りの読み方を了えてから、

「こういうのも一つの観方《みかた》だろうと思います。けれども別な観点から考えられないこともありません。たとえば……」

こう前提して、親子の愛情は先天的、本能的な成分よりも後天的な習性にもとづくところがはるかに多い、生れてすぐに別れた親子は相当な年月の後は再会してもいうところの父性愛、母性愛は相互に感じ得ない。里子がうとんじられるという世間によくある例もこの証拠だ。卑近な、生物的な習性の一変型とも見られる母性愛、老後子供の世話になろうとする打算も混入することがある母性愛、だから兄弟は他人の始りという諺《ことわざ》の前に親子は他人の始りという諺が用意されねばならぬ……。口を開きはじめた瞬間から、言葉は彼の意図に背馳《はいち》した色彩と効果をもって間歇的にほとばしった。言おうようのない汚辱、不快の鞭の雨が身体の露出面——顔や手に赤い斑紋《はんもん》をにじみ上がらせた。避けようと努めるほど、言い現わしたいほんとの気持は胸の奥底のくらがりに引っ込んで、反対にカサカサした醜怪未熟な言葉が口を衝いて出るのだ。間崎は泣かんばかりに混乱した。生徒にもそれが感じられ、教室中に陰鬱な固苦しい空気がみなぎった。濁った血の興奮の彼方に、彼とはとりわけ仲がいい母のくつろいだ姿が「習性」や「打算」を透き通す白い美しい光りの環に囲まれて、枝も葉もない一輪の花だけのようなポッツリした感じでじっと宙に浮んで見えた……。それ以来間崎は教科書の内容にむやみな修正を加えることをつつしんだ。自分の心の中だけで鋭い光った真実に感じられることも、多人数の面前にそれをさらけ出すと、てんでちがった面貌を呈する場合が多いものだ。真実とは多人数の約束だ、承認だ、裸の真実なんてあり得ない、彼が二重三重の服飾だと信じていた外皮は、実は真実の最重要な組織分をなしているものなのだ——こんなふうに反動の煽りが彼を一本の蘆のように戦かせた。橋本先生が「心の中には言いたいいいことがいっぱいあるのだけれど教壇に立つとうまく言えなくなってしまう」と愚痴を洩らした時にも、間崎は自分の経験した立場から、橋本先生が意味するのとはかけちがった内容をその言葉から印象づけられた……。

生徒の元気な答弁はミス・ケートを満足せしめたかにみえた。もちろんその満足はまままごと問答の中に生徒の知恵や独創の萌しを看取したとする自己欺瞞のそれではない。「旅の栞」に記載された目的事項を疑うところなく受け入れて活潑にそれを復誦した生徒の素直な心情こそ、なにものにも増してこの孤独な異国の老婦人を喜ばしめたものに相違ない。

「……それでは元気よくお出かけなさい。神様は貴女がたの旅路を安けくお守りくださるでしょう。都合によると私東京まで貴女がたを迎えに行くかも知れません、他の用事もありますから……」

生徒の答弁を総括して直截明瞭に一場の訓示を垂れた後、こう、生徒を嬉しがらせる口約を与えてミス・ケートは壇を下った。そして訓示の間、最前列の席にあって口をポカンとあけ始終ほころびるような微笑を湛えて壇の上を見あげていたチビで元気者の吉岡サチの前に行き、ゆっくりした、だが決して獲物をはずすことがない不思議な粘着力をもった手をさしのべて、顔ごとヒョイと顎をしゃくい上げた。

「この人いちばん嬉しそうですね。ホッホッホッ……」

吉岡は顎をしゃくられたまま亀の子のように両手を宙に浮かせ、半分笑いかけたヒヤッという顔で、眼だけを一生懸命につぶるのであった。間崎はわれにもなくだしぬけな男の声で吹き出した。それに点火されたゴーッという教室の爆笑の中に、吉岡がもう一度驚いて眼をパチクリやっているのが、狼狽した間崎の視線だけにかすかなおかしみを感じさせた。

山形先生が立った。飲食物、携帯品、小遣銭、汽車電車の乗降などに関する細かい具体的な注意を与えた。ミス・ケートの場合よりは生徒も気楽にしていて、話の間に二、三の質問なども出た。

「せんせい、幸田さんが美顔クリームを携帯していってもかまいませんかって。白粉よりか少し薄いんですって……」

「ずるいわ、嘘です、先生。石塚さんこそ叔母さんから絹のストッキングを戴いたのがあるんですって……」

「緊張《ヒス》！　緊張《ヒス》！」

「ストッキングぐらいならねえ」「黒木綿じゃ東京の街歩けやしないわ」とこれは片隅でヒソ

ヒソささやく声。

山形先生はニコリともしなかった。

「……困りましたのね、貴女がたは。途中でも世話を焼かせる方があれば荷札をつけて車掌さんにわけを言ってドシドシ送り還してしまいますから……。それから最後に御注意しておきますが、このことは忘れずにきっと実行していただきます。それは特別衛生のことです。汽車や汽船、自動車などの乗り物でゆられますと身体に変調をきたして時期が不順になります。ですからこのごろ卒業（生徒間の流行語）された方も一人も洩れなくその準備をして来ていただきます。この前行った時にはうっかりしていて大分あわてた方がありましたから。わかりましたね」

教室中が急にシンとなってクスクスという忍び笑いの声がそこここに洩れ聞え、百人近い生徒のひそかな関心が室内のただ一人の男性である間崎を目がけて電波のように一時に襲来するのが感じられた。間崎は赤くなってうつむいた。そして彼自身にも必要以上と思われるほどややしばらく顔を上げることが出来なかった。その間、うつむいた窮屈な視野の片隅には、隣に着席したY先生が紫の袴の下で太股を不自由な形に重ね合わせているのが、ぼやけたクローズ・アップのようにポカリと映っていた。

十三

——翌日の出立は雨模様で少し蒸していた。東京までは一昼夜半乗り物だからそれまでに降って上がってくれれば……。こんなに考えながら、間崎は小走りに停車場へ向った。旅立ちにとりとめもなくぐずついて時間ギリギリに馳《か》けつけるのは、彼の昔からの癖だった。駅に近づき次第、友達と連れ立ったのや、母姉に伴われたのや、いずれも元気な生徒の晴れ姿が間崎の前後に見受けられた。

「先生お早ようございます」

後ろから追い越す間崎にこう挨拶する。

「やあ！」

「ま、何ですね、この子は。今時分お早ようはないでしょう……あの……」

「いいのよ、学校じゃいつだってそう言うんだわ」

「うるさい子。……あの、野口の母でございます。いつもいつもお世話になりまして……。今度はまた特別先生方に御難儀をかけますことで、何分よろしくお願いいたします。よそさまとちがってほんとにもうわからずやなんでございますから……」

「はあ、いや……はあ、いや」

こういう応対の時、間崎は上手に口がきけなくなって代りにめちゃくちゃに頭を下げた。だがいつの場合も、これが最後と確信して下げたお辞儀のあとに、判で捺したように必ずもう二つ三つお辞儀をさせられてしまう——日本に生れた幸福の一つはこんなにお辞儀の丁寧なお母さんたちをもてることだ——現象になっていた。この苦手な応対に二、三件ひっかかってようやく駅前の広場に達すると、もうそこには旅行隊とその見送りとで一と山の人の群れが雑踏していた。いきいきしてはなやかだった。ミス・ケートを中心に職員の一団が待合室の入口に陣どっていた。間崎はそこへ行って遅参のお詫びをした。

「いえ、貴方遅れません。もう五分あります。時間になったら生徒を整列させてください」

ミス・ケートは、腕時計が疣《いぼ》のように小さく見える魁偉《かいい》な手首を間崎のほうにゆっくり伸べ示した。間崎はちょっとたじろいで自分の時計を見なおした。十分進んでいた。彼の入浴中か就寝中に宿の小母さんが細工をしてくれたのだ。これはいつか彼が旅立ちの時間に関する悪癖(ほかのことでは時間的《パンクチユアリー》に動いた)を告白し、そのような必要を生じた場合には事前に時計の針を進めてくれるように頼んでおいたのであるが、当の間崎はすっかり忘れていたのに、子供もおらず暇で困る小母さんはちゃんと覚えていて、これで二度、間崎の急を救ってくれたというわけ。

(――まずよかった。おみやげを割り増しするさ)

後ろへ引っ込んで、急いだための薄い汗を拭きながら、間崎はこんなことをふと考えた。生徒の保護者たちは陸続とミス・ケートのところに挨拶に来た。それに応ずるミス・ケートの作法は言葉少なに悠揚《ゆうよう》崩れない。しかも温かい。だがこうした腹芸の秘義は、精神修養の結果というよりか、肥満した肉体により多く率直な原因が伏在しているのではないだろうか。

……山形先生とY先生のところでは事情が一変していた。まる八日間も娘を手離す保護者たちは、かなりな真剣さであのことこのこと洩れなく訴えかけ、そうした人々の小さな人垣に囲まれた山形先生とY先生は、お辞儀も言葉も笑うことも、三つ四つにこんがらがって、応対これ努めていた。間崎は気の毒にも思い、またその努力を立派にも感じ、旅行中は特にY先生にトゲトゲしくしまいと心に誓った。目をひいたことは、保護者の中で餞別をくれる人があり、歩道に置いた山形先生のバスケットの上にはそうした箱包みが七つ八つ堆高《うずたか》く積まれてあった。

「あれは山分け。――汽船でも汽車でも食べきれはしないな!」

子供の心がピョッコリ顔を出した。ふと間崎の目は異様な観物にひきつけられた。見えないと思っていた橋本先生が、広場の横の赤い自動電話室の前で江波恵子ら五、六人の生徒と何か笑い興じているのだ。江波と? 何のために? 間崎はさりげない風で人の蔭から建物の端まで進み出た。それから先は躊躇された。向こうで認めてくれなければ……。こう思う心が通じたかのごとく橋本先生がヒョイと後ろをふり向いて、目立たないお辞儀をした。江波もほかの生徒もそうした。それで間崎は自分のボンヤリしていた姿が、この人々の目にはとくから映っていたことを知り、大股でそちらに近づいて行った。

「お早よう」

「お早ようございます」

「せんせい」

「うん」

「おニュー?」

「靴か。当り前さ」

「ネクタイもカラーもさ。君らだって」

「もっと」

「もっと」

「ないよ」

「お顔も」

にわかの一斉射撃で間崎はネチネチ笑うしかなかった。江波が無心にやや長い間彼の靴に目をつけていた。

「立派な靴。お似合いだわ」

そして嬉しそうに微笑んだ。

「江波さんがね、旅行中、先生の巾着《きんちゃく》たるべきことを公認されたんですって」

橋本先生がさも面白いことのようにそれを言った。

「ええ、私たち認めましたわ。一つだけ義務を負わせて。それ、わかる？」

「わかるさ。ネクタイがずれないように気をつけるとか、帽子を阿弥陀にかぶらせないとか……」

言い終らないうちにドッと笑った。いつともなく間崎の耳に入ってることなので当るのに不思議はなかった。

「――大分重い巾着だな。何がつまってるか知れないが……」

「フフ」

江波はあけひろげな笑顔で間崎と橋本先生の顔を等分に眺めた。涼しく張った眼、白い歯列、その下にアングリ開いた豊かな行儀のいい口、両方の耳のつけ根でピチンと止められた下顎のふくらみある肉線――今日のように心身快適な状態にある時の江波恵子は呼吸を吐きかけてみたいほど、清らかさ、美しさの底が知れない。比較にはならないが、その照り返しのようななごやかな微笑が間崎の顔にもおのずと浮き上がっていた。

「この人の巾着、先生もいくらか嬉しいけど、貴女がた後でケチをつけたりするなら今から止める。だいじょうぶか」

「しないわ」「しません」

「ひねくれた先生ですこと」

三、四人が笑って、きおって、間崎をやりこめた。江波が平素クラス・メートの間に占めている特異な地位を考えれば、その心持に嘘がないことは変に愉快に得心いくが、橋本先生の豹変ぶりだけは腑に落ちぬものだった。あれほどきびしい批判を江波にもちながら、もし男同士であれば不倶戴天の存在として口もきくまいのに、この人もやはり感情に左右されやすいとかいう世間的な女の一面を脱しきれないのであろうか。二人の女性の不自然な近づき。それを希む無躾な心はないが、希まぬとも言いきれぬ不調な脈搏が間崎の肉体の片隅にごくかすかにうずいていた。だが汽笛が鳴り人が雑踏するいま、何もかも忙わしく楽しく、調子をつけて左右に小さな身体をめぐらせながら時を刻んでいると、そのリズムの一つに合わせて橋本先生が大きくスッと身体の向きを変え、誘いこまれて間崎も左に深くめぐり、二人だけで後ろ向きのような恰好になった。

「叔父さんに手紙出したの、東京の宿へ訪ねて行くかも知れない――」

「いつかの『赤い』叔父さん？」

「ン、若いくせに禿げてるの。でも賢い人だわ」

「煙草も自由に吸えるし旅行は楽しいなあ。貴女にもおみやげ買って来ますよ」

「どうぞ」

急にザワザワという足音が高まった。集合だ。間崎は小走りに建物の端の本部が陣どっている所に引っ返し、背伸びをして、体操の先生から借りた呼子笛をピリピリ吹いた。人中で慣れない指揮をするのが恥ずかしかったが、思いきり大きな声で二つ三つの号令をかけた。ゾヨゾヨした同じ服装の人間の渦巻が三個の二列横隊に整理された。

「総員異常ありません」

「ありません」

二人目の班長からは言葉を倹約して人員報告をする。

「一緒に。左向けェ左！　第一班から順序に、埠頭に向って、前へ進め！」

離れて列中の娘を気づかっているお母さんたちの中にも間崎の号令通りに動く人があった。乗船。これも一と混雑だ。席は指定されてあったが、生徒仲間の場所割りの問題で、保護者たちも後ろにくっつき、ごった返す騒ぎだ。山形先生とY先生はまだ二、三のお母さんたちにつけまとわれていた。どさくさまぎれの室内の片隅でお祖母さんらしい人から小遣銭をせびってる子もいた。間崎に見られたことに気がつくと風をよけるようにスッと横を向き、かえってお祖母さんのほうがまごついた笑い方をしながらピョコンと頭を下げた。

「ママは？」

ふとすれちがった江波恵子にこうたずねると、

「お客さんで来られなかったの。あとで頼まれたもの先生に上げるわ」

何か忙わしげに甲板に駈け上がって行った。そのころから室内は空っぽになりはじめ、さまざまな色の手提げ鞄がそこここに持ち主らの色とりどりな楽しい夢を累々と積み重ねているばかり——。畳のまん中に誰のか梨が一つころがり出していた。

「やあやあ、失敬、赤ン坊が下痢を起してね、……厄介だったろう」

佐々木先生が呼吸を弾ませてやって来た。

「いや、なに。わざわざありがとう」

「——どれ、ついでだ……」

二人で甲板へ上がる途中、佐々木先生は通りみちのW・Cにふいと立ちよった。間崎は笑いながら前で待っていた。

「……君に注意しとくのを忘れとったがね。汽車の中では決して生徒の箱の便所に入るんじゃないぜ、女学生の旅行は掃除が困るって鉄道の人がコボしてるんだから。女なんて案外だらしない身体に出来てるんだね……」

手をふって手洗い水をきりながらそう言うのが、いかにも真顔なもので、間崎は気軽に笑えなかった。

「ではお大切に――」

「ありがとう。赤ちゃん気をつけて――」

「ああ」

佐々木先生はぞんざいな握手を一つ残してあたふたと甲板から出て行った。

生徒は欄干《てすり》の一ととところに大きなかたまりをつくってワーンワーンという一つに融け合ったやかましい声を上げて陸と呼び交わしていた。揃いの紺ラシャの制帽。鼠色の雨外套、光る靴、それがたくさん集ったことから生ずるさわやかな深い美しさ――。

「しかしだ、要するにかれらは乗り物にのると変調をきたし、鉄道の人にコボされるところの他愛なき存在にすぎないではないか――」

間崎は昨日と今日の聞きかじりをこう継ぎ合わせて、ジリジリ湧き上がってくる愉悦の感じにくすんだラフな一つの表現を与えた。…………

汽笛が湿った空気をつんざいて鳴り響いた。

連絡船T丸の巨体は、花片《はなびら》のすばらしい堆積のようなプランのない夢を満載して、しずしずと岸壁を離れた。物蔭から白い手を上げている橋本先生、さようなら……。

十四

――「せんせい、せんせい」

誰か低い声で呼ぶ者があった。真夜中。青森を午後十一時に発った上野行の急行列車は満員の旅客の重苦しい仮睡《まどろみ》を乗せて、ひき裂くような轟音を発しながら、関寂《げきせき》とした夜の軌道の上をひた走りに走り続けていた。つぶやくような、喚くような、怒るような、泣くようなその轢《れき》轆《ろく》の音に疲れた身体を埋没させていると、ある時にはひたすらに心強く、また次の瞬間には際限もない焦慮不安のどん底に藁くずのように引き込まれていく。きけ、この湧きかえる轟音を。これこそ自然を克服する人類の力の模写音にほかならないではないか。好ましいかな、人の生活、我の生活、樹、虫、雲、その他生ある一切のもの。だがさらに耳をすませ。この荒々しい音波の振幅には意志もなければ倫理も感じられないではないか。滅べ、朽ち果てよ、いがみ合えよ、涯てしないその絶望の繰り返し《リフレーン》……。

「せんせい、せんせい――」

一時間も間を置いてまたその呼び声が耳についた。ヒョッとすると、そんなに長い時間ではなく、ほんの二、三秒間経っただけかも知れぬ。間崎は渋い眼を一、二度カッと剝き出して慣れさせてから、顔いちめんを包んだハンカチの結び目を解きほぐし、同時にそのハンカチでなにげなく口のまわりを強く拭きこすった。彼は窮屈な状態でうたた寝をするとベロを垂れ流す癖があった。

田代ユキ子が羽目板に手をかけてポツネンと立っていた。

「呼んだの君？」

「ええ」

「どうしたの」

「はい……」

田代は、間崎の向い側の座席に折り重なってへたばっている級友たちの上にかすかな目配せを与えてそのまま口ごもっていた。ふと間崎はさっきまで自分にもたれて眠っていた江波恵子がいなくなっていることに気がついた。もしか……。

「どうしたの？」

間崎は座席の端ににじり寄って唇だけで問いかけた。

「はい。あの、いまお便所に行きますと車掌さんの室で誰か泣いているものですから、覗いてみると江波さんなんです。どうしたんですかっていくら訊いても御返事もなさらないで、ただもう泣いてばかりいらっしゃるんです。先生いらしてください……」

低いがよく聞きとれる親切気のこもった報告だった。江波とはあの郊外散歩の時から言葉もまじえないこじれた関係にあるのだとかいう田代ユキ子は、今度の旅行では江波が属している第三班の班長を命じられていた。

「ばかだな。いまはみんなが眠る時間で、泣くなんてことはない。……行ってみるから、騒ぎ立てないで……」

間崎はなんだかムッとして理屈でもないような余憤を洩らした。

「はい」

田代ユキ子は学校にいる時のようにキチンと頭を下げて自分の席に引っ返していった。

間崎は靴をつっかけて静かな大股で通路を踏み、後尾の車掌室を覗きに行った。なるほど、江波が小さな書物板に顔を伏せ、背中を丸くもり上がらせて泣き崩れていた。車輪の轟音のふとした合間には、厚いガラスのこちら側にまで、エーンエーンと泣きうめく声が通って来そうで、時刻が時刻だけに、なにか底恐ろしいような気持にとらえられた。間崎は力をこめて重い戸をそっとすべらせ、内部に入ると、車室の方に向きなおってまたその戸を反対の方にすべらせた。一望累々とした車室中の生徒たちの寝姿のずっと向こう端から、田代ユキ子が伸び上がってこちらを眺めていた。

（大きな姿《なり》をして……よっぽどばかだな……）

間崎は江波恵子のひたむきな泣き方に気を呑まれて、すぐにはどうしていいか分らず、ズボンのポケットに両手をつっこんで足を左右にふんばらせ、しばらく呆然と列車の動揺に意味ない抵抗をつづけていた。

「おい、おい……旅行は泣くもんじゃないじゃないか、どうしたっていうのだ、皆の安眠妨害にもなることだし……」

間崎は近づいて肩に、それから頭に手をかけて、荒々しくゆすぶってみた。江波は手答えなくわがままに泣き続けていた。他人が来たからって、つけ上がりもしないし、遠慮もしない、私は私で泣く——そういったふうな率然としたスタイルが、間崎には及びがたい、ある円熟した性格をみせつけられているように感じられ、どこかに痛々しい不具な匂いも嗅ぎつけられるこの完璧のスタイルを打ちこわさないかぎり、何を言っても話が通じないように考えられた。

「おい、先生怒るぞ。自分の気まぐれでみんなの楽しい気分をいびつにするなんて法ないじゃないか、さあ、もういい加減にするんだ……」

間崎は江波の肩を抱いてまっすぐに立ち上がらせ、次には顔をおおった両手を一つずつ邪慳《じやけん》にはずして、二度と使えないように江波の両股に自分の手でそれを押しつけた。だが江波は恐るべき不感症状を示し、そのまま泣き濡れたムキ出しな顔を少し傾けて、エエーン、エエーンとうめき続けた。あまりまたたきをしない大きな眼がボーッと曇ったかと思うと二、三滴の涙がポロポロとあふれ落ち、すると不思議な青い光りを湛えた眼がきれいに耀き出し、またそれが涙で曇ってしまう。何度もそれを繰り返す。ポカンと引き開けられた口は、さがしてもさがしても見つからない何かの言葉に切なくあえいでいるようだ。汽車の煤煙が涙で溶けて顔いちめんに大げさなむちゃな隈取りをつくっていた。

「どうしたんだ、まったくいやンなっちまうな」

間崎はうっかり昼間のような大声で嘆いた。

「だって……だって……」

眉の上あたりを身も世もない悲痛な歪め方をして絶え入るように間崎になにごとかの訴えをなす。わかるもんか……。

「何がだってだ――」

「だって……だって、お母さんがいないじゃありませんか……私のお母さん……」

「そりゃあ……いないさ。君だけでなくみんないないよ」

シュンと冷たく胸に透るものを感じたが、間崎はそら呆けてあたり前の意味に解釈した。

「……人のことじゃない……。私は私のことだけ言ってるの……。先生なんかにわかりゃしない……私のお母さん……」

「わかったってどうにもならんことをわかって、先生どうするんだ。そんな気持のお相手は出来ないし、認めてもやれないって、言ってあるじゃないか……」

江波は押えられた両手を静かにときほぐし、逆に間崎の指を握りしめ、やっと嗚咽がおさまりかけた未熟な口調で、

「……私、うとうと寝ついたと思うとすぐに目がさめ、おやお母さんがいない、とハッとしたの。するともう私がいないで泣いていらっしゃるお母さんの声が遠くから流星のような速さで私の耳に駈けこんでくるのです。でも私はじっと我慢をして自分だけは泣かずにすまそうと、寂しいからそっと先生の方をみたの。すると、どうしたものか、このハンカチをかぶって眠ってる男の人は、縁もゆかりもない他人にすぎない、おかしな鼾《いびき》なんかかいて、先生って何だろう、遠い人、よその人。……ここに寝てる人はみんな自分の夫になる人と睦まじくして、節約してお金を貯めていこうと今から各自の心の底に意固地なたくらみを芽生えさせているんだ。私には誰もかまってくれない……こんな考えが昔のかぶとみたいに私の頭にのっかかって来たの。重くって苦しいから私は一生懸命にイヤイヤをしました。するとゴトンゴトンという汽車の音の中から、恵子！　恵子！　ってお母様が泣き声で私を呼び続けるのが聞え、何だか皆さんの寝息が喉につまって苦しく咳が出そうに思ったら、それはそうでなくって私がワッと泣き

出したんでした。先生がムニャムニャって何か御返事されたほど大っきな声でしたわ。それからここへ隠れに来ると、顔の赤い車掌さんが短い鉛筆をなめながら手帳に何か書き込んでいましたから、小父さん、私一人ぼっちでとても泣きたいんですから一時間ばかりどこかへ行ってくださらない、って言うと、その人魂消《たまげ》た様子で、仁丹《じんたん》を上げましょうかって言うの。メンソレータムも持ってるって言ったわ。いろんなものを用意してるんで感心しちゃったけど、私死ぬんじゃないからって安心させると、その人胸のポケットから重そうな時計をひき出して、それじゃ今から二十分だけこの室をお貸ししましょう、ここならよほど泣いても聞えませんよ、と親切に言ってどこかへ行っちまったの。ギュッギュッって遠くまで鳴る靴だったわ。耳の下に大きなほくろがあって、そんな人福運が強くて土蔵を建てるようになるんだって寮の炊事婦がいつか言ってたわ。――私それから一人で都合がいいように坐って泣いたの。私が泣くと汽車が軽くなって面白そうにふっ飛んでいくので、私は何も悪いことしてるんじゃないっていう豊かな気持になれました……」

ここまで例の始めも終りもない煙りのようなおしゃべりを続けてきた江波は、不意に二つ三つの烈しいしゃっくりに襲われ、それが去ると、かすかな微笑をみせるくらいに落ちついてきた。

「それから……」

間崎はかなりな力で握りしめられた指先を、グッと後ろにひき、そうすることによって二人の身体をヒタとくっつけ、おのずからの優しい表情で、呼吸も触れるばかりに近いところにある江波のよごれた顔をじっと見下ろした。可愛いと思った。妹だってこれには及ばない……。

「せんせい、モールス符号っての知ってる?」

「知ってる。学生のころ教練でやらされた。トンツー、トンツー、ツーツートン、なんてやる奴だろう。あれ、好きだったよ……」

「私たち物理でお習いしたんですけど面白いからクラス中に流行って、先生方のニック・ネームくらいならそらでツートン打てるのよ。よくって、ツートントンツー、ツーツートンツートン、ツートンツートントン……はい」

「ちがってら。それじゃマシキになってしまう。サはツートンツートンツーだ。では先生が打つから読んでごらん。ツートントントン、トントン、トンツートントン……はい」

「バケ……なあにバケって?」

「そりゃあ……お化けっていう意味さ、ハハ……」

間崎はバカを打信したのだったがバケでもお化けでも差し支えのないことだった。それよりも話の半ばから急にモールス符号に関心をもち始めた江波の気持を解しかねるものに感じたのだが、これも本人が、予定も計画もない出たとこ勝負の話題に一流の狭霧《さぎり》のような真実を沁み込ませていく性分であってみれば、かれこれ臆測を下したところで詮ないことだった。

「田代さんが君の様子を見て心配して先生のとこに教えに来てくれたんだ」

「ああ、あれ田代さんだったの、知らなかったわ……。私一人で泣いているときね、こうやっていつまで泣いてたらいいのかしら、とふと考えたの。いつまでもじゃ私だって困るわ、と思ったの。そうするとその期限をきめるのが大変むずかしくって、私泣きながら幾つも案をこさえてみましたわ。時計できめようか、停車場へ着くまでにしようか、何かの短い詩を考えてそれが出来上がるまでにしようか、困った困った、と思ったの。その時どうしたわけか汽車のガタンゴトン、シューシューいう音がモールス符号のトンツートンツーのいろんな組み合わせになって聞え出し、ああそうだ、この中からどれか気に入った符号をみつけて、それがもう一ぺんかえって来たらふっつり泣くのを止《よ》しましょう、と思いつきました。で耳を澄まして次々にすべって行く音の符号に注意していますと、トントンツーツートントンという音がとても気持よくスムーズに耳穴から身体の中にすべりこんだの。これにきめました。さあもう一ぺん、と思って楽しみに待っていましたが、初めのトンが不足だったりツーが三つも続いたりなかなか出て来てくれず、ああそうすると私は夜が明けるまでも泣いていなければならないのかしらと思うとまた悲しくなって、今度は音を数えるのも忘れて泣き出しました。田代さんがいらしたのはそのころなの。私黙っててやったわ。まもなく先生がいらしたの。そン時に、さっきのトントンツーツートントンという音が今にもつかまえられそうで、私、胸をドキンドキンさせて一生懸命にその符号を追いかけていたとこでしたわ。……先生、乱暴なんですもの。でも嬉しかったわ。もう今度お休みになる時、顔にハンカチかぶせないでね。よその人みたいで寂しいんですもの……」

「でも先生は汽車で眠るとベロを垂れるんだよ」

「フフ。――かまわないわよ」

「もっとも恋人同士の男女は接吻でおたがいのベロを吸うんじゃないのかな」

「いやそんな話……」

江波は手を下げたままの窮屈な肩先を間崎の胸に押しつけ、大急ぎで間崎の上衣に顔を右左にこすりつけた。

「こら。とれるもんか、そんなことで。……さあもう帰ってお休み。田代さんまだ目がさめてるから一と言お詫びを言うんだぜ……」

「ええ。でも私まだここにいます。……それから先生にしかけたお話もあと少しばかり残ってるの。それ、ね、先生がここへいらしった時、私、自分に約束したモールス符号を一生懸命に追いかけてたといったでしょう。ところが先生に身体をゆすぶられたんでその気持すっかり消えちゃったの。かえってよかったかも知れませんが、でも私いつかどこかであの音をもう一度捕えるまでは、借りを背負ってるようでときどき寂しいだろうと思うの。海の中、空、人の声、街の雑踏、誰かの咳払い——どこかにあの音はこっそり隠れてるに相違ないと思うの。私きっとさがしてみせますわ。でもあの符号、なんという字だったかしら？ トントンツーツートントン……」

「そんなのあったかな。先生も忘れた……」

間崎は故意にはぐらかした。確かそれは疑問を現わす「？」の符号だと思ったが、そんなことを口へ上せるのは、それでなくっても幻怪な江波恵子の観念主義にやましい裏書きを与えるような気がして躊躇された。けれどもずば抜けて利口で美しい一人の少女が、よそ目には何の変哲もない平明な環境の中から蜘蛛の糸のようにかぼそい精巧な心理の糸筋をひき出して、われとわが身を十重二十重《とえはたえ》に執縛している孤独な姿を眺めていると、何かしらジリジリと胸に押し迫るものを禁《とど》め得ないのであった。真夜中。そしてたった二人きり。……彼らの踏む大地は刻々と移動して、一カ所に定着した生活から生ずる一切の束縛から彼らを意識以前の茫漠とした世界に引き上げて行くかのように思われた。

「江波さん！」

「先生！」

偶然にも二人は同時に名を呼び合い、それに面くらって次の言葉を言い出すのをお互いにためらってしまった。いや、間崎の場合は、何を言うかもきまらないうちに思わず名を呼んでしまった、というのが当っていよう。江波は、ひどくまじめな、けれども少しも屈託、渋滞のない大きな眼をみひらいて、間崎の顔を穴があくほどただじっと見つめた。上から見下ろす顔、その反対な顔、どちらも長い忘却の中からやっと今浮び出た、遠い、なつかしい思い出の人をみてるような……。間崎は、のしかかる沈黙を押しきって、言葉だけ強く一気に言い放った。

「江波さん、先生抱いてあげようか」

「――――」

江波は臆せずハッキリうなずいた。間崎は、おおっぴらに首を後ろに引いて一応車室の中を見まわし、次に握りしめられた両の指先をもぎ離して、その腕で、人一人を容《い》れられるゆっくりした弧形をつくって江波の方に差しのべ、顎で「おいで！」をしてみせた。江波はかすかに笑って、唇を嚙んだ。それから、身体を縮めて、横向きに間崎の胴にもたれかかって来た。抱く。

「――お母様、毎晩休む前にいつもこうしてくださるの……」

それは恐ろしくガンガンいうばか高い声に聞えた。間崎は返事の代りに抱擁の力を強くした。重い、弾力性の物体を抱くような、ただあり余った力を消費するだけの後腐れのない快適な気分だった。力を加えるほど、腕の中に快適な重量と容積がふくれ上がってくるばかりだった。

これが女というものの実体なのか。突然働き出したこの強靭なブレーキは、間崎が自分の立場に省みて応急に作り上げたものとは異り、良心というか理性というか、彼の日常生活の見えざる支柱をなすものが、今主人公を襲った一つの「危機」に際して、急に根強く活潑に働き出したのであった。言い換えれば、間崎の内なる何物かが、江波恵子の生活を拒否し、その道連れに引きずり込まれて、心身の調和を壊滅させる危険から本能的にわが身を守ろうとする一種の争闘であるともいえよう。めったに試す機会などない自分のガッチリした身だしなみを目前に経験して、間崎は嬉しいか？　そうだ、彼は喜んだ。けれども顎にサラサラ触れる髪の量、底温かい肌の香、少しつまった鼻でする安らかな呼吸づかい、まかせきった体重、それらの混じた湿っぽい酸性の感じのものが、ともすれば彼の獲得した自己信頼の喜びを、一枚の木の葉のように空しいものに感じさせる、遠い、烈しい飢渇《きかつ》を呼び起さぬでもなかった。真率で赤裸な生活の道はどちら側に展けていくものか。……間崎は腕に通った筋金の固さを刻々に意識するとともに、平素の精神力が急速に衰弱していくのを感じ、奇妙に身軽いブランコにあちこちゆすぶられているような健康な眩暈にとらえられた。もしかすると地球とほかの天体との間に架せられて止《や》む間ない運動をつづけている大ブランコがあり、彼はうっかりしてその横木に尻をかけたのかも知れないのだ……。

「せんせい――」

「うん」

「――鳩……テンペラ……赤い糸……」

「――――」

おやおや、と頭の片隅で間崎は考えた。これほど身を落して打ちくつろいでも江波はまだその先の白く茫漠とかすんだ世界を身軽に飛びかけっている。せんせい、鳩、テンペラ、赤い糸――これはこれだけ続いて、彼女の胸にふつふつ湧きあがるあぶくのような想いに、気まぐれな片言の表現を与えたにすぎないのだ。まじめに返事をするなんて役者の桁《けた》がちがうんだぞ。そう思った。頭も両腕も胸も一つにまるめてシーンと横向きに抱かれている江波には決して見えることのない間崎の顔には、いやが上にも用心深い笑いの影が白くチラリとかすめ去った。

間崎は疲れを覚えた。ふとある連想が彼の心を曇らせた。それは江波がさっき言い出した彼女の母のこと。毎晩こうして恵子を抱いてくれるという恵子の母は、今晩腕が空っぽな寂しさに、たくさんある男の「お友達」の誰かにすがって、やはりこうして濁りなく泣いたり満ち足りたりしているのではないだろうか。濁りなく……白の透綾《すきや》のように信念なく――。この連想が間崎の腕の輪にうそ寒い隙間を生ぜしめた。江波は脅えたようにしゃっきりして顔をふりむけた。夢からさめたような表情の整わない顔だった。

「さあ、もう向こうへ行こう、土蔵を建てる車掌さんの邪魔になるといけないから……」

「うん、ついでに私ここでお母さんに葉書かいていくわ、先生お先に行ってて……」

「よろしくって言伝《ことづ》てしてもらおうか」

「ええ――」

江波は、間崎がまだその室を出きらないうちにひどくのんびりと座席に腰かけ、互角の綱引きをした相手を眺めるような寛大な微笑をたたえて、小さく頭を下げた。間崎は損したような気持で江波の仮設アパートを出た。

後ろのへりをつぶしてつっかけた靴を左右にふんばってヨタヨタ狭い通路を引っ返してくると、田代ユキ子が、慎み深いきれいに澄んだ眼を上げて間崎を迎えた。そばにしゃがんで、

「心配なことではなかった。……貴女がたどうかすると、ときどきわけもなしに泣きたくなることがあるだろう。そんな時大抵の人は泣かずにすませるけど、江波さんは遠慮なしに泣いたってわけだ……つまり泣きながら楽しんでいるというわけだ……」

田代は何となく赤い顔をして俯向《うつむ》いた。ふと顔を上げて、

「せんせい、そんな時泣くのがいいんですか泣かないのがいいんですか」

「――貴女はどう思う?」

「……泣ける人のほうが素直でいいんじゃないかとも思いますけど……」

「そんなことはない。神様から授かった感情を自分一人のことでむだ費いするのは正しくない

ことなんだ……」

「――そうでしょうか」

田代は少し間を置いてから強くうなずいた。よくしつけられた怜悧な心の動きが感じられた。少しずつうつむき加減にする顔も、江波が推賞しただけあって、どんな角度から眺めても崩れない、ほのかな品位を保っており、それは人を娯しませるというよりかむしろ男の心を引きしめる類いの美しさを湛えていた。

「じゃあお休み。明日がまた長いんだから……」

間崎は立ち上がりさま、やわらかい髪をかぶった田代の頭をグイと一つ押してそこを離れた。わずかの留守の間に、彼の座席は、向い側に眠りつぶれている戸田ミツ子の足に完全に占領されていた。見事な練馬脚《ねりまあし》で、おやおやと苦笑したが、起すのも気の毒で、二つ揃えてそっと退けて窮屈に坐り込む途端、その足がウームと伸びて間崎の腹を蹴った。こちらも唸りたいくらいに痛かった。あれもこれも、ああ人生行路難というわけだな……ゆとりはあったが、まんざら付け焼き刃でない長嘆息を洩らした間崎は、焼き芋のようにホカホカ温かい戸田ミツ子の両足を膝に乗せてやって、自分もともども夢路に入る準備をした。田代ユキ子が青い空気枕を抱えて、プッと吹いて、今ごろやっと遠くから間崎に微笑みかけていた。

十五

夕方、急行列車は湧き返るような轟音を上げて上野駅についた。下車、整列、人員点呼。その間にY先生が室内を念入りに見まわって、ハンカチ、手拭、櫛などの忘れ物を拾い集めて来た。

「ありませんか、落した人？」

誰もない。この時に限らず、学校内の落し物でもめったに遺失者が名のって出ることがないのは、みえばるというのかはにかむというのか、間崎などには解しかねる生徒特有の心理であった。

「いやになるな。こんなとこに来てもぐずが抜けないんだから……。いい、それじゃ先生がこれから勝手に名を呼び出してその人たちに欲しくなくっても、これを一つずつ貰ってもらう……」

間崎は早く改札を出たがってる生徒たちの気持にさからって、故意にそんな無法を言い出し、ニヤニヤ笑いながら一とわたり生徒の顔を眺めまわした。山形先生もY先生も、しまいには生徒たちも変な顔で笑い出した。

「名前を呼ばれた人は返事をして前に出る。……戸田ミツ子さん！……貴女にはハンカチ。吉岡サチさん！……貴女には櫛。田代ユキ子さん！……手拭」

被指名者が前に出て間崎から遺失物を押し戴くごとにみんな「ワーッ」「ワーッ」とかけ声をして笑い崩れた。少しは応えたであろう……。

「これでおしまい。……いよいよ着いたんですから皆よく緊張して……。右向けエ、前へ！」

改札を出ると、出迎えの人たちがそれぞれの生徒の名を呼んで割り込んで来たので列がバラバラに崩れてしまった。山形先生やY先生は例によって生徒の親戚知人に包囲されて応接にいとまないありさまなのに、間崎のところには不思議と一人も寄って来ない。男の人も大勢いるんだから、そういう人は相身互《あいみたが》いで自分のところにやって来てもよさそうなものだが……。やはり年が若いので信用してもらえないのかな……。何かしら不満めいた気持でいると、

「先生様……御先生様」

そう言って近づいて来たのが、これは男で鳥打帽子をかぶり、S—館と染め抜いた赤い小旗をもった宿屋の番頭であった。

「御苦労さまでございます。すぐに参りましょう。電車でも参れますが歩いて二十分とかかりませんからかえってそのほうが混雑しないでおよろしゅうございます。手前御案内いたします。

すぐに参りましょう。あちらで皆さん御ゆっくりなすったほうがよろしゅうございます……」

しばらくぶりできくペラペラした都会言葉だ。

「そうしよう……。女学校はいろいろ挨拶がうるさいんでね」

間崎はよけいなことまで言って、やけに呼子笛を吹き鳴らした。一と通り整列が出来たところで、

「生徒を引きとって行かれる方は御面倒でも宿の前まで御同行願います。そこで願書とひき合わせてお引き渡しをいたします。ここでは混雑しますから」

番頭の先導で隊伍《たいご》がゾロゾロと動き出した。生徒は田舎者に見られまいとするひそかな緊張を内に秘め、上面《うわべ》はなにげない風を装《よそお》って、電車や自動車が目まぐるしく往来する騒然とした夕暮れの街路に足を踏み入れた。

「来てみるとつまらないとこね」

「ほんとだわ」

そんなことを聞えよがしにささやく者もいた。間崎は列を離れて煙草を吹かしながら歩いていたが、生徒ばかりではない、自分までが一歩々々足を十分に踏み伸ばしてよそ行きの歩き方をしていることに気がつき、ふとわれにもなく赤面した。

「先生——」

戸田ミツ子が列中から呼びかけた。

「いいことを教えますわ。あれ、ごらんなさい……」

指さす十間ばかり先の方を、級長の玉井がちょっと列からはずれて、迎えに来た卒業生らしい角帽をかぶった女の人と腕を深く組み合わせて、何か話しながら歩いていた。

「あの方たち学校時代御姉妹《ごきょうだい》だったの」

「姉妹？　玉井さんは一人娘じゃないか」

「そうじゃないのよ。別な姉妹じゃありませんか。義姉妹《シスター・イン・ロー》よ」

近所の生徒がクスクス笑った。

「ふーん。そうかね。……どんなことをするんだね……」

「どんなことって……ねえ……」

戸田は返事をしかねて友達に応援を求めた。

「吉水さんといってやはり一番で卒業された方。医専にいってらっしゃるの……」

「ふうん。どんな人か先生前にまわってよくみてくる。……そういう姉妹はよろしくない」

「あらっ、あらっ、先生ったら、ひどいわ……ひどいわ」

後ろで戸田らがほんとに地団駄踏んでいるのを聞き流して、間崎はグングン歩速を早めた。

一間ばかりの距離に迫った時、玉井の方で偶然後ろをふり向いて間崎を認め、連れの人に何かささやいて立ち止った。

「あの、先生……御紹介いたします。卒業生の吉水ユリ子さん。こちら間崎先生です」

「やあ、間崎です。生徒が玉井さんの姉さんだと言ってたけど……」

「あらっ」

玉井は怒ったような顔をして横を向いた。

「まあ。冗談なんでございますよ。悪い人たち！……お疲れでございましょう……いい先生がおいでになったっていつもお噂をお聞きいたしておりました……」

吉水さんは鷹揚に笑いながら癖のない言葉で初対面の挨拶を述べた。美人というのではないが知的なハッキリした感じをそなえた顔だ。

「いえ、ね、この人たちが——」

と、ちょうどすぐそばまで進行して来た戸田ミツ子らを指さして、

「この人たちが、追いついて前へまわって観察しなさいってたきつけるものですから……」

「嘘です、玉井さん嘘よ」

「ひどいわ」「ひどいわ」

戸田らは口々に罵りながら後ろをふり向きふり向き口惜しそうに行きすぎた。間崎は大きな口を開いて笑った。

「明日おじゃまでも市中見学のお伴をさせていただきますわ」

「そうしてくださいｏ人手が足りないで困っているんですから……」

広小路《ひろこうじ》の電車道を横ぎる時、間崎はわざとのように列のはるか後方にとり残され、雑踏する人波にもまれて、急に、ひどくぼんやり歩を運び出した。疲れており、いらいらし、うわついていた。汽車の疲労もよほど手伝っているに相違ないが、それよりは一昼夜半というもの、いつもよりもっと身近く、ピンからキリまで女ばかりの噎《む》せっぽい匂いの中に埋ってきた、その気づまりから来る重苦しい気分だった。女との接触は、結局、性の快楽にまで及ばなければみなこうしたふっきれない中途半端の感じのものかしらん。……間崎はそんな濁った思想を脳味噌の襞《ひだ》の間ににじませて、こんな調子の時、ともするととんでもない失策をしでかすものだが、と暗い予感に脅やかされながら、前後に気を配って生徒たちの後を追った。

その予感が適中したかのような一椿事が旅館の前で突発した。かねて打ち合わせた通りに、一般の生徒は内部に入れ、親戚知人が引き取りに来た生徒たちだけを後に残して、間崎の手帳に記入された引き取り先の住所、生徒との関係などを一人ずつ実際に確かめて許可を与えていた時、突然身体つきの頑丈な金縁眼鏡をかけた重役風の紳士が間崎に近づき、

「君、君、あ——わしはこういう者で野村ヒデの親類筋に当っておりますが、前もって外泊願いは出しておかなかったが、ぜひヒデ子をお借りして行きたいと思っとります……。差し支え

ないでしょうな」

差し出された名刺には一と目では読みきれない幾つもの肩書きがついていた。それに自分のほうから勝手に差し支えないことにしそうな口吻《こうふん》で……、間崎はムッとした。

「いけません。願書のない生徒は絶対に外泊させない規則になっておりますから……」

自分で言って自分でたじろいだほど鋭い語気だった。紳士もサッと眼の色を変えた。だが落ちついた押しつけるような口調で、

「なるほど、願いを出さなかったのはこちらの落ち度だが、それだからまたこうして頭を下げてお願いしてるわけです。ヒデ子にお聞きくだされればわしが御迷惑を及ぼすような筋合いの人間でないことはおわかりのはずだし、また校長のケートさんにも両三回お目にかかり、御校の理科の設備にも些少だがお力添えをしたこともあるという次第で、決して怪しい人間ではありません。ハッハッハッ。こら、ヒデ子、先生がいけないとおっしゃるからお前からもお願いしなさい……」

野村ヒデ子はY先生の蔭に泣き出しそうにしてションボリ立っていた。

「いや。決して貴方をお疑いしてるんじゃありません。規則は曲げられないと言ってるのです。貴方に承諾すれば、ほかもみんな許さなければならなくなりますし、それでは私どもが責任をもって監督することが出来なくなってしまいますから……」

落ちつかなければ——そう思いつつも間崎の声はうわずってトゲトゲしく響いた。

「ほかにもあるんですか。届け出しないで連れて行こうという方が……」

紳士は語調を呆けたものに一変して、人を小ばかにしたような薄笑いをさえにじませた。間崎はグッとつまった。

「そりゃあありません！……しかし問題は今ほかにもあるとかないとかいう日和見《ひよりみ》的なことじゃなくって、もっと本質的な訓育上の問題だと思います。……ともかく監督者の立場として絶対に貴方の要求に応ずるわけには参りませんから……」

「要求なんて、そんな越権をふるまった覚えはない。わしはお願いしたまでじゃ、ハッハッハッ……」

「同じことです！」

間崎は鼻白く言った。居残った出迎え人や生徒やそれに行きずりの通行人も加わって一団の人々が息をつめて成り行きを傍観していた。山形先生は紳士と間崎の間にチョコンと立って、困った時にする例の頬に手をあてがって小首をかしげる仕草を続けながらときどきホーッと熱苦しい嘆息を洩らしていた。気の毒に感じた。同時に、どこまでも喰い下がってやるぞ！という青白い気魄が間崎の背筋に悪寒のようにジリーンとみなぎった。自分のほうから積極的に人を難詰することは不得意だが、相手の無法に精力的に追随していくことには妙な自信のようなものが昔から間崎にあった。それにしても、相手の紳士は、顔の皮膚がドス黒く強靱で、鼻柱がたくましく、十分睨みの利く人物であり、疲れもせず、いびつな気分におちいってもいない、平素の間崎ならば到底太刀打ちできる筋合いではない。……エ、エ、エ、エ、と背後から野村ヒデ子の切なげな泣き声が起った。それに刺激されたかのように紳士は一歩踏み出して、改った憎悪の眼差を眼鏡ごしに間崎に注ぎかけ、

「君、御忠告しとくが、いまどき一般社会人の日常生活を不便にするような官僚主義は止めたらどうじゃ。規則遵奉《じゅんぽう》も結構じゃが、法は人を生かすのがその建前になっているはずだ。君は失礼だがお若い。……お見受けしたところほかにも監督の先生がおられるようだから、わしはその方々に改めてお願いすることにする」

そう言って山形先生の方にものやわらかに屈みかけ、

「お聞きの次第で、違法の申し分ではなはだ相すまんわけですがどうか野村ヒデを外泊させていただきたいのであります。何でしたら後で校長先生に手前からお詫びの手紙を差し上げることにでもいたしましょう……」

「――はあ」

山形先生は真っ赤になって泣き出しそうに地面をみつめていた。しめ出しを喰った形の間崎は、どんな無理を言っても中に割り込んで行く決心だったが、結果を考えてちょっとためらっ

ていた時、

「失礼……」

と、しわがれた声で言って人垣の中から進み出た一人の男があった。黒のソフト帽をつぶしてかぶり、靴まで届きそうなよれよれのバーバリを着込み、ロイド眼鏡をかけた、老いたようにも若いようにも見える風変った感じの男だった。間崎にちょっと頭を下げ、ヘーンと爺むさい咳払いを一つして、

「突然飛び出して失礼でありますが、私も生徒の父兄の一人としてこの問題について自分の意見を述べさしていただきたいのであります。双方御異存ありませんでしょうか……」

間崎はあっけにとられてただうなずいたきりだったが、紳士はどこまでも落ちつきを失わず、

「さあさあ、どうか。こういうことはお互いに腹蔵なく話し合うのがいちばんでして……」

「それでは……」

黒ソフトの男はそこから急に調子を張った力強い言葉で、まともに紳士の方に向き直り、

「私はこの問題について間崎先生の御意見を絶対支持するものであります。学校にしろ軍隊にしろ、団体生活には一時的便法や温情主義は禁物であります。ことに無経験な年頃の娘をお預り願っている我々としては、ただいま間崎先生が示されたような断固とした信念をもってその任に当ってくださるのでなければ安心して我々の子女をおまかせできない次第であります。の

みならずこの問題はともすれば間違いの起りやすい旅行中の出来事でありますから、我々父兄長上の立場にある者はよろしく監督諸先生の御心労を察して、万端《ばんたん》そのお指図に従うのが至当と考えます。……間崎先生のお考えが正しいと信じます。終り」

多分に演説口調だが、線が太く押しが強く、間崎などとちがってまだ無尽蔵に弁じられる余裕を存しており、風采に似合わないガッチリさをふんだんに漂わせていた。この強襲にさすが紳士も顔色を変じ、

「ふむ、それも大勢の父兄の中の変った御意見の一つでしょうな。若い者は若い者同士というわけで……。ハッハッハッ。ところで先生いかがでございましょう？」

「よろしゅうございます」

山形先生はにわかに顔を上げて穏やかにキッパリ言い放った。間崎と反対の意思表示をしたわけだが、機微をつかんだ賢明な裁き方だと思った。

「くれぐれの御所望でございますし、後は私どもで宜しいようにいたしますからどうぞお連れなすってください。明日の汽車時間に遅れませんように……。何分私どもも大勢の生徒を預って気が張ってるものでございますからいろいろ御不快をおかけ申して何ですが……。野村さん、おじ様と御一緒にいらっしゃい。先生がお許ししてあげますから……」

どぶ板に立ってY先生に背中を抱かれながらシクシク泣き続けていた野村ヒデ子は、そう言

われると急に泣き声を高めて、

「……行きません……私行きません」

と、身体中で痙攣するようにかぶりを振った。

「いいんです。もうお話がついたんですから心配することはありません。せっかく皆様とお会いして明日また元気でいらっしゃい。貴方、どうぞお連れなすって……」

「いや、どうも相すみません。……お名前存じませんが、男の先生の方、ついわしも年甲斐もなく興奮しましたが、これはこの場限りのことにして水に流してくださるように……、ハハハ……では……おい、ヒデ子、さ行こう……」

紳士は間崎の方へも丁寧に一揖《いちゆう》して泣きすくんでいる野村ヒデ子を励ましてつれ去った。

「横暴、横暴」

つぶれた黒ソフトの男が、もうどうでもいい気の抜けた声で茶目に怒鳴った。

「無礼者！」

紳士はたくましい首をめぐらしておもむろに一喝した。黒ソフトは黙っていた。このことでいちばんみじめな思いをさせられた野村ヒデ子は、Y先生に肩先を抱えられ、送られて、紳士と一緒に電車通りの方へスゴスゴと立ち去って行った。

人だかりが散った。

「女学校の先生ってなかなかやるもんだね……」

そんな感想を洩らして行き過ぎる不良学生らしい組もあった。山形先生はさっさと内部《なか》へ引き上げた。間崎は急に身辺にうすら寒いものを感じ、ふと、まだ用事ありげにそばにつっ立っている黒ソフトの男に一と足近づき、

「いや、どうも失礼いたしました」

「なに。あんな尊大ぶった奴はたたきつぶしてやったほうがいいですよ」

「失礼ですがどなたの父兄でいらっしゃいますか」

「橋本の父兄です」

「橋本？——そんな生徒いないと思いましたが……」

と、だしぬけに背中のところで、

「あら、ぼんやりね。橋本先生のことじゃありませんか。きっと叔父様ですわ」

いつからか——江波恵子が立っていた。そしていろんなことを知っている。

「そうです。橋本の叔父です。島森ケイ一といいます」

「どんなケイですか」

間崎は事の意外に狼狽してあまり穏当でない質問を発した。

「拝啓のケイです。……橋本から手紙で貴方にお会いするように言ってきました。……この生

徒の方、もしか江波恵子さんではないでしょうか。ちがいましたか」

「そうです。江波です」

橋本先生がどんな手紙を書いたのか知らないが、何でも造作なくテキパキ言ってのけるこの若老人《わかどしより》のような風貌の男には、自分などよりはるかにうわてな修練が積まれていることが、こうして差し向いで眺めると一と目で見てとれた。

「そうだろうと思いました。……大変お綺麗です」

男は危なっかしい敬語で賞めた。江波は羞らいを含んだ自然な笑顔で間崎とその男との顔をこもごも眺めた。

「まず内部へお入りください」

「いや、それが出来ないんです。他に約束があってそちらへ行かなければなりません。お帰りにまた東京に寄られるようですが……」

そう言って男はバーバリのポケットから間崎たちの謄写刷りの日程表をとり出してひろげた。ずるいなあ――と間崎は遠く離れた橋本先生のいたずらげに澄んだ顔をなつかしく思い浮べた。

「そのころも暇が出来るかどうか今からは見込みが立ちませんし、それで今五分間ばかりここで立ちながらお話したいと思います……ちょっと先生を借りますよ」

男は江波に断わって反対側のトタン塀の方に間崎を誘いよせた。呼吸の匂いも嗅がれるよう

に顔と顔を近づけて、

「いきなりですが、時間がありませんから——。まずスミ子と私の関係から言いますと、なるほど私は叔父になっておりますが、血筋はひいてないんです。私の二番目の姉がスミ子の継母になっているのです。この姉はなかなかインテリで思いやりもあり、私などもちょっと頭が上がらないほうなんですが、これがかえって禍いして、同じ型のスミ子との間がうまく行かないんです。スミ子は勝手に継子《まま こ》根性を出してあの通りに冷たくすまし込んでいるのです。いっそ姉が無知でお人好しなタイプの女であればスミ子のほうで思いやりを利かせて姉をいたわってくれるんでしょうが、姉もスミ子もお互いに細かい神経を働かせて相手の気心を憚《はばか》っているものですから、事態はますます陰性に紛糾していくばかりです。これが男同士なら一ぺん喧嘩させるか相撲をとらせればテキパキ片がつくとこなんですがね。もっともこれにはスミ子の父親にも責任があるので、この男はあるガラス工場の重役をしており、非常なお人好しですが、少しだらしないほうで妾などを囲っているらしいんです。姉はそれが面白くないし、したがって家庭では姉が暴君的なヘゲモニーを振っているわけです。今日、飯も食えない大衆があるということを考えると、仕方がないばか者どもの寄り集りだとも言えますが、当人たちにはやはり切実な悩みの種なんでしょう……」

淡々としたむだのない言葉でそこまで語った男はなにげなしにつぶれた黒ソフトをとると薄

い禿げが現われ、その瞬間、間崎は橋本先生の説明を思い出してたまらないおかしさがこみ上げてきた。こらえきれずにクスリと洩らした。

「どうしました？」

間崎は嘘がつけない気がした。

「正直に申します。橋本先生が貴方を『若いくせに禿げてるけど賢い人だ』と言ったものですから……」

「やあ――」

男が妙な苦笑を浮べて反射的に帽子を頭にのっけたので間崎は鼻汁を垂れてグスンと吹き出してしまった。続けざまに噎せながら、

「す、すみません、身体に弾力がなくなってるものですから……貴方をいい方だと思うんです……」

男は――いやこれからは島森といおう――島森は仕方がないという顔で間崎のだらしない笑いが鎮まるのを待ち、

「私も貴方をいい人だと思います。スミ子の手紙にもそうありましたし、実は私は貴方がたが汽車から下りて落し物の処分をした時から、ずっと今まで貴方がたに付き添っていたのです。別に貴方を観察しようなどと目論んでたわけではないのですが、つい話しかける機会がなかっ

たものですから……。そしてなるほどスミ子の好きそうな人だなという印象を受けたのです。スミ子の手紙で貴方のお名前を知ってから、私はまだ会ったこともない貴方にかなりな関心をもっておりました。というのは私はスミ子に恋を打ち明けて断わられたのです。私の気持は今でも変りませんが、それを抑制して、スミ子の要求通り今では友達としてつき合っております。そんな関係ですから間崎って奴どんな面魂《つらだましい》でスミ子の心を牽きつけるのかなと、焼き餅半分にいろいろ気にかけていたのでした……」

「ちょっと。現在私と橋本先生とは友人以上の交際をしておりません。この後だってそんなになるまいと思います。スミ子さんと（島森の用語をまねた）私とではあまりに性格がかけ離れております。あの人は始終気を張って何かしら真実なもの新しいものに近づこうと心がけておりますし、私ときたらすぐに行儀を崩してむだ口をききたいほうなんで……。しかしそういう喰い違いがかえって二人を牽引する魅力になっていることは事実だと思います。スミ子さんとプライベートなお話をしたことは数えるほどしかないのですが、いつもこう気づまりな抑えつけられるような気持でした。正直言ってその気持、嫌いだとは申しきれませんが、しかしスミ子さんが私の人間に関心をもつということは、結局スミ子さんを弱くし退歩させるだけではないか、私だけに対するスミ子さんの批判はちょっと甘すぎる——そう感じて、そのことをじかにスミ子さんに話したこともあります。そういうのが私たちの現在の関係です……」

間崎は語っている間に、宿の前の電信柱に両手を後ろにまわして身体をもたせかけながら、あちこち往来を眺めておとなしく待っている江波恵子の無邪気な姿に、二、三度温かい思いやりの視線を走らせた。島森は煙草の滓をペッペッ吐き棄てながら間崎の話を注意深く聴いていた。見慣れると、爺むさい風貌の中にもどこかちょっと得がたいある円満さと若々しい底力を偲ばせるしっかりした顔立だ。

「わかりました。およそ私の予想していた通りです。……あいつだって妙な虚勢は張っていますがシンは泣き虫なんですよ。ところがその肩肱《かたひじ》いからした偽装がもうだめか、だめかと思って眺めていますと、容易に剝げも崩れもしないので、いじらしいような、感心させられるようなこともあります。左翼の勉強をしたいなどとも言ってきますが、私は積極的に指導するのを差し控えております。確かな認識も持たずに家庭の暗さや破産的な性格やはけ口のない若さなどから運動に飛び込んでくる女どもがずいぶんあります。そんなのは大抵スグにへたばってどうしようもなくスポイルされてしまいます。殷鑑《いんかん》そこらの砂利のごとくです。もちろん今言ったような個人的な事情も、掘り下げて行けば、社会組織の不正という根にぶつからないことはありませんが、本人に確固とした認識がなければそれだけの動機ではやはり不純で危険です。しかし理屈は理屈として、人間が企てる運動である以上、いろんな濁ったものもまじってくるのは止むを得ないことで、むしろその中からいいものを選り分けて行くところに根強い底力が生れてくるのでしょう。で、逆に言えばどんな動機でどんな人間が飛び込んで来てもそれぞれの用い方がある……。いやこれは言い過ぎでした。取り消しましょう。

ところでスミ子のことなんですが、惚れた弱身と言いますか、どうも私にはあの一人ぽっちで青白く気負っている女を、困難な闘争の生活に引き込むのが可哀そうな気がしてならないのです。私のこうした温情主義は主義者として善くないことかも知れませんが、そんなこと、かれこれ言える資格の奴は一人だっておりませんからだいじょうぶです。もとにかえって、スミ子が生活に悩みをもち、真実に近づこうと努力していることは私も認めますが、どうやらそれはしっくり気心の合った恋人が見つかれば、ひとまず円満解決がつきそうな性質のものに思えて仕方がありません。ちょっと妬ける話ですが、スミ子のためにそういう生活が展けるように念じたり、またスミ子がほんとに全力的に立ち上がってくれることを願ったり、失恋者の心緒は乱れて麻のごとしといったようなありさまです。……お話したいことはこれだけです。なるべくもう一ぺんお会いしてゆっくり話したいと思います。どうかいつもスミ子の良き友人であってください。……先生なんてちょっと羨ましい職業ですな。私らの世の中がきたら私も女学校の校長さんにでもしてもらうかな……」

「いやあ」

しまいに思いがけない冗談が出たので間崎は面喰らって少し赤面したが、島森の話のそもそもから、これは知恵だ、平易に無造作に吐き出される言葉の一つ一つにはくすんだ廿念な磨きがかかっている、今聞いてパッと感心するような話ではないが、いつまでも記憶に残っていて、事に触れ物に応じて生き生きと甦ってくる、そういう性質の話なんだ——と印象づけられ、相手に気どられないそっとした意力を凝らして静かに耳を傾けていた。島森は腕時計をロイド眼鏡に近づけ、

「もう遅れかけています。それでは先生御機嫌よう。……江波さんにも御挨拶して行きますから」

と、間崎の手をほの温かい掌でギュッと握りしめ、江波に近づき、

「お嬢さん、さよなら」

「さよなら」

江波は間崎にしたのを見ていたのか自分のほうから悪びれずに手をさしのべた。そして間崎にピッタリ寄り添って、バーバリのお化けのようにふくらんだ島森の後ろ姿が電車通りの角を曲るまで口数もなく二人でじっと見送っていた……。

「ずうっと僕の後ろにいたのかい」

間崎は玄関の敷台で靴の紐を解きながらきいた。

「ちがうの。一度お室へ上がったんだけど、誰かが間崎先生が喧嘩なすってるって報告したも

んだから、さあ大変って一度に十人ばかりドヤドヤとお室を飛び出したの。すると階段の下り口に卒業生の方たち、ホラ、先生玉井さんに御紹介されていた吉水さんやなんかが頑張っていて、いけません、貴女がたの知ったことではありませんからじっとしていらっしゃいって叱られちゃったの。吉水さんって立派でとても恐い方なのよ。ほかの方たちおとなしくお室に引っ込みましたが、私だけ玄関のとこで蟇口《がまぐち》落しましたからってうまく非常線を突破したの」

「悪い奴だ。駈け出して来てどうするつもりなの」

「先生、怪我をされたら繃帯して上げましょうと思って」

「心細い応援だな。しかしまずありがとう。さあ、ゆっくり休むかな」

階段を上りながら、

「先生」

「うん」

「橋本先生の叔父さん、頓狂《とんきょう》みたいな方ね」

「そうだ、頓狂で賢い人だよ」

「私もお話きたかったわ。仲間はずれにするんですもの」

「そうさ。子供がむやみに大人の話に首をつっこむんじゃないよ。いいじゃないか、握手なんかしてもらって……」

「温かい手。……あとでお話きかしてね。私あの方きっと橋本先生を愛してらっしゃるんだと思うわ。だけど橋本先生はそうじゃない……」

つぶやくように言う江波のカンが籠《こも》った言葉を間崎はすげなくちぎり捨てた。今はもうゆっくり休みたい……。

十六

いくつもの室をぶち抜いた大広間に生徒は思い思いの恰好で寛いでいた。一人が一人の股を枕にし、そうして五、六人長くつながって寝ているグループ、二人抱き合って寝ている友達、隅っこに一人ぽっちで丸くなって寝ている者。元気なのはお尻を高くもち上げて畳の上で葉書を書いたり、さっそく食べ物をひろげたり、唄ったり、笑い崩れたり、雑然また紛然とした光景を呈していた。どてらに着更えた珍しい恰好で顔を真っ赤にして風呂から上がってくる早手回しの子もいた。間崎の顔をみるとみんな疲れた疲れたという。その通りにちがいない。

職員の室はそこから廊下を鉤の手にまがった奥の四畳半六畳の二た間だった。四畳半は間崎の専用だ。山形先生とY先生は枕をあてがって長まっており、六、七人の洋装和装の卒業生たちがその枕許に行儀を正して窮屈そうに坐っていた。四つぐらいの男の子を連れて来てる人もあった。間崎が入って行くと山形先生もY先生も起き直って席をひろげ、

「御苦労さまでした。お先に休んでましたよ。お風呂を言ってきましたが先に生徒を入れてしまいましたから……。先生おイヤでしょうが、今日だけ我慢して生徒のあとに入ってください」

「かまいません」

と言ってドッカリ坐り込んだものの、内心やれやれ、女たちのあとかと思ったりした。

「この方たちみんな卒業生ですけど一と通り御紹介しましょう。一時には覚えられないでしょうが……。右から十六期の笠井《かさい》アツさん、十九期の吉水ユリ子さん、十七期の田中ユミさん、十九期の丹波《たんば》ヨシ子さん、十八期の本間ミツエさん、今は改姓になって宮本ミツエさん……。確か宮本さんでしたね」

「ええ」

その人は赤くなってうつむいた。Y先生がクスクス笑い出した。

「次が十七期の三矢トクさん――」

間崎はヒョイと眼をみはった。それは卒業生中の変り種としてしばしば名前を耳にし、S・T子という芸名で新聞の映画欄などでその写真や批評をよく見受ける東洋映画の新進スターと

謳《うた》われている人だったから。だがその人は紺地の地味な洋服をピッタリ着こなし、顔も白粉気がない、ただ額が張って眼が大きく美しいところだけが女優らしい感じを与える清楚な様子の人だった。こんな美しい人たちをそば近く見られて……旅に出てよかった、と間崎は思った。

「今夜はこの方たちに生徒を十人ぐらいずつ引率していただいて市中を自由見学しようと思いますの。……昔の御恩返しですわね」

何年経っても生徒の顔と名前、それに卒業期まで正確に覚えている山形先生には誰も頭が上がらないといったふうなうちとけた空気だった。その山形先生は垢除《あかよ》けのハンカチを首の後ろ襟にはさみ、身体は一と抱えもないが、いわゆる「大政所」然として落ちつき払った物腰でみんなにお茶を入れてすすめた。職員室でも、茶筒から緑茶を手づかみにして土瓶にほうり込み、それにグラグラの熱湯を注いで所属不明の欠け茶碗でガブガブ飲む組の間崎には、山形先生の立てるお茶はぬるくて小便を飲む味しかない。いつかそのことを率直に申告すると、

「貴方がたがお茶を入れるとこを見てますと身をちぎられるような情けない気がします」と切々たしなめられたことがあった。しかし間崎は今でも、生花だの茶道だの、一生見向きもしまいと心に誓っている……。

ひとわたりの挨拶がすんでから、間崎は御免被って隣室にひっこし、間の唐紙をピチンとたてきった。どてらに着更えて初めてのびのびし、舌が焼けるような熱いお茶も一人でいれて飲

んだ。しばらくゴロ寝をして疲れを休めてから便所に立ったが、そこも、そのついでの風呂場も、行くたびに生徒で満員なのがしまいにはじれったく腹が立って来た。何だってまあ……と思った。ことに便所のほうは一昼夜の汽車中で一回も通ぜず、下車した時からの重苦しいいびつな気分にはこれが大いに手伝っていたらしい、と今ごろ妙なことに気がついてくる始末だった。四回目かにやっと目的を達した。タイル張りか何かで清潔で気持がよかった。片隅には灰皿も置いてあり、ついゆっくり滞在していると、ドヤドヤと生徒が二人駈け込んで来た。バタンバタンと忙わしい戸の開閉だ。

「あたし待っててあげるわ。ゆっくりなさいね。……ずいぶん綺麗ね」

先に出たのがそういって流し場のあたりに止っていた。

「あら、すみません。……待っててね」

内部なる者がそう答えた。岡根と三村だ。誰の耳にも親しい変な音が聞えた。

「あら、ごめんなさいね。あたし汽車の中で食べすぎちゃったから、とてもお腹がはってんのよ……」

「かまわないわよ。ここなら正式ですもの」

いい言葉を知ってやがら、と間崎は苦しかった。

「ね、こんなとこに灰皿なんかあって、男の人こんなとこでも煙草吸うの」

「吸うんでしょう」

「だらしないみたいね。——あんた男の人好き？」

「わからないわ。でもあたしたちみんなお嫁に行かなきゃあならないんでしょう……」

「そうね。するとだんだん好きにならなきゃあいけないのね。——オイこら、早く飯の支度をせんか、なんて、まあくすぐったい……」

「なにいってんのよ。早くなさいよ」

「もういいの……」

それから唄になって——

緑も深き学び舎《や》の
朝夕《あしたゆうべ》の鐘の音《ね》は
天《あま》つみ空に流れけり
ああ乙女《おとめ》われ幸《さち》多き
歩みつづけん主《しゅ》のもとに

ほかのも一緒に校歌を唱和して、パタンパタン上草履の音を遠のかせて消えた。間崎は、なにしろ容易でない……という何回目かの感慨を反芻《はんすう》しながら一人でそこを立ち出でた。

まもなく食事だった。座敷いっぱいにお膳が並び、お膳の前に人が並んだところはいかにも珍しく見事だった。山形先生がお母さん格で上の座に坐った。卒業生がその左右に続いてそこだけ一列をなし、以下生徒たちは二列に向き合って長方形に配陣されていた。間崎とY先生は自分たちの室にお膳を運ばせた。間崎のには燗徳利が一本のっていた。

「お酌しましょうか」

「どうぞ。……ああうまいうまい」

「そう……。今晩出かけますか」

「昨夜ろくに寝なかったからすぐ休みます。貴女は？」

「連れてくって生徒に約束したの。どこかへ行って来ますわ。十時まででしたね」

「そうだったな、十時の点呼は貴女がたに頼んで僕さきに休ませてもらいますよ。明日から働きますから」

「どうぞ。さっきの野村さんのこと大変でしたわね」

「ああ、あの話止めて。もう一つお酌」

食事がすむと生徒は三々五々連れ立って外出した。間崎がゆっくり風呂を浴びて二階に引き上げてくるころには、室の中は掃いたように空っぽになっていた。ここからもかすかに地をゆすぶって聞えてくる都会の夜の騒音のいずかたにまぎれて行ったのやら……。

間崎はすぐに床をのべさせた。薬代りの晩酌がきいて楽々と眠れた。けれども天は彼のみに休息を与えるのを拒んだものか、ちょっと眠ったと思うと、生徒に呼びさまされた。

「先生。吉岡サチさんが見えなくなりました……」

「見えない？」

時計を見ると九時過ぎだ。二時間以上眠っている。早目に引き上げたらしい生徒たちの笑い声が広間の方から洩れ聞え、今枕許に並んでいるのは杉野、三村、花井、岡村の四人だ。しおれた只事《ただごと》でない顔をしている。間崎はどてらに腕を通して床の上に起き直った。

「どうした？」

「私たち前から約束してこの五人で一緒に散歩しましょうと言ってましたからさっきみんなで出かけたんです。宿の人に須田町通りというのを教わり、誰も東京知りませんから、これで曲り角が一つ、二つ……目印は牛肉屋、蓄音器屋というふうにしてみんなで責任をもって覚えることにしながらこわごわ歩いて行きますと、まもなくちゃんと須田町通りに出ました。それから夜店をみたりお汁粉を食べたりしばらく人混みを歩いてふと気がつくと、吉岡さんが見えなくなってるんです。びっくりして皆でさがしましたけれどどうしても見つかりませんでした……」

「貴女がた、吉岡さんもプリントの日程表を携帯してるんだろう、あれに宿の所書きが書いてあるんだからはぐれても教わり教わりしてくれれば帰れるはずだが……。あれ持ってるんだろう？」

「私持ってますけれど吉岡さんどうですか……。もう一時間余にもなるんです」

「その間君ら何してたんだ？」

「宿から行く道を何度も往復してさがしておりました」

「だめだ。そんなコセコセしたことをやってるからいけないんだ。すぐに先生に届けなくっちゃ――」

「だって……ねえ」

主として三村マツ子が間崎に応対した。

「何がだってだ。いけないことはいけないよ」

間崎は困ったことに感じて洋服を着け始めた。生徒らは彼の剣幕にたじろいで仲間同士のささやきを交わした。

「いいわよ、おっしゃいよ」

「じゃあ私言うわ……あのね、先生、ほんとは私たちいちばん初めに宿にかえって山形先生もY先生もお留守でしたから先生にお届けしようと思ってお室の前に来ますと、とても大きな鼾が聞えて来ましたので皆びっくりして逃げ出してしまったんです。ねえ……」

「嘘だよ。先生というものは絶対に鼾などかかんものだ！」

「あらあ、あんなこと言ってずるいわ」

「おかしな節のついたとても勇敢な鼾、ね。私たちあんな鼾かく人のところには嫁《かた》づかないことにしようって話し合ったほどなの」

生徒というものは、友人が危急に遭遇してる時でも、すぐにのんびりできる始末におえない輩だ。

間崎は番頭を呼んで宿泊人名簿をその筋に届け出してあるかどうかをたずねると、午後十二時が提出締切の刻限になっていてまだだという。ついでにK区本署に電話で保護願いを依頼し、帰っている生徒を総動員して宿の付近の往来を見張らせることにした。こうして、間崎はしごく冷静に応急の処置を講じたつもりだったが、時間が経って人がふえ次第に事件が大げさなものになっていった。山形先生もY先生も帰って来た。十時はとうに過ぎ、もう十一時近いのにどこからもなんの消息もない。警察へも二、三度電話で照会したがそのつど届け出がないという返事だった。

「いつの旅行にもこんな方が一人や二人出ましてね、ほんとに困ってしまいます」

山形先生は案外落ちついていた。そして明日のこともあるゆえ吉岡を除いた人員点呼をすませて、一般の生徒は無理にも休ませることにした。班長二、三人と迷児の幇助犯《ほうじょはん》三村、杉野らだけが不寝番で職員の控室につめかけ、在りし日の吉岡サチ談に不安な時刻を過していた。間崎も、出発前旅行の注意があった日、ミス・ケートの厚ぼったい掌に顎をしゃくられてヒヤッという顔をつくった吉岡の生々しい様子を思い浮べ、元気で負けじ魂だとはいえ、あのチビな子が、目立たないポッチリした制服姿で、海のない港とも呼ばれる大都会の夜更けを一人でうろついている姿を想像すると、坐っておれないような可憐さがジリジリと押し迫ってくるのを感じた。

話も途絶えがちで、三村や杉野らはシクシク泣き出した。午後十一時。――その時廊下を踏む荒々しい足音が聞え、室の外から、

「先生様！　みつかりました！　みつかりました！」

「おっ！」

間崎は思わず立ち上がって内部から唐紙を押しあけると、顔の平べったい番頭がもみ手をして手柄顔に腰をかがめていた。

「S町の派出所からただいま電話がございまして、生徒さんは現在そこに保護されているそうでございます。へえ。どなたか先生様に電話に出るようにとのことで……」

「よし行く」

間崎は吸いさしを火鉢につっこんで帳場の電話口に馳けつけた。

――ああそちらは北海道の私立S女学校の職員先生でありますか。

――そうです。

――貴校の生徒に吉岡サツと申すのがおりますか。

――サチです。おります。相すみません。実は本署のほうにも保護願いを出してさっきからさがしているところでございました。

――本署に。そうでしたか。しかし本署では夜中すぎでないと手配がうまくいかないでしょう。……それに貴校の生徒は宿の名前も所番地も忘れて思い出せないというから、こちらは本署にも照会せず区内の宿屋に一軒ずつ電話で問い合わせておったところです。

――すみません、すみません。

――なんにしても判明して結構じゃった。すぐ引き取りに来てもらいたい。S町三丁目、角に大きなカフエーがあるからすぐわかる。今ちょっと本人を電話口に出すから……あの……。

人が変った気配!

――吉岡さんか!

――せんせい!……せんせい!……せんせい!

――今行くぞ!

――せん……

間崎はガチャリと受話器をかけた。腹立たしいようで涙が出て仕方がなかった。

山形先生、間崎、幇助犯組だけで迎えに行くことにした。宿の番頭が親切に案内に立ってくれ、自動車に乗ることをすすめたが、アメリカの発明品を好まない山形先生は、胸がドキンドキンするから夜風に吹かれながら歩いて行くという。事件は落着したようなものだからそれくらいのわがままは仕方がない。

二十分も歩いたころ、「あれでしょう」と番頭が十間ばかり先の小さな派出所の建物を指さした。なるほどはす向いにカフエーのネオン・サインがまばゆく耀いていた。近づいて覗くと、帽子を脱いだ一人の警官が大きな湯呑でお茶をすすっているそばに、当の吉岡がつくねんと坐って何か黒い布切れのようなものを手先にいじくっていた。

「サチさん！」「吉岡さん！」

「あっ！」

吉岡は黒いものを投げ捨て、青白い気魄で級友たちの胸に飛び込んで来た。一と塊りになってみんな泣いた。お茶を飲んでいた非番巡査も、建物を少し離れて後ろ向きに電車通りを見張っていた警官も、そばによって来た。山形先生がヒソヒソした実に鄭重な謝辞を述べた。二人とも年若い警察官がまごついたくらいに……。

「電話に出たのは貴方かね……」

お茶飲み巡査が、嬉し泣きしている生徒らの方をニヤニヤ眺めながら間崎に話しかけた。

「そうです。ほんとにありがとうございました」

「都会は危険だからね。生徒さんがここに保護されたのはかれこれ十時近くだったな。それも本人から願い出たわけじゃなくそこらをウロウロしている様子が怪しいからこちらで不審訊問するとこの始末なんだね。本人は宿を出てしばらくの間は宿の名前を覚えておったそうじゃが、友達にはぐれて狼狽してるうちに忘れてしまったと言うのだね。そういうもんだがね。しかし今まで一つも泣かなかったから姿に似合わぬきついお嬢さんだと感心しておったとこだがね。まず安心なせエ。電話が大変だったがね、区内だけでも四百軒からの旅館があんだから、これ、虱《しらみ》つぶしに一軒ずつかけても大変なもんだがね。かれこれ三十軒もかけたんべかね、交換手が目エまわしてたがね、ハハハ……」

だんだんうちとけたお国訛《くになまり》で経緯《いきさつ》を説明してくれた。間崎はありがたいと思った。泣き止んだ吉岡が友達に付き添われて間崎のところに詫びに来た。まじめ過ぎる顔で、

「軽はずみで悪うございました。これからは決して御心配かけません。どうぞお許しください」

「ほんとだぞ」

間崎は自分の胸きりしかない吉岡の頭に手をやって少し乱暴にゆすぶった。

「悪うございました」「悪うございました」

吉岡の背後からも順序に詫びる声が聞えた。警官たちも年頃の娘だけに眼をみはってシンと眺めていた。

「こらこら、何を見ているか、行った行った！」

いつの間にか六、七人集った人だかりを帽子をかぶったほうの警官がおだやかに咎め立てた。

姿が見えないと思った山形先生がどこからか箱包みを抱えて現われ出た。

「ほんのお口よごしでございます。どうぞお納めなすってくださいまし……」

「いや、それはいかん。我々警察官は民衆から物品の贈賄を受けることはならん規則であります。御親切はありがたいが法に触れることじゃから御辞退します……」

帽子の警官が断固とした口吻で言った。これには山形先生も二の句が継げず、かえってこちらから失礼を詫びて、いよいよ引き上げようとした時、突然吉岡がいつもの元気な調子で、

「あっ、ちょっと待って。私忘れた……」

と叫んで、派出所の内部に飛びこんで行き、畳の上から例の何やら黒いものを手にとり上げた。

「やあ、お嬢さん。もうええがんす、せっかく迎えに来たんだからすぐおいでなせエ。……なあにね、帽子に穴ア出来たからちょくら繕ってもらってただがね、ええがんすぞ……」

お茶飲み巡査はひどく恐縮して間崎たちの方にモリモリ頭を搔いてみせた。今まで一度も笑

わなかった生まじめそうな帽子の警官も、この時初めてニヤリと白い笑みを洩らした。

「丁寧にしてあげるんですよ」

　と山形先生。

「はい」

「ええがんすだがなあ……」

　そういって、じっと立っておれないで狭い所を往ったり来たりするムキ出しな人の好さに、待ってる生徒たちは遠慮のない声で吹き出してしまった。ときどき佩剣《はいけん》がガチャリと鳴るのがよけいにおかしい。やっと出来た。さっそく頭にのっけたところを見ると、どうして頼もしげな民衆保護官の恰幅ではあった。

　見返り見送られ、夜更けの街を急いだ。みんな一緒だから自動車の警笛もヘッド・ライトもなんのその……。間崎たちの二、三間あとからついてくる迷児組の連中は、さすがに先生の耳に聞えないようにではあるが、さかんに「ええがんす」を連発して、コロコロ笑い崩れていた。裏通りの夜の静寂の中にその若々しい肉声をきくのは何かしら心たのしいことでもあった。

……

　もう一度寝床に着いた時は十二時をずっと過ぎていた。目が冴え、身体の節々が凝って眠られなかった。汽車で揺られた感覚が粘液性のよごれのように神経の紐に付着していた。荒れすさんだ寂しさが青光りする爪のように間崎の胸をひっかいた。疲れた時、慣れた日常生活から臨時に押し出された時、人に背かれた時、そうした時々に襲ってくるあの防ぎようもない苛辣な寂しさであった。間崎は誰かを抱きたかった。江波は？　イヤであった。自分の心身が病弱な時、江波では負担に耐えきれない気がする。田代ユキ子、玉井ミツ、さっきまで一緒だった岡村アキ……素直で健康で美貌を具えた一群の生徒たちの姿がうす明るくふちどられて、夜具を引っかぶった熱臭いくらがりのなかを、スロー・モーションのフィルムのようにトボトボと移動して行く。泣けそうだ。ああサラサラした髪におおわれた彼女たちの誰かの頭を、子供が西瓜を抱くようにしてじっと胸に抱きしめていたら。鼻をくっつけて、頰ずりして……。それだけでいい。だが貴様はそれでやましくないのか。やましい。けれどもこれはどんな人間にもある妄想の鬼だ。明日になればおれはこんなでない。汚辱、自棄、呆心《ほうしん》、肉欲。間崎は、地の底にもぐったような陰湿な思いをはてしなく繰り返しながらいつか黒い忘却の淵に沈んでいった。

――大都会の一部ではすでに夜明けが始っていた。

十七

朝日の光りが靄《もや》のように街路にあふれていた。一日がはじまった大都会は、海底の世界にみるような不思議な明暗の影に彩られ、満ち足りたいきいきした静寂がうち続く屋根々々の上をひろく深く領していた。十三台の遊覧自動車が微風をきって濡れた舗道の上を走った。車の前部にはマーク入りの赤い小旗がひるがえり、前にも後ろにも見慣れた人々の顔がニコニコ微笑んでいた。ときどき前の車から白い塵紙を飛ばすのを、伸び上がったり横へ身を乗り出したり、大騒ぎをして拾って読むと、「オハヨウ」「ユカイ」「バカ」などと書いてあった。こちらも負けずに別な文句を考え出して次の車に飛ばしてやる。

「中で立ち上がっては危ないな」

初めは叱言を言っていたロイド眼鏡の角顔の運転手も、しまいには生徒の気分に軟化されて、紙が舞い上がると、ハンドルから片手を放して自分でそれを引っ渫《さら》うほどにはしゃいできた。そのために車がグイと急旋回して時ならぬ悲鳴が上がったり、それこそ危ないまたうるさいことであった。

「止めえ！」

間崎は大きな声で怒鳴った。

「止めえ！」「止めえ！」

口写しの命令が前にも後ろにも伝播していった。悪戯はぴったり止んだ。自分の号令が多数を動かす。この自覚は誇らかな楽しいものであった。

宮城前で一同下車する。掃き浄められた平坦な広場には陽の光りがまぶしく照り返し、内濠の水面に影を映す老松の並木には、霞のような青い気が靉靆《あいたい》となびいていた。石垣の色、素朴なその形、絵や写真などで子供のころから馴染みになっている二重橋、御門、松の間に隠見する御所の建物の一部などがあふれるような具象性で端的に眼の底に焼きつき、晴れ上がった秋空もその一画だけが特別に高く浅緑に澄みわたっているかのように感じられる。まことにここそは彼女らのすべての薫育《くんいく》教養の大本に照臨したもう高く尊き現し神のまします神域であるのだ。

「髪が乱れぬように……服装もキチンと整えるんですよ」

山形先生の改った注意などいらないことだった。生徒は思いつくままに靴をこすったり鼻をかんだりスカートの折れ目を正したりした。間崎もネクタイの曲りをなおした。

「気をつけ。……最敬礼！」

間崎は次の号令まで少し長すぎるくらいに間を置いた。頭を上げさせる機会が容易につかめなかったからである。

「なおれ」

ホッと呼吸をついて互いに見合わす顔には赤く血がさしていた。そして大きな仕事を果した後のような欲も得もない放心の表情がお面のように誰の顔にもかぶさっていた。

間崎はふだんからこうした瞬間の生徒の顔を見るのが好きだった。何というか、賢愚美醜をまったく超絶した没我的な顔、顔、顔の類型的な集団。ヒョッとするとこんなのが何千年何万年の後に現出する地上楽園《ユートピア》時代の人間の顔であるのかも知れず、またこの呆けた表情の奥底にプスプスくすぶっているものこそ、人類を存続せしめる不断の熱火でもあるのだ、人間のなまなかな思想や倫理では到底その正体をつかめないこと、舟に刻して剣を求むるの類であろう……これはもちろん秩序だった思索ではない。いわばふとした思いつきに過ぎぬ。けれども一つの考えに執着してそれを生成発展させていくことには自信も興味ももてない間崎は、その時々の思いつきにたよって、日常生活のコースを按配《あんばい》して、今日まで大過のない暮しを続けてきたのである。賞めたことではないかも知れないが、彼は自分の思いつきにひそかな信頼をさえ抱いていた。適当に飲食し十分寝足りた肉体から派生する思いつきは、痩せ衰えて刻苦研鑽の余に築き上げられた思想体系よりもはるかに健全なことが多いものだ。学者をみよ、芸術家をみよ、彼らは専門の精神世界からつき放されれば子供よりも頑是ない生活者であることが通例だというではないか。……二重橋の前から楠正成《くすのきまさしげ》の銅像がある芝生の方に引き上げながら、間崎はそんなことをとりとめなく考えふけっていた。彼の両腕には生徒が二、三人ずつすがっていた。

「どうしましょう？　自動車はここで十五分だけ停車出来ることになってるんだそうですが……」

「時間まで休みましょう。そこらの芝生に生徒を入れて」

「咎められませんか」

「咎められます。そしたら退《ど》くことにしましょう……何百里も先からやって来たんですもの」

「まあ。――ではそうしましょうかね、ホホホホ」

山形先生は顔を染めて間崎が提案した公徳を阻害する行いに賛意を表した。身体は老人だが、悪意を含まぬ限り大抵の洒落や悪戯は即座に通ずる一種の童心を失っていない人だった。

「では皆さん、この芝生に入れていただいてちょっとの間休ませてもらうことにしましょう。紙屑など必ず散らかさないように……。もし見回りの方に咎められたらお詫びをしてすぐ退くんですよ。いいですね。今は間崎先生がお許ししてくださるそうですから……」

「あらあ。先生方からあんなこと言ってどうかと思うわ」

そのあたりがドッと笑い崩れて、でもつぎつぎに皆芝生に入った。写真機を下げた四、五人の生徒は誘い合わせて電車通りの方に駈け出していった。

間崎は仰向けに寝ころんで汗くさい帽子を陽よけのために顔にかぶせた。と、寝不足しているので、一分も経たないうちにクラクラと眠気が萌《きざ》した。夢うつつの間に、足許の方で山形先生を中心に一団の生徒が声をひそめて語り合っているのを聞くと——

「……先生。天皇陛下は黄金《きん》のお箸でお食事をなさるってほんとですか？」

「いいえ。そんなことはありませんでしょう。やはり普通のお箸で……。貴女がた歴史でお習いしたように歴代の天皇様はどなたも御質素でいらっしゃいました。醍醐《だいご》天皇様でも仁徳《にんとく》天皇様でも。……そうでしたね」

「憶えてますわ……第二十八課『寒夜に御衣《ぎょい》を脱し給《たも》う』……」

「しっ、しっ……先生。天皇様と皇后様は御一緒にお食事をなさいますか？」

「そうだろうと思います。私たちの家庭と同じことでしょうね」

「先生。そしてどんなお話をなさいますか？」

「それはですね。人民たちが安らかにその日その日を送れるように、いろいろそんなことのお話だろうと思います」

「それから？」

「それだけです」

「あら。そんなことないと思うわ。ね、何かもっと……」

「しっ、しっ」

「いけません」

間崎は帽子の汗臭い日蔭の中で思わずグスリと吹き出してしまった。それに刺激されて足許の一団は急にはじけるような勢いで一斉に笑い出した。屈託のない朗らかな混声が、色の絹糸を選り分けるように一つ一つ心よく聞き分けられた。でも、間崎は帽子を退けずに頑張り通した。唇をワングと噛んで笑いを押しこらえていると、その反動が胸や腹に現われてビクリビクリおかしげに痙攣する。誰かがその痙攣地帯へキャラメルの箱か何か軽いものを載せた。モクモク踊らせて皆で笑いましょうというのである。間崎は手を匍《は》い上がらせてその軽いものを握りつぶした。ほんとにつぶれた。手ざわりでセルロイドの人形だとわかった。

「あらあら、ずいぶん乱暴ねえ。つぶしちゃって……。悲観しちゃうな」

「あなた何ですね、こんなもの持ち歩いて……。子供じゃないでしょう」

山形先生がなごやかに叱咤する。

「いえ、いただいたんです。私たちの自動車のマスコットだっていうのを、運転手さんが、欲しけりゃあ上げましょうかというものですから私いただいたんです」

この時、間崎は皆の注意をひくように靴の踵《かかと》でドシンと地面を一つ蹴り、人形をつかんだほうの腕で大きく投擲《とうてき》のモーションを描いてみせた。

「あら」「危ない」「お止しなさい」

騒ぎはけたたましいが一人も退く気配はなかった。

「ヨイショ」

間崎はかけ声とともに、かなりな力で、生徒の顔が群がっていそうなあたりへセルロイドの人形をほうり投げた。大変な騒ぎだった。

「先生は眼が見えずにほうったんだからふだんに心がけの悪い人に当るんだ。夢疑うべからずだ……」

そうつぶやきながら、やおら日覆いの帽子をとり除けて上体を起してみると、手を拍ったり胸をたたいたりしながら笑いころげている生徒に囲まれて、山形先生が妙に赤い顔をして片手にチンマリ人形をつまんで坐っていた。しまった！　と感じた瞬間、学生時代の大げさな身ぶりがとび出し、掌をたてて鼻の前あたりでヒクヒクさせながら、

「すみません、すみません……すみません……」

とリズムを無視した破格な詫び言を並べたてた。山形先生は小首をかしげてつぶれた人形の顔を覗き込みながら、

「いいえ貴方、神様のお告げなんですからきっと私の平素の行いにいけないところがあるに相違ないんですわ」

「――出発だ。出発だ、めいめいの自動車に早く乗る。出発――」

自分が知らずに演じた失敗にうるさく絡みつく生徒たちを、半ばおどしつけるように追い払ってから、間崎は改めて山形先生にお詫びを言い、つけ加えて、

「……今誰か黄金のお箸云々の話をしていたようでしたが、それを聞いてて、僕は何とも言えない愉快な気持になったのです。忠義とか尊皇とかそうした大げさな問題ではありませんが、なんと見事に訓練された感情であることか、まさしく日本の国の娘たちだ――そういったような心やすい讃嘆の気持なんです。――いいですね」

「そりゃあ貴方、日本の国は女たちでもその点だけはよそとちがいますわ……」

山形先生は静かにうなずいて、そのまま何か茫とした物思いに沈んだ。さびた美しい横顔だった。それは人生の喜怒哀楽を超えた老人のみが示し得る「物それ自体」のうす光りする美しさだった。――やおら面を上げて、

「ね、先生、古い昔の話なんですが、私には親がきめた婚約の人があって、陸軍少尉として日露戦争に出征し、向こうで戦死してしまいましたの、その翌年私は叔母に連れられて上京し、ここの御所や靖国《やすくに》神社を拝んでまわりましたが、ちょうど今日のようなお天気のいい日で、こ

この景色などはまるでそっくりなんでございますよ。私が十八の時でした。そうそう、こんなことがございました。さっきのように二重橋の前で拝んで引き上げようとしますと、ふと足許に女持ちの財布が落ちているのが目につきましたので、なにげなく拾い上げて中をみますと、お金が少しばかりと手紙を細かく折り畳んだのが入っておりました。あまり学問のない人が書いたものと見えて片かなや平がなの入りまじったとても読み辛い手紙でしたが、それは田舎の母親から東京に片づいている娘に当てたもので、なんでも職工か何かをしている娘の亭主が病気で亡くなったので、娘のほうから一身上の相談をかけてやった、その返事の手紙らしいのです。意味は、若い身空《みそら》で今後の暮しを立てて行くことは困難だと思うから、子供は舅姑《しゅうと》にあずけて実家へ帰ってこい、子供を手放すことが出来なかったら仕方がないから子供も一緒に連れてくるがいい、というようなことで、とり立ててこれぞと変った手紙ではありませんでしたが、娘のころというものは妙に感じやすいもので、その手紙が、それからの私の生涯に陰に陽にいろんな影響を及ぼすようになりました。というのは、親が定めた婚約の人が戦死したしらせを聞いても、私はボンヤリした悲しみに閉ざされただけで、今後のことをとやこうする考えなどは毛頭起りませんでしたが……。いいえ、つまりそのころの私だけでなく、夫を亡くした、一人息子を亡くした、兄弟三人とも戦死した、というような家が方々にあって、自分一人だけの悲しみに溺れる余裕などない、何かこうシーンと引きしまった一般的な悲しみといったようなものがどこの家にも染みこんでいたもので、私なども婚約の人が戦死する前からその気分に浸されてしまっておりました。

だから、婚約の人が戦死したときいた時も、その一般的な気分がいくらか色濃くなったくらいのもので、そりゃあ泣きもし御飯も喉を通らなかったりしましたけど、特に自分だけの人知れない悲しみなど覚えがありませんでした。これは双方の親たちがとりきめた縁で、婚約者と私との間には個人的な交渉があまりなかったせいかとも思いますが、それがどうでしょう、二重橋の前で拾ったその手紙、娘に離籍をすすめ、再婚をほのめかした、間違いだらけの文字で認めたその手紙が突然、今までのボンヤリした悲しみをハッキリした私だけの悲しみに姿を変えさせてしまったのです。そうだ、自分はもう一生再婚をしまい、といってもほんとに結婚してたわけではありませんが……、独身で生計を立てて行こう、それが女としての正しい道だ、――その決心があそこのお濠端を歩いているうちに煮え湯のように沸々と湧き上がってまいりました。そしてもう我慢も何もなくグショグショ泣き出して叔母に大変心配をさせたものでした。それから私は十四年間独身で暮しました。十五年目の秋にふとしたことで現在の夫と結婚したのです。一人で暮したのも結婚したのもどちらも後悔などしておりません。……ふるうい、夢みたようなお話でしょう。でも私たちの娘時分にはそのような気分が決して珍しいものではありませんでしたの……」

山形先生は指先に人形を弄びながら、少しも取り乱したところがない、いつもの淡々とした口調でそれを語った。眼が心なしか耀いてるように感じられた。

「――確かに古風ですね、けれども美しい……」

ほかに言葉がみつからないので間崎は吃《ども》りがちにそう答えた。が、言葉に素通りされたほんとの気持も幾分は山形先生に通じたもののように感じられた。各人各説、自己の存在を主張する雑多な濁声《だみごえ》が巷に氾濫している時、これはまた何という稚拙な生活の機構であろう。一般的な悲しみを自分だけの悲しみにすり換えたという経緯も、また今、秋晴れの皇居を拝した感激の裡にゆくりなくも娘時代の一日を思い起してそれを息子ぐらいにも年若な同僚に語り伝える気持になった過程も、木の実が熟れ落ちて池の面に波紋がひろがるようなひっそりした心打つ出来事ではあった。

「……こう思いますね。先生などはじっとしていらしって結局、誰よりもいちばんよけい実のある生活をしていらっしゃるんじゃないかと――」

「――どんなものですか、ホホホホ……」

山形先生はあいまいに笑った。相かわらず小首をかしげて相手の顔を覗き込むようにする小さな赤い顔には、あふれるような親愛の情がにじんでいた。間崎は出来ることなら、顔はお猿さんのようにしなびて赤いが、どうかするとそっくり娘のようなあどけない心でいるこの老婦人を、まるまる抱え上げて、ポーンポーン胴上げしたいような衝動に駆られた。

十八

山形先生はまだ何か腹にたまっていそうなぎこちない様子で、思いがけない吐息を洩らしては、間崎の方を流し目でチラチラ見ていたが――

「間崎先生」

「はい」

「先生、江波恵子さんお好きですか」

「はあ――好きですが……」

「いつかこんなことがございましたの。ある日の放課後、私日直番で教員室に一人で居残って編み物をしておりますと、江波さんがボンヤリした様子で入って来られて、私に教えていただきたいことがあると言うんです。大変に風の強い日で始終ガラス戸がガタゴト鳴るものですから、二人差し向いで膝をつき合わせるぐらいにしなければ話が通じないほどでした。江波さんはこう言い出しましたの。

『生徒が先生をお慕いするのは罪悪ですか』

さ、罪悪などというきびしい言葉が出たものですから私はびっくりして言葉につまってしまいました。それというのは、ほんとに罪悪と名づけられるような心持はめったにこの世の中にはないものだと考えておりますし、それに教室でこそいろいろ修身めいたお話もしますけど個人的にもちかけられた相談には一律な扱いをするわけにいきません。それで私のほうから、

『貴女はどなたかお慕いになっている先生があるのですか』

ときき返しましたの。

『ええ』

『どなたですか』

『間崎先生です。毎晩眠られないほど先生をお慕いしております。どうかして先生と結婚したいと思います』

それが貴方、あの人が読本を読む時などのように少しも悪びれない素直な調子で言われるものですから、私は妙に胸がせまって思わずあの人の手をとって撫でさすってやりましたの。

『江波さん、貴女はなんてまあ人をおどろかせることを言うんでしょうね。……先生には恋愛のことがわかりませんの、ともかくそれは若い人たちには極めて重要な問題であり、当事者の心がけ次第ではダンテとベアトリーチェのように史上に名を残す高潔な間柄ともなり、反対に

心がゆるんでいれば毎日の新聞に出てくるようなみじめな結果をきたすことにもなります。ですからこのことはすべて貴女の心のもち方一つだと思います』

こう答えながら、私はしかし江波さんの質問には一つもお答えしていないことを自分でも気づいていました。だって私はおどおどしてしまっておりましたし、それに実際適切な知恵の持ち合わせがなかったものですから……。そういえば、私が話している間、あの人の大きく見張った涼しげな眼には、私の無知を気の毒がっているような色がほの見えておりましたわ。そしてそれがまた一層私を狼狽させてしまいましたの。生徒が先生を、子供が年寄を哀れむなんて、こりゃあまあとんでもない間違ったことになったものだ、恐ろしいことだ、そらもう私の背筋には寒気が通って手先に慄えがきている……、こう思って私は一生懸命に自分を落ちつかせようと努めましたの。すると江波さんがまたおっしゃるには、

『先生、私自分の口からはどうしても間崎先生にお話できませんから、先生から私の心持をお伝えして結婚できるように取り計ってくださいませ。ね、先生、私一生懸命に努めますわ、立派になりますわ、一生のお願いです、ね、先生、先生……』

そう言いながらつき合わせた膝頭でグイグイ私を押しつけてくるのです。温かいような烈しいような力の煽りで私は眩暈がしそうでしたの。あの人の声、あの人の眼、それにさっきも申しましたように外は恐ろしい風が吹きまくっていて、ガラス窓やポプラの梢に吹き当るその風

の音の中からも『……ね、先生！　先生！』と江波さんの声と一緒になって私に訴えかけるもう一つの声が聞えてくるような気がするんですの。そしてそのこんがらがった恐ろしい呼び声が、私の中に眠っていた私も知らない別な人間（やはり私ですわね）を目ざめさせた、――あり得ないことでしょうがそうとしか言い現わされない息苦しい気分でございました。ああ、もう生身のままこの皮膚をひき剝かれて別な人間に作り変えられるようなあの時の恐ろしさは、今思い出しても死んでしまいたいほどでございます。で、私は自分でも気づかずに江波さんの身体をしっかと抱きしめておりましたの。いえ、あの人のほうが身体はズンと大きいのですからはたから見たら私があの人に抱えられているように見えたかも知れません。

『江波さん、貴女はほんとうにお気の毒な方ね、先生はどこまでも貴女のためにつくしてあげます。間崎先生に貴女の心持をお伝えし、結婚していただくようにお願いしますから、貴女もせいぜい立派な婦人になるように努めるんですよ。そのことをとり計ってあげるのが神様から命じられたことでもあるかのように先生はそりゃあ真剣な気持でいるのですから、貴女も打ち明けた心を曇らしたり歪めたりしないようにね。……先生はほんとうに江波さんが好きです』

……あの人が泣きじゃくりながら顔を私の胸に押し当てると、それだけで私の胸の幅はふさがってしまいましたの。実の娘よりも可愛い気持でした。私も泣いていたような気がします。ところが何ということでしょう、そうして私たちがじっと抱き合ってピューピュー風の吹き荒れる音を聞いておりますと、ふいと江波さんが私の胸から顔を上げ、ポッチリ涙のかけらがたまった眼で私の顔を覗き込むのが、さっきとは一変した蒼白いような表情を湛えておりますので、

『どうかしたの――』

と尋ねますと、しばらくじっとしてから妙な薄笑いを浮べ、

『先生、ごめんなさい、私先生に嘘をついておりました。私、間崎先生をお慕いしてるのはほんとですけど結婚したいなんて心にもないことなんです。いいえ、お慕いしているというのも、生徒として先生として、その範囲内のごくありふれた気持でございます。……嘘をついてすみませんでした』

と、今度もまたさっきとはちがう変に素直な悪びれのない調子で言うのです。私は呆然としてしまって、

『まあ江波さん、ではなぜ貴女はこんな大それた思いつきを言う気になったのですか』

って訊きますと、あの人、間が悪そうな甘えた顔をつくって、

『ほんとは私ただ先生の温かいお心に触れたかったのですわ、私のママは堕落したいけない人なんです。だから私はときどき一人ぽっちでとても寂しいの。ことに昨夜はママのところに来られたお友達が男同士で凄い喧嘩を演じたりしたので、その翌《あく》る日の今日は課業が終っても家

へ帰る気になれず、さっきまで祈禱室にこもって、泣いたり風の音に聞き惚れたりしておりました。そしたら幾らか気が軽くなり、それにまたママのことが可哀そうでたまらなくなりましたので、もう帰りましょうと思って祈禱室を出てここの前をふらふら通りかかり、ふと中を覗いて見ますと、先生がお一人で前屈みに椅子にかけて編み物をしておいでになりました。荒れ狂う凄まじい風の音の中にお一人でじっと仕事をなされている先生の小さいお姿が、私の泣き腫らした眼には神様のように気高い懐かしいものにうつり、(まあなんて御立派な——。私のママもこんなだったらどんなに幸福だろう。御立派な先生!) こう感ずると同時に私は夢遊病者のように室の中の先生のおそばに歩みよってしまったのでございます。先生からお言葉をかけられてハッと正気づいた私は、どうして咄嗟の間にこの室に私を踏みこませた私のほんとの気持を表現できましょうか? 出来ませんでした。で、私は心にもない別なことを口に上せなければならない苦しい羽目に陥ってしまいましたの。(何を言えばいいか分らない。けれども先生をお懐かしく思ったことに負けない別な何かの真実を語って埋め合わせをしなければならない!) そこまで反省したことだけはハッキリ意識しておりますけど、あと識らずに口からすべり出た言葉。それが間崎先生と結婚したいということなのでございました。そして先生がびっくりなされたように私も私の夢中な言葉を聞いて驚いてしまいましたの。(私はそんなに間崎先生が好きなのかしら? 当座の、血をたぎらせている真実の代りに平素の貯蔵《ストック》の中から別な真実を！――こう反省した後で無意識ににじみ出た言葉なのだから私は嘘を言ったわけではあるまい。そうだ、私は確かに間崎先生を好いている。けれどもそれはごく淡々しいもので恋愛とは違う、まして結婚など！……ではやっぱり私は嘘をついたのかしら？　いえ、そうじゃない。それはこう考えるのがいちばん正しいのだ。つまり私は埋め合わせの真実を言うつもりだったのが、ママの血を引いて今からもう不良の芽が萌している私の周囲には、薔薇《ばら》の棘ばかりで何一つ光った真実なんてありゃしない、せめて一人の女生徒として年若い異性の間崎先生を遠くからお慕いしている、この程度の精分のうすい真実の模型しか持ち合わせがないのだ、と。それではまたなぜそんなに単純な事実を夜も眠られないだの結婚だのと大げさに飾り立てたかと言うに、それは私の言葉に迫真力を含めて、先生の隔てのない温かいお心を掻き起したかったからだ……）先生が私の背中を撫でてくださってる短い間に私はこんなふうに自分の心の動きを調べ上げ、（あとから言い直すのでも嘘をつき放しにしてるよりかいいことだから）と自分をたしなめて、突然今こんなことを言い出しましたの。先生をびっくりさせてごめんください。そしてさっき言ったことは取り消しますわ。私はただ先生のような方が私のお母さんであってくれればよかった、そうふと懐かしく感じて、その気持を抑えることが出来ませんでしたの。お許しください……』

ま、この時の私の複雑な心理状態といったら私の知っているありたけの言葉を並べても言いつくすことが出来ません。で、ごく大づかみに、いちばん目立った私の心の変化を申し上げますと、先ほど、江波さんから先生をお慕いしていると藪から棒に打ち明けられた時私は生身の皮を剝がれて別な人間に仕立て上げられるような苦痛を経験したと語りましたが、後から考えますと、この苦痛の中には、どちらも他人のために心配してあげるんだという自分を甘やかすふうなゆとりがございました。さて今度同じ江波さんの口から五分と経たない間に、相手は先生でなくて私だったと、どんでん返しに白状されてみますと、ゆとりどころか口の中に塩をつめこまれたようなギシギシした不快な白けた気分、いえ、身体全体がねじけた枯れ枝かなんぞのようにコチコチに干し固まってしまいましたの。これも後から思い出しての話ですが、この変化はちょっと理屈に合わないと思いますわ。なぜって私など恋愛という問題では倫理的な信念など持てませんし、また一生徒のそうした情熱を同僚の一人に伝えてよき実を結ばせる、こんなのは生れて初めての難問題で、自分で引き受けて自分で頭を悩ますのに無理はありませんけど、その次のは私がお母さん代りにあの人をいたわってあげればいい、他人を煩わすまでもない自分だけの心持のことなんでしょう。それなのに江波さんにそのことを打ち明けられた瞬間から我慢も何もならないゾッとしたイヤ気に襲われて、まあ貴方、この年寄の私が机に打ち伏して小娘のように泣き出してしまいましたのよ。メソメソといつまでも泣いてましたわ。そして、悪とか地獄とかいうものの正体は、今の自分の気持に近い逃れ場のない冷酷な感じのものではないのかしら？　福音書にある憑かれた人というのも江波さんのような方をさすのじゃないかしら？　こんなことを打ちひしがれた重い悲しみの底でぼんやり思案しておりましたの。

『すみません、先生、すみません、御心配かけて……お許しください』

江波さんがしきりに詫びる声が遠い世界からのように聞えてまいりましたけど、その時の私にはあの人の顔をまともに見上げる勇気などありませんでした。メデュサの首――そうです、ある人のある時の顔にはそれを見た者が石に変ずるという恐ろしい相貌が確かに宿っていることがあるのです。

『先生、もうさよならします。どうぞお泣きにならないで……。ではさよなら』

江波さんは室を出ていきました。パタンパタンとあの人の感情の重さをそっくりうつした鈍い足音が次第に廊下の向こうに立ち去っていきましたが、あるところから先は、その足音がいつまで経っても消えず、近づきも遠退きもしないやっと聞える程度のパタンパタンという音が、吹き荒ぶ嵐の中に妙にかぼそくはっきりと聞き分けられるのでございます。その恐ろしさ。ああもう私は子供にも夫《たく》にもこれぎり会えないのかも知れない……。そんなに考えて、死ぬ気持でこわごわ廊下を覗き見ますと、もちろん江波さんなどおろうはずがなく、掲示板からちぎれた新聞の切れ端が一人前のガサがあるもののようにコロコロ風に吹きころがされていくのが見えたばかりでございます。いえ、それともう一つ、あの寄宿舎で飼っている斑《ぶち》の猫が、私が廊下に顔を出すのと同時に外から泥だらけの身体で向こう側の窓ぎしにヒョイと匍い上がり、私を見かけると赤い口をあけて人懐かしげにニャアゴと鳴きましたの。

『おや、お前かえ、玉やかえ……』

ね、先生。私はほんとうにあの日は初めから気が変になっていたものに相違ありませんわ。不意に現われた斑猫に私のほうからもなにげなしに声をかけたわけですが、その声が、今私が話しているような少し鼻に抜けた（ホホ、私自身はそんなことに気がつきませんけど、クラス会の余興などで生徒が私の真似をする時にはみんなそうしますもの）ふだんのままの声だったもので、それが動機で私はにわかに平生の自分に返ってしまいましたの。いえ、おかしい話ですがほんとうのことでございます。その証拠に私はそれからまた自分の座席に返って編み物を続けたのですが、いつもの倍ぐらいはかどりましたもの、つまりそれだけ私は落ちついて、自分の仕事に注意力を集中することが出来たのでございますね……」

――このひとくだりの述懐は、実際はここに記された三分の一ぐらいの言葉で語られたものであったが、江波恵子の名が自分と結びついた形で現われて以来、間崎の意力は満ち潮のように白い浪頭《なみがしら》を上げて稚拙な表現の隙間々々に躍り込んでいき、傍線《ボーダー・ライン》も注釈《パラフレーズ》も聴き手の彼が神《しん》来《らい》の興に駆られて縦横に殴り書きを加えて、この述懐に形式上の完成を与えたものである。山形先生のたどたどしい妙に壺をはずさぬ語りぶりも、間崎の眼に見えない活躍に打ってつけの自在な舞台を提供し、それだけにまた、この述懐は彼自身がたった今それを経験したかのような生々しい疲労の感じで間崎を圧倒したものであった。

妖しの美少女、江波恵子！ 例えば性悪な空っ風のように誰彼の見境なく人の心のふとした間隙に忍び込んで、そこに秘められた貴いものをめちゃくちゃにかき濁しては次の餌食を物色するために音もなくサッと引き上げてしまう。田代ユキ子はこの手にかかって彼女の「未来」を盗まれ、図画の畠山先生は時計の鎖を引きちぎられたし、今また山形先生は「思い出しても死にたい気がする」辛い目をなめさせられたという。しかもこの他人の「真実」を劫掠《ごうりやく》せずにおれない病的な性癖は、社会生活にはむろんのこと、江波個人の生活の上にも一点半画のプラスを加える体のものではなく、コカイン中毒者のそれのように結局は有機体の解体を約束する背徳的な刺激を貪るのみであるのだ。不埒な！――間崎は義憤めいた熱い血のたぎりをさえ感じた。けれどもその憤ろしさの中には、江波の向こう見ずなあばずれも自分なら楽に制御できるんだが、という怪しげな自負の念がほのめいているのを否みきれなかった。

このことで反省を進めると、およそ江波の真実劫掠に対して絶対安全の立場に置かれた二つの型がある。一つは世俗の垢にまみれて皮膚が厚く感性が枯渇している人、これはいわば縁なき衆生《しゆじよう》の類《たぐい》だ。いま一つは明敏犀利《さいり》、よく江波の為人《ひととなり》を察して相手に忍び込む虚を示さぬ人、これは江波の最も苦手とする型で橋本先生などはその典型的な存在であると言ってもいい。では間崎自身の立場は？　ここでは事情が複雑化して上述の公式では律しきれない混乱した相貌を呈する。というのは、彼の江波に関する批判ないし人間観察がどんなに鋭利深切を極めようと、それが江波の肉体から発散する愛欲の香を遮断することにはならないからだ。彼が江波の性格を知恵の俎上に上せることと、その眼や唇を美しいと感ずることとはまったくちがった拠りどころに根を下ろしているのである。だから彼が省察や思考の力によって江波との間に適切不動な距離を設定しようと努めるのは、あたかも空転する車輪に一層の速度を加えた場合と同じく、精力をむだに消費していることになるのだ。この世の中には分っても何もならないことが一つだけは確かにある（それはいろいろな形で社会生活の上に現われるがどれも皆一つの原型から抽出されたものだ）。彼が江波恵子の人間についてとやかくと頼まれもしない頭痛を催すのは、まさにこの分っても何もならない問題に鼻を突っ込んでいるのである。間崎よ、パリサイの徒の弱気を警《いまし》めよ、そしてお前が確実に領しているものの一切を溶かし込んだお前の肉体の教訓、暗示、好悪にのみ忠実かつ聡明に従うがいい、かつてもそうであったお前がなぜ今度に限って二た股かけた困難の道をみずから選ぼうとするのか。自重せよ！

間崎は、山形先生の思いがけない懺悔話から受けた急激な衝動を、とりあえずこんなふうの首尾にまとめ上げたが、これで条理が明白に通っているとは自分でも信じていなかった。否、江波恵子に関する限りまだまだ未開不毛の地域を存しておきたい貪婪《どんらん》の心を抑えきれず、ここではただ、山形先生の「大政所」と呼ばれる封建的な肉体の表情の中にかくされている光った人間的な情感に驚異の眼をみはるだけにとどめたかった……。

「ハハハ……、先生のしょげ方が眼に見えるようですね。当座は不快でも決して先生の生涯に汚点をとどめるような御経験でないと思います。松の木に梅の花が一輪咲いたような不似合いなところがありますけど……」

「そんなものでしょうね……」

山形先生はお面のように他意のない苦笑を浮べた。いい顔だ。間崎は感心した。

「江波って……厄介なんですね。古い言葉に赤心《せきしん》を推して人の腹中に置くというのがありますが、赤心とか誠実とか、これは人の教養の力が加わって圧えたり丸めたりしたあげくのものです。ところが江波の奴はその赤心以前の形をなさない混沌としたもの、それを生まのままでいきなり人の腹中にぶちまけてよこすのですから、正直な性質の人なら大抵気が動顛してしまいます。つまり節度がないというのでしょう。せっかく薬になるべき素材が分量を加減しないために毒物として作用するのです。本人が気がつかずにそれをやってるのですから気の毒ですが……」

間崎は意識して卑俗な言葉を用いたが、隠しきれない感情の昂揚が語調《アクセント》や音調《イントネーション》の上ににじみ出るのをどうしようもなかった。

「でも私は貴方にお話できてさっぱりいたしましたの。夫にも話してなかったことなんです。話したところで笑われるばかりですから……。その時受けた強い感じは時日が経ち次第にうすらいでいきましたけど、ときどき思い出しますと何だか自分が人に言えないやましい過ちを犯しているような暗い気持になって困りましたわ。これでほんとにせいせいしました。でも先生には悪いかしら。子供のころ手にイボイボが出来ますとよその子供に手を出させておかしな呪いを唱えてイボイボをそっちにうつらせる遊びをしましたけど、それみたいに自分の重荷を先生に押しつけてるような気がして……」

「そうです、確かに一種の押しつけです。けれども押しつけられた僕が迷惑に感じているかどうかは疑わしいことです。先生は言葉の裏に考えをめぐらすような方ではありませんからそれで僕もこんなにずけずけ言うのですが、一般に年の若い人間は平地に波瀾を捲き起すのを喜ぶ傾向がありますし、それに何といっても僕は江波恵子にある魅力を感じているのですから……」

間崎は一回ごとに自分の言葉が言い過ぎたり言い足りなかったりするもどかしさに絡みつかれ、そうなってくると、何の運動でもいい、自分の肉体を烈しく酷《こ》き使ってみたい一種の偏執性《マニア》にとり憑かれるのであった。けれどもここの芝生がどんなに滑らかだとはいえ、よそでのように剽軽《ひようきん》なトンボ返りを打って、二重橋をさかさまに眺めるような思いつきは預りにしなければならなかった。

「——ね、先生、お願いですから今の話、この場だけでお忘れになってくださいませんか。責任を逃れたい卑怯な考えでそう申すのではございません……。何と言いますか、私にはただもうそら恐ろしい心地がするばかしでテキパキした判断を下す能力が持てない事柄なんですもの。生れ変らない限りは。……いえ、生れ変っても……ホホホ……」

「だいじょうぶです、僕は不死身ですから……」

そう諒承して、ほんの真似事に右腕を突き出してニュッと持ち上げてみせたつもりのが、はずみでその腕が頭より高いところにフラッと躍り上がった。何とも不自然な仕草だった。山形先生はふだんの硬い顔をつくって口を引き結んでいた。……みずから不死身だと名のった間崎は、話が尽きると、たちまちひょうひょうとした空っ風が体内を吹き荒すのを意識した。新時代の人間は、口をきいてる間は才気煥発するが、黙ってる時の人間的な強さ豊かさという点では、旧型の教養を享けた人々にはるかに及ばない。間崎はそのことにも盲目ではなかった。

「せん——せい！　せん——せい！」

遠くから生徒たちが声を合わせて二人を呼んでいた。短い間だったとも長い間だったとも思えた。

「せん——せい！　せん——せい！」

「ま、大変ですわ、もう皆自動車に乗って私たちだけを待ってるんですわ。大急ぎで……」

山形先生は立ち上がって袴や羽織に粘りついた枯れ芝を払い落し、ついでに間崎の背中や髪の毛をも掃除してくれた。

「あんなに注意しても紙屑を落していった生徒があります。仕様がない……」

山形先生は二つ三つ拾い集めた紙屑を何の躊躇もなくいったん自分の袂の中にしまいこんだ。間崎も一つだけつまみ上げたチョコレートの包み紙を胸のポケットに納めた。

「大急ぎで。走りましょうか、あそこまでなら私にも駈け足できますわ」

「ほんと？　よし、一、二、三！」

二人は駈け出した。山形先生は両の袂を大切そうにつまんで、右半身を前に突き出すような斜めな走り方で、小股に、なかなかよく走った。間崎はそれを援助《カバー》するように半歩ばかり前を横向きに大股で走った。自動車の生徒たちは総立ちになって声援を送った。山形先生の目算とは違って、広場の中での「あそこまで」には相当な距離が隠されており、次第に呼吸《いき》苦しげに見えるのを、間崎はいきなり腕に腕を深く差しこんで抱え上げるようにして走り続けた。割れんばかりの喝采だった。誰か悪戯な生徒が音頭をとって、間崎たちの歩速に合わせて「一イ、二イ、一イ、二イ」とかけ声をかけ始めた。こっちの歩速を追って、遅くも早くも伸縮自在にねばりついてくるこのかけ声にはまったく弱らされた。運転手までがお調子にのってブーブー警笛の伴奏を加え始めた時、間崎は憤然として走ることを止めた。だがもうそこは自動車の一、二間手前だった。籠にあふれた花のように、どの車でも、生徒たちは千姿万態のはなやかな動き方をしていた。少しは癪だった。山形先生はほんとに疲れたのか卒業生の吉水さんに援《たす》けられてころげるように自分の車に匍い上がった。

「出発！　出発！――」

間崎はやけな声で先導の車に号令を発した。そしてすでに動き始めた自分の車のクッションにドシンと腰を埋めると、今日も巾着を勤めている江波恵子の密着した半身を無造作に抱えこんで、

「君のためだよ」

とつっけんどんに言い放った。江波は二つ三つ眼ばたきをして間崎の顔を近々と眺めまわし、プイと胸を引き離して斜めを向きながら「ハハハ……」と高らかに笑い出した。しばらく声を使用しなかった人が久しぶりで大声を出す、そのような、力はあるが変に調子の整わない笑い声だった。

午前十時に近かった。

十九

靖国神社、明治神宮、乃木邸、泉岳寺《せんがくじ》――と、日程通りにあわただしい見学をすませて、日本銀行横の河岸に自動車を止めた時分には、物見高い生徒たちもさすがにグンナリ疲れていた。けれどもお待ち兼ねの三越見学である。四十分間の自由散策を許されて、生徒たちは、思うどち打ち連れ、嬉々として宏壮《こうそう》な摩天楼の中に吸いこまれていき、たちまち掃いたようにその辺が空っぽになってしまった。

百貨店に独身者の男が入っても仕方がないと思っている間崎は、急にひろくなった自動車の中にふんぞりかえって、金口《きんぐち》の舶来煙草をプカプカ吹かし始めた。江波恵子のママが餞別にくれたものである。

「先生おいでにならないんですか」

運転手の一人が話しかけた。

「ああ、ここで休んでたほうがいいんだよ」

間崎は、ぶっきらぼうに言って、そこに居合わせた二、三人の運転手にそそくさと煙草を分けてやった。話したくなかったのだ。

座席の片側に頬杖をついて、どろどろに濁った河の流れを見下ろしていると、川波がチカチカと陽の光りを照り返し、眼が糊づけにされたように渋ってきた。のめるようにひたすら眠い。と、石炭を山積みにした一艘の荷舟が音もなく眼の前に漕ぎ上って来た。頭の禿げた大男の船頭が石炭の山に腰を下ろして汗を拭っていると、代りに垢じみた肌襦袢の上に赤児を背負った貧相なおかみさんが、腰をくの字に曲げて長い水馴竿《みなれざお》をウンウン突っ張っていた。艫《とも》の方には炊事道具が二、三品置き並べられ、陽にやけた頭のでっかい男の子がこちら向きにシャーシャー小便を垂れ流していた。——こんなところにも生活の一面がある。だが、これはこれでいいじゃないか。銀行の地下室には（あるいは金庫の中かも知れない）紙幣束《さつたば》がうなっていようし、百貨店にはダイヤの指環や上等の衣裳に憂き身をやつす貴婦人連がひしめいているかも知れない。貧富貴賤。これが自然のありのままの姿である。みよ。午後の残暑に茹《ゆだ》った都会の河岸の風物に、歪められたどんな線描がある？　これはこれ以外にあり得ない人生の一角の変哲なさだ。もし人がこの風物全体の表情が陰気臭い、腹が立つ、というのであれば、人は今ごろようやく地球の衰退という事実に目ざめただけのことだ。ブラボー、人生だ。ハッハッハハ……。かの橋本先生の輩なぞ、頭ででっち上げた偏執的な理論をこのぼやけた風物画の上に押しつけて身勝手にイキ込んでいるが、結局私的な空しさ侘しさを敵本主義にわめき散らしているにすぎんのだ。拝啓の啓一叔父さんがいみじくも喝破した「スミ子は気が合った恋人でもみつかれば円満な女性になれるでしょう」――。しかり、道はローマを指すで、若い男女の悶えや嘆きは、結局、種族存続の冷酷な軌道に牽《ひ》かれるしかないのだ。手紙を書こう、ゾラ張りの最もリアルな奴を……。

間崎は自動車から下りて、煙草の滓をペッペッ吐き散らしながら、足早やにデパートの人ごみにもぐり込んだ。ムッと匂う人間の体臭が、煙草で麻痺した神経をいっそう濃い褐色に染め上げ、そこ痒い、そして、青い爪の感触がギザッギザッとひらめく、そのようなもの憂い気分だった。

食料品部の前に立って佃煮のおりなどを覗き込んでいると、それらの小魚が群れをなして水中を游泳している様が想像され、頭の働き方がまるでふだんとあべこべになっていることがわかった。間崎は呆然と二階三階と歩を運んだ。

「あっ、先生」

野島ミツ子ともう一人が上の階段から下りて来た。雑踏の中で思いがけなくめぐり会ったので妙になつかしい気がした。二人ともみやげ物の紙包みを抱えていた。

「ほう、買ったね」

「買ったわ。――あのう、ね、いま志村さんたらとてもおかしかったの……」

「言っちゃいけない、嘘よ、先生、嘘だわ……」

志村が赤くなって野島の腕をつかんで下へ引きずり下ろそうとするのに張り合いながら、野島は早口で、

「……私たち並んで歩いているうちに人に押されて志村さんが少し遅れたのを二人とも品物に見惚れながら歩いていたので気がつかなかったの。ふと後ろを向くと、志村さんは私のつもりで、よそのお爺さんってても、洋服を着て、八字髭を生やした、子供みたいにつやつやした顔の人なの、その人の肩に手を掛けて、何か話しかけながら歩いてくるので、私びっくりしてどうしようかと思ったの。志村さんったら平気で、ね、ね、なんてその人の肩をゆすぶったりなんかしてるの。お爺さんは怒ったみたいな顔の人で、わるそうに、おかしげな横目でジロッジロッと志村さんを睨むんだけど、この人鈍いのよ。そしたら、お爺さんはまっすぐ向いて妙な恐い顔をつくり、オホン！　とわざとらしい咳払いをしたの。この人やっと気がついたと思ったら学校にいる時のような大声でアレー！　っと叫んだものですから、そのお爺さんの人、泣き笑いみたいな困った顔をして、何だかモグモグ言って帽子をとってお辞儀をしたのよ。ツルツルに禿げた頭なの。おかしいったら……。売り場の女の人も気がついていて後ろ向きになって笑いころげてたわよ……」

そこまでばらされると志村もあきらめて一緒に笑い出した。

「野島さんたら、今度間違える時はお爺さんでなく大学生か何かになさいって……」

「ウィーイ！」

二人はもつれ合いながらすべり落ちるように階段を駈け下りていった。……のんびりでいやがる。手のかからない、素朴な、動物的幸福にほかならないが、あんな時期は一生に一度しか見舞ってはくれない。自意識が鋭く伸び出したら幸不幸は紙一重の緊密な相関性を帯びてくる、肉体を強力にして精神を稀薄にすることだ……。

間崎は休憩室に入って、備え付けの粗末な用箋《ようせん》に尖《さき》の割れ目がくいちがったペンをギシギシきしませながら、彼のいわゆるリアルな手紙を書き出した。


親愛なる橋本先生。

我ら一行は無事東京見学中です。このお手紙三越で書いています。もういい加減に疲れておりますが、何もかも、来てよかった、と思うことばかりです。僕はまだ人生の若輩なのですから、あらゆる機会を利用して見聞を広め、自分の生活を豊かな堅固なものに鍛えたいと思っているのです。昨日貴女の叔父さんに会いました。それがまた何と恵まれたことか、期せずして叔父さんと僕との性格の片鱗を示し合うような出来事によって、初対面の会話が始まったのでした。委細は拝眉の節申し上げましょう。

貴女と二人でお話している時、僕には貴女が強くも賢くも大胆にも見えて気押されるような思いがします。けれどもこうして雲煙万里を隔てた異境にあって貴女のことを思うと、貴女は可憐繊細な手弱女《たおやめ》であるとしか考えられません。どちらの印象が貴女の正体であるか。僕は躊躇なく後者だと言いたいのです。貴女の身近かにいる時、貴女は僕のさまざまな弱点に乗じて、強くもあり、大胆でもあり、聡明でもあるのです。しかし一人ぽっちの貴女は可憐掬《きく》すべき手弱女にすぎないのです。貴女の心はおそらくそれを承認するにちがいない。存在するものは客観であるか主観であるかは強いてつきつめる必要がないにしても、觔斗雲《きんとうん》に乗って何万里かを走った孫悟空《そんごくう》が実は仏様の掌の上を駈けまわっていたにすぎなかったという寓話は、我々の生活の上でもしばしば反省されねばならない問題を含んでいると思います。

ああ、僕の偽善者め！　こんな調子では書ききれなくなりました。僕は寂しいのだ。実に寂しいのだ。濁った、明るい、卑屈な、力ある——どんな言葉で形容してもあてはまる若い人だけのもつ寂しさだ。人生に大きな希望をもつ者だけの寂しさだ——なんて書いてるうちに自信が失われていくような気もする……。ばからしい、もう止めます。

何かアッというむき出しな真実を書くつもりでしたが、結局、序論倒れです。人生の序論派。貴女でもあるような僕でもあるような——。乱筆御海容《ごかいよう》を乞います。僕は寝不足で大変疲れております。それに今、事故突発。向こうのテーブルにブラック・リストの市岡タマ、矢部キクエの両名が妙な学生風体の青年二名と腰を下ろしましたが、周囲を憚る物腰から察してまさしくここのデパート内で知り合いになったものらしく察しられます。保護に出かけます。貴女ならどうするかしら？

ではお元気で。さようなら

痺れた手先で最後の一行を書き了えると、間崎は、のろくさく、舌の面積を必要以上に露出して封筒の糊づけの部分をベトベトなめまわし、手紙をごそりと封じ込んで、上書きを学校宛てに記した。

さて次の出来事が彼のおせっかいを待ち設けていた。市岡タマ。これはどちらかといえば頭が鈍いお人好しな生徒だったが、年をくってるだけに、性格にも容貌にも妙にねっとりした一面があり、そこを嗅ぎ当てられてとかく悪い仲間に引き込まれがちで、その意味では気の毒にも思える生徒であった。矢部キクエに至っては、浮薄で粗暴で生徒仲間からさえ敬遠されている手余し者だったが、代りに頭はよく利いて、憎まれっ子としてクラスの最有力者の一人だった。町一等の理髪店の長女である。間崎は特に矢部について矢部自身も知らない一つの不快な印象を刻まれていた。――ある日の空時間に間崎は便所にいった。と、セメントで固めた長い廊下の先を矢部が歩いており、あとに鼻血が一点二点こぼれているのが目に触れた。実際発育ざかりの生徒はよくのぼせて鼻血を流した。ところが、間崎がはいているフェルトのスリッパはセメントの上を踏んでも音がせず、自分一人だと思ってたらしい矢部が妙なそぶりをするのを見て、間崎はハッと覚って、折よく廊下の中ほどの戸が開いていた出入口から裏庭へそれ、ひとまわりむだ足を踏んで職員室に引っ返した。

それだけのことだった。が爾来《じらい》間崎は矢部に対してある種の嫌悪の情が折にふれて陰影のようにサッと襲うのを拒みきれなかった。理屈では、矢部のふとした失敗に拘わって感情的に構えることはよくないと考えるが、しかし我々の日常生活では、ちょっとした機会に植えつけられた印象がなかなか頼み甲斐のある場合が多いもので、矢部はその意味でいわゆる尻尾をつかまれた形であろうか。ともかくその後徐々に間崎の眼底に熟してきた矢部の輪郭は、セメントの廊下で垣間見た瞥見を、その気分のまま拡大した体のものであった。ばかでない矢部も、間崎を囚えている先入観念をすばしっこく嗅ぎつけ、やはり遠くから眠いような、冷たい白眼を投げかけていた。

矢部の顔も一つの美人型である。細いがよく光る眼、平べったいそり鼻、長く裂けたうすい唇、左右に一つ一つ独立した面積をしめている幅の広い頬、大きいだけの耳、乾いた疎らな縮れ髪――全体に間延びした造作であったが、口をきいてる時など並びのいい歯が白くチラチラし、表情もよく動いて、健康な、いかにも造作ない現世的な感じがあふれる。――俗に男好きのする顔だった。

矢部の相手になっている学生は、背丈のヒョロ長い、よく見ると醜男《ぶおとこ》のくせに妙にハイカラな感じがする青年で、両肱をテーブルに立てて組み合わせ、指先に巻煙草をさし挟み、白い大きな味噌っ歯をニッと現わして、もの慣れた応対ぶりを示していた。もう一人の学生はよく肥っているということのほかは特徴のないような青年で、話の合間々々に一人で身体をゆすぶってゲラゲラ笑い崩れている様は、市岡の、あまり綺麗でない花嫁然と納まっている恰好と好一対の観物であった。類は友を呼ぶとはよく言った！——間崎が人々の身体の隙間からじっと覗き見したのはそのような情景であった。どんなに処置するか？　間崎はハタと当惑した。あまり見よい場面でないことは確かだが、いきなりその場に臨んで「こらっ」と怒鳴るわけにもいくまいし、妙な小細工を弄するのではこちらの胸糞《むなくそ》が悪い。見逃すのも気がさす。ままよ、彼は策略が成らないうちに立ち上がって矢部たちのテーブルに近づいていった。

「やあ、来てるね、時間に遅れちゃいけないぞ」

間崎は後ろにまわってこう声をかけながら矢部と市岡の肩を両手で同時に打ち下ろした。

「あらっ。——ま、先生」

二人とも赤黒いあわてた顔で間崎をかえり見た。正視に耐えない瞬間的な醜さがあった。肥った、よく笑うほうの学生は、なんとなく椅子を離れて直立不動のような姿勢をとり（実際は

普通に立ってるのだろうが肥満してるせいでそう見えた)、

「せんせい……ほ、せんせい……」

と呆れたようなひとり言を洩らした。突き肱をして煙草をくゆらしていた生意気そうな学生は、白い顔を真っ赤に染めて、妙なうす笑いを浮べてピョコンと頭を下げた。

「私、付き添いの教師です。御親戚のお方だと存じますが——」

間崎は声を沈めた切り口上でまともに相手をみつめながら言った。彼のこうした切り口上は二た口三口でイキ切れしてしまうのだったが、出鼻は、大抵の大人を面喰らわせる変な圧力のようなものを蔵していた。

「……いえ、別に親戚ってわけではありませんが……。ついそこで知り合いまして、北海道の方々だっていうものですから向こうの珍しいお話など聞かせていただこうと思いまして……。先生お疲れでございましょう……」

若い社交家は、辛くも威儀を保って、けんめいに陳弁したが、見てる前で顔の色が幾度にも変り、巻煙草を挟んだ指先が小刻みにブルブル慄え出した。つれの肥った学生は、厚ぼったい掌を頭にのせてしきりに強くこすり下ろしていたが、思いがけないキンキンした子供らしい声で、

「おい、ゲンちゃん、退却しようぜ……。先生に会っちゃ敵《かな》わないよ。……珍しいお話だなん

て気どってやがら。退却しようぜ。……でもね、先生、あくどいんじゃないんですよ。ただチョイと、へへへ……この方たちを叱らないでください。おい、ゲンちゃん」

遠慮なしに友達の名前を口走った末に、さっきのように横肥りの身体をそっくりゆすぶってワハハ……と笑い出した。つり込まれて間崎も笑った。ゲンちゃんはこの裏切りに会ってすっかりしょげてしまい、型なしにペコンペコン頭を下げて、なにか弁解めいたことをつぶやきながら、いち早くその場から姿を消した。肥った敗北主義者はも一度間崎にゆっくりお辞儀をし、

「先生、あしからず――。お嬢さん方、さよなら」

背中を向けてしまってからも一人で改めて笑い出しながら、それしか歩けない悠々とした足どりで休憩室を出ていった。間崎もまた笑った。が、笑いきれない重苦しいものがテーブルの周囲に漂っていた。市岡は涙ぐんでるらしい……。だがもう拘わりたくはなかった。

「面白い人たちだね。……時間に遅れるんじゃないぜ」

間崎はさっきしたように両手でやや強く矢部と市岡の肩先を打ち下ろし、それぎり二人のそばを離れて足早やに歩き出した。舌から頭に通ずる神経の線が――そんなものがあるのかないのかは知らないが――爛《ただ》れて苦かった。

間崎の肉体は骨身にこたえる何か峻烈《しゅんれつ》な気分のものを欲していた。

二十

たて混んだ人の波に押されて、間崎はおよそ縁のない女物の呉服売り場をうろつきまわっていた。無数の足音や話し声から成る妙な歯ぎしりするような騒音が、鋭く、凄まじく頭の中をかき乱した。どちらを向いても人肌の臭いが鼻を衝《つ》き、乾いた物の像が眼を曇らせる。そして、壁にはられた帯地や反物のあさはかな色彩が、恥知らずな性的な刺激をひき起したりした。忌々しいスランプだ。

休憩室に置き去りにして来た矢部や市岡のみじめな姿が五月蠅のように、しつっこく鼻先にまとわりつく。一体誰が悪かったのだ？　若い男女が知り合いになる動機が、客間の中で正式に紹介されたものであろうと、活動小屋の暗がりや街頭で結ばれたものであろうと、異極牽引する作用の上からみれば五十歩百歩のへだたりではないか。今なども自分が十手風《じってかぜ》を吹かして生木を割くような不粋を演じなければ、一対ずつ四人の男女は、ひとときのほのかな青春の歓びを拾って、案外きよく別れていたのかも知れないのだ。それを自分が出現したばっかりに、楽しみが恥辱にとって代り、抜け路のない陰鬱の淵につき落された矢部たちの心中を察すると、ひき込まれて自分の首までが重たいものに感じられてくる。間崎はいま不幸だった。平穏に進行する生活の帯の、ちょっとでも殻をつき破った柔軟部に当面すると、なめくじのように萎縮する手しか知らなかったから……。橋本先生の白皙な顔が新鮮な果物のように眼底にポッカリ浮いた。一刻の猶予もなく今すぐ会いたかった。がそれもむだなことだと思い直すと、その手にとられ、その熱い呼吸を吹っかけられるであろうポケットの中の手紙を、いたわるようにそっと押えてみた。

「おや、何していらっしゃるの、こんなとこで？」

Y先生だった。柄好《がらごの》みをしているのか三、四反の切れ地を胸に抱え、小鼻のところに小さな汗の粒をいちめんに浮かせていた。

「やあ。……必死な恰好をしてますね。買い物決死隊みたいな……」

「ひどいわ、ひどいわ……。でも待っててね。一緒にアイスクリームでも食べましょうよ」

ひどいわとほき出す時、Y先生はうるおいのない一重瞼の大きな眼をポカリとまたたかせ、反物で手がふさがった肩の先で、いやというほど間崎を小突いた。なんというちがいだ！　間崎はもう一ぺん橋本先生の鮮やかな影像を脳裡に蘇らせ、でもほかに行くあてもないので、Y先生の尻についてガタガタ歩いていった。

「先生、選んでくださらない。自分のものだと迷っていけないのよ」

最後に足を止めた売り場の台に五、六反ずらりと並べてホッとしたように間崎を顧みて言う。

「みんな似合う、みんな買いなさい」

「あら、ちっとも親身じゃないのね……。選んでよ、かりに先生の奥様のを見立てるつもりで。たくさんお礼するわ」

Y先生は、真向いにつつましく立っている売り子の少女と間崎とへ浮き浮きした流し目を走らせながらさも面白いことのようにせがんだ。

「僕は奥さんもらったら洋装一点ばりです。着物なんて封建風俗はさせませんよ」

「憎らしい、誰のこと考えてるんだか当ててみましょうか……」

売り子の少女が不意に口を挟んだ。

「これがお似合いでございますわ、少し派手なところもございますが……よくうつりますでございます」

そう言って太い棒縞《ぼうじま》の一反を拾い上げてY先生の肩先に当てるのが、間崎には何だか手当り次第のを押しつけたように感じられた。

「そうだな、やはりそこいらだな……」

間崎はそら呆けてバツを合わせた。Y先生は赤い財布をひきぬいて急にクルリと後ろ向きになった。身についた庶民の仕草だった。

買い物をすませて、食堂でアイスクリームを食べながら、間崎は、さっき休憩室で目撃した不快な出来事を少し尾鰭《おひれ》をつけて細かに報告した。肥った頓狂な学生の描写がことにY先生を喜ばせた。

「まあ、呆れた人たちね、でもその程度なら罪がなくっていいわ。……ほんとに失礼な男の方もありますからね」

「貴女も被害者だったことがある?」

「どうだか? でもほんとにいやな気持だわ」

Y先生は、子供がするようにアイスクリームの匙を舌の上に休めたまま、この話題にしんそこからたんのうしているらしい様子を示した。けばついた紫色の袴の下で曲木《まげき》の小さな椅子が絶えずギチギチ鼠鳴《ねずみな》きをしている。

「イヤな気持だけ?」

「なによ?」

「イヤな気持だけかっていうの? 正直な話、僕なら若い女の人からそんな振舞をされてイヤ味だけを感ずるという自信はもてませんね……」

「まあ……浮気者ね。どうせ男と女とではそんな時の感じ方がちがうんですわ」

「すぐそう切り札を出すからこんぐらがってしまうんです。……貴女は別として、矢部や市岡はあの学生たちの無作法を必ずしも不快にばかり感じていなかったことが明らかです。つまり女の中にも貴女のようでない人がある……。天国を考え出したのもその反対の地獄を考え出したのも人間の頭なんですからね」

「私もそうであったほうが先生のお気に召すんですか」

深い考えもなく反問されたその言葉の裏には、間崎を赤面させるような鋭い細身の鞭がひそんでいた。

「そういうわけじゃない……。ただね、なんというか、僕はいまどんな人間をも一律に鯣《するめ》のように平べったくノシてみたかったんです。後ろ暗い仕事だがなかなか面白い、ハハハ……」

「ニヒリストね。……私、自分で出来ないけどそういう深い考えごとのお話きくの大好きなの。いい気持だわ。……私、前から先生は見てくれだけじゃない、いろいろな心の生活がおありになる方だと思ってましたわ」

「つまらない。……僕はね、矢部や市岡をカンカンに怒りつけたかったんだけど途中で妥協したようなことになってムシャクシャするんです」

「気にすることないわ。お若いから先生には御無理よ。ちょうど私なぞが家事で妊娠や出産の講義をしても生徒はクスクス笑ってるし、私自身もお伽話をしてるみたいで身が入らないようなものだわ。ほんとのこと知らないんですもの……」

「そんなこと教えるんですか」

「うっかりね。大切な学課じゃありませんか。生徒はきいてないふりをしてますけど、そんなことなら一遍でよう覚えてしまいますの」

「ははあ、せんだんは二葉より芳しだな」

「そうなんでしょう。……でも私ときどき考えますわ。私、毎年教壇に立って、夫婦間の生理の講義などをしながら、自分はその実際に触れることなしに年をとってしまうなんてことにしたくないと思って……。そうでしょう?……だから私相当な相手がみつかれば選り好みをしないで結婚しますわ」

皿の底に溶けたアイスクリームの汁を匙でカチカチ掬い上げながら、脂ぎった白い顔をテーブルの中央に大きくもち出してしみじみと述懐するのが、ちょっとたじろぐほどな実感をにじませていた。毛の剛いガサ張った束髪、艶が失せた皮膚の色、一種魁偉《かいい》な猪首《いくび》、大きいだけで魅力に乏しい眼、鼻、口、それから開いた耳。身丈も相当にあってどこに坐っても場ふさぎにはなるが、そのわりに印象が稀薄なのは精神生活が乏しいせいではあるまいか。頭のてっぺんから足の爪先までどこをちぎっても、脂ぎった「女」以外のものではない感じだが、度が低くゆるんでいるので、よほど殺伐無法なあたり方をしなければ性の香がにおって来ない。そんな感じの人だ。強健な肉体の男にはまったくちがった印象を与えるのであろうが……」で、間崎がうす汚ないムッとした気持を無精に盛り上げた言葉を虫のように浮游させても、一つ一つが薄い脂肪の海の中に溺れて、磨きをかけない地のお人好しが、よごれた幕をひろげるように空間《スペース》をふさぐだけであった。結句落ちついて気が楽になった。

「貴女には許婚の人があるように聞いてましたが……」

「嘘なんですよ、そんなこと……。家で何か言ってたようなこともありましたが、その人、素行の治まらない人でこのごろ料理屋の女と同棲してるとかききましたわ、いやな人……」

「……そうだなあ。思い出しましたが、友達で中学校に勤めているのがあってそいつがよく言ってました。卒業式ぐらいいやなものはない、こっちはチョークの粉にまみれて毎年同じことを繰り返して教えてるのに、卒業する奴らはこの先どんなに立身出世するか分らない、それを思うと気が滅入って仕方がないって……。貴女の場合とちょっと似てますね」

「そうね。……近い卒業生で結婚された人などが綺麗に飾って挨拶に来られますと、何だかもう圧されるようで気楽にお話できないことがありますわ。女の天職は学問や仕事ではなく、育児とか出産とかそうした方面にあるのでしょうから、向こうじゃその気がなくてもこっちでひけ目に感じて、昔のように蟠《わだかま》りのない気持になれないのよ。中には丸髷《まるまげ》などを得意そうにみせびらかしにくる生徒もあって、そんなのはほんとにいや!……だってついこないだまで生徒と先生の関係でいたのが、ちょっとの間にあべこべみたいになってしまうんですものね。女同士って見苦しいもんだわ。でもこれは私だけのひがみじゃない、口にこそ出さないけど若い女の先生方なら誰もそんな意味のショックを受けてるんだと思いますわ。……I先生ね、あの通りの無邪気な方だから、お嫁さんの卒業生が職員室に現われると、目配せしたり手をひっぱったりして私を割烹室に連れこみ、『口惜しい、ああ口惜しい……』ってぶったり抱きついたりするの。滑稽ったらないのよ。それから二人で相談して学校にお嫁さんが訪問した日の晩には残念会を催すことにきめてあるの……」

「何です、残念会って?」

黙っていても相手が話す勢いなのに、ある潮時にピョイと口を挟むこの癖を、間崎はいわゆる聞き上手というものかしらんと考えることがあった。

「残念会ってね、Iさんか私かの下宿に二人よって餅菓子を腹いっぱい食べて、エロがかった話でも何でもドンドンしちゃうの。凄《すご》いでしょう。……でももうずいぶん重なってお菓子もいい加減食べあきちゃったわよ、ホホホ……」

「呆れた、呆れた……」

間崎は無遠慮に吹き出した。近所の客が眉をしかめて睨みつけたほど……。

「そういう意味の残念会なら僕も加入する資格があるわけだな……」

「ええ、いらっしゃいよ。歓迎しますわ」

「でも……考えてみると……男と女がより合ってそんな主旨の残念会を催すんでは風俗壊乱罪を構成しそうだな。止めた止めた……」

「まあ！」

大げさに身をくねらせて笑うY先生の重量を支えて、籐の丸椅子が、うめくようにギーギーと声を上げた。たたき次第に黴臭い埃を根気よく飛び立たせる中古の畳のような人。ついでに大きな屁でもひって話にケリをつけるのがふさわしいかとも思う。

この時、はすかいの空いたテーブルに下町好みの若い夫婦者が席をしめた。細君のつやつやしい髪の色が否応なしに間崎の疲れた眼をひきつけた。で、われにもなく淫らな光りをたたえた眼をY先生のそれと見合わせ、クックッ忍び笑いを洩らしながら、

「退却退却。どうやらほんものの残念会になりそうですよ……」

「ばかね」

Y先生は匂うような妙に生熱い呼吸を吐きかけながら、テーブルの下で、間崎の靴先をグッと踏みつけた。と、さっきの話に出て、少しのところでピントがはずれて影像になりきれないでいたI先生のポカンとした眇眼の顔が、すぐにも呼びかけられそうな血の気を通わせて髣髴《ほうふつ》と浮んできた。なつかしかった……。

外へ出ると、前にも後ろにも帰りを急ぐ生徒たちの姿をみかける頃合の時刻だった。ふと間

崎は、矢部と市岡の相変らず連れ立った後ろ姿を目に止め、小走りに追いついて、肩と肩との狭い隙間に無理押しにニュッと出現した。

「まあ、先生……。びっくりしたわ」

市岡は少しは悪そうに、だがもう拘わりのないおずおずした微笑を浮べて間崎を見上げた。矢部はちがっていた。「あら」とつぶやいて一度目をキラッと走らせたぎり、立ち止って、あらぬ方角に当てのない視線をのろのろと移行させ、冷たい無関心な態度を示した。間崎はさりげなく身体を捻《ひね》らせて、矢部の視線の動く方向に、意地悪い皺を刻んだ大げさな顔をしつこく喰いつかせていった。矢部の顔は見てる間に硬直した。そして、追いつめられたもののようにガクンとうなだれると、われにもなく息苦しい嘆息が肉づいた肩先を波打たせるのが見えた。

「あっさりするんだ、ばか」

間崎は人差指の鉤の先に矢部のくくれた顎をひっかけてグイともち上げてから、後をも見ずにそこを立ち去った。Y先生が残って保護を加えていた。……

夕方から雨が降り出した。早目の食事をすませて宿を立ち出でたころからは冷たい風さえ加わり、雨傘の用意がない生徒たちは横なぐりにしぶく雨脚に靴下をグショ濡れにして、きれぎれな縦列をつくって東京駅へ急いだ。両わきに大きな買い物の包みを抱えて泣き出しそうな顔をした子もいた。

「やらずの雨だわ」

誰かがそんなませたことを言う。でもそれがしっくりこたえる潤いがちな心持だった。雨にぼかされた丸ビル街の夜景は、眼をみはらせるような美しさだった。赤い灯影が尾をひいてチカチカ慄えている舗道の水たまりに、ポツンポツンとひっきりなしにはねかえる細い雨脚が、うるさいその繰り返しで眼を眩惑し、何か背筋を打たれるような強い異国風《エキゾチック》な感動が湧いた。自動車が光りの縞模様のようにひんぱんにすれちがい、ふと、ガラス窓から覗かれる車内の人物が、濡れずうつむかず、乾いた小さな座席に端然とおさまっているのが、奇蹟を眼のあたりに見るような不思議な出来事に感じられた。遠くかすんだ中空に何かの赤い光芒が入道雲のように無気味に動いていた。

「せんせい」

「うん」

「冷たくない？」

「うん」

ついたり離れたり、それまで並んで歩いていた江波恵子が急に間崎により添って来た。帽子の縁を下ろして、両手をレイン・コートのポケットに深くつっこんでいるのが、男の子のような凛々しい姿に見えた。

「せんせい、いま、世の中で誰がいちばん幸福だか知ってる?」

「知らん。……僕たちでないことは確かだと思う」

「それはね……重い打掛を着て、角隠しをして、古風な金屏風の前でかための杯事をしている方……」

「ふうん……じゃいちばん不幸な人は誰だか知ってる?」

「知らない。私たちでないことだけは確かだと思うわ」

「ところがそうなんだ。……いまごろ突拍子もなく他人の幸福を嗅ぎつけて寂しがってる人がそれだよ」

「そうかしら——。せんせい、寂しいのきらいなの?」

「……ときどきは好きなこともある」

「いまは?」

「好きだ」

「(低く) バンザーイ」

風に煽られた雨の筋が幕のように白くはためいて街頭の光りの中を移動していった。ビルディングや通行人がそれにつれて夢のように出没隠見した。

街《ちまた》に雨の降るごとく
われの心に涙ふる
…………

間崎は小声で口ずさみながら江波の手をさぐり求めた。江波は大きな荷物を抱えた窮屈な腕の手首だけを折り曲げてそれに応じた。掌が濡れてほてっていた。

前方から讃美歌を合唱する声が流れてきた。初めは五、六人が遠慮がちに口ずさんでいたのが、頭から濡れそぼった寂しい心をつぎつぎと誘いこんで、低いが感動のこもった歌声が重い湿気のたて込めた中空に花模様の帯のように流れた。

風吹きすさみ　雨ふりて
なやみしげく　さちはうすき
はかなきゆめの　よのなかに
われはかくて　いつまですまん

間崎は襲いかかる激情を弾きかえそうとして昂然と頭をもたげた。ぬるい雨滴が眼や口を濡らした。彼の周囲には、雨脚をよけるために深くうつむいて、ひしひしとより添いながら歩いている生徒の群れが、黒い流れのようにのろのろと移行していた。歌声はいったん地面に落ちて、そこで一緒に絡みあって力強く餇い上がってくるかのように思われた。

雨傘をさしかけた通行人が足を止めて、いぶかしげにこの黒い合唱隊を見送っていた。

「君は唖者かね！　なぜ唄わない！」

間崎はひそかな烈しい叱責を江波恵子の耳に注ぎこんだ。応えがなかった。

おかしな話だが、今まで気づかなかった雨の音がこの時急に世界の隅々にまで轟きわたるような勢いで沛然《はいぜん》と間崎の耳によみがえってきた。柔らかくシトシトと降りそそぐ雨ほど強烈な音響を伴う！

歌声は高潮に達していた。人の声と自然の音と混じたたくましい交響楽が、アスファルトを割った深いグシャグシャな土の底から湧き出るもののように、不思議な妖気で間崎の全身全霊をふるい動かした。

「……うう！」

間崎は、乾いたききとりがたい語調でそうつぶやくと、急激な力で江波恵子の手にその感動を伝えた。

「痛い！　いたあい……」

江波は何か別なことを考えていたらしい迂闊な悲鳴を上げた。すかされた間崎は、首を左右にはげしく振りたて、一歩一歩足を後ろにつきのばすような技巧的な歩き方に変えた。水たまりを避けるためでもあったが……。

東京駅に着いた。昨日親戚知人に貰われていった生徒たちは、感心に一人残らず集っていて、仲好し同士久闊を叙する声がかまびすしかった。宿の前で口論した野村ヒデ子の親戚だという重役風の紳士も来ていた。いち早く間崎を見つけて、

「や、お疲れでしたろう、昨日はとんだ御無礼をいたしました。どうか悪しからず。おい、おい……」

その呼び声で、友達に囲まれて何か早口にしゃべりたてていた野村ヒデ子が、昨日とは変った元気な面持で間崎のそばに寄って来た。

「せんせい、ただいま帰りました。……すみませんでした」

「いいよ。一日見ないでいたら、あくが抜けて都会風になったね……」

「あんなこと。……今日ね、小父様たちと浅草へ行く途中偶然皆さんの自動車が向こうを通りましたから、手を上げて一生懸命に合図をしたんですけど、誰も気づいてくれないのですもの。つまんなかったわ。先生、帽子をこんなにして（と額を撫で上げ）煙草を吹かしてましたっけ」

ここへは自動車で乗りつけたのか、真新しい乾いた靴下をはいて靴を綺麗に光らせているのが、濡れ鼠になったほかの生徒たちに比べて、ちょっと継子のようによそよそしい感じを抱かせた。

「……あれから家に帰ってこいつに怒られましてな、先生の感情を害したからもう学校へなど行けやしない、わしに平身低頭して謝って来い、こういうわけでしてな。どうかよろしくお願いします。ハハ……」

紳士は破顔一笑という恰好で帽子にヒョイと手をかけた。

「いや、僕のほうこそ失礼しました。悪しからず……」

「何にしてもいろいろ御苦労なことですな……。それから先生、かえってお邪魔かとも思いましたが、水菓子を少しばかりヒデ子にもたせましたから、汽車の中で皆さんで召し上がってください。珍しくもないものですが……」

「これ――」

野村は小さな果物籠を間崎の眼の高さにまでふり上げながら、

「おいしい水蜜《すいみつ》なの。あとまで預っておきますわ」

「恐縮です……どうも……」

間崎は二、三度続けざまに頭を下げた。一度下げて、下がり具合が深すぎると考えてる間に同じ動作を無意識に反復していたのであった。紳士は満足げにうなずいて山形先生たちの方に歩み去った……。

生徒を邪魔にならない片隅によせて点呼を行い、そのまま待機の位置につかせておいて、間崎はそっとそこからはだいぶ離れた入口の厚い石壁に背をもたせて立った。心が浮いて寂しい時、身体の一方になにかの防禦物《ぼうぎょぶつ》を求めようとするこの癖は動物の本能に似通うものがあった。彼が占めた位置からは、外の地を掘るような雨の音と、内の天井に反響する旅客たちの足音とが二つながらはっきりと聞き分けられ、それが妙に快い階調で肉体の深部に浸みこんでいった。物が分裂するはかないひとときの楽しみだ。間崎は零落を感じた。そしてよりかかった冷たい石壁に背中の接触面を強く押しつけ、そのなかに身を隠そうとでもするかのような、無益な、半ば夢中な力の用い方を試みていた。

雨に煙った広場から旅客がひっきりなしに構内に駈けこんで来る。その一人々々が、豊かな未知の性格を匂わせて自分の役割を果すべく登場した劇中人物のように思いなされ、間崎のわびしさには限りないものがあった……。

二十一

記録班第二報

おとなしくお留守居の皆様。思い出の東京にアデューを告げて昨夜は鎌倉に宿りました。今日は午前中市内の名所古蹟を見学。一と口に申しますと温故知新のカマクラの町は若いお二人連れの散歩者がたいへん多いところでございます。美男におわす大仏の君は残念ながら絶対多数の讃美者を獲得することが出来ませんでした。「でもねえ、アグラなんかかいていともおごそかな手つきをしていらっしゃるんですもの」ですって。

午後からは追浜《おっぱま》と横須賀をフル・スピードで見てまわりました。追浜はすばらしいの。ほんものの飛行機をダースで見られるんですから……。格納庫に入れてある練習機に觔い上がってあっぱれミス鳥人の夢にふけった方もございました。横須賀——ヨコという字はいい感じをもてませんね。横肥り、横坐り、横目、横取り、横歩き。こんなわけで横須賀もいい町だとは申されませんが、ヤング・アドミラルたちの颯爽とした風采は確かにここの一偉観でございます。鎮守府のえらい武官の方が賜りました御講話の一節に「諸嬢は将来すべからく海軍軍人の妻たらんことを志願せられ、もって海国日本女子の使命の一部をまっとうせられたい」とございました。志願なんて殺伐な用語ですけど趣旨には賛成の方も多いように見受けられました。さて皆さんは、海軍の士官が腰につるしている短い剣が何に使われるか御存じですか。茶目なA子さんが案内の若い中尉さんにその疑問を質《ただ》しましたところ、答えて曰く「これですか。鉛筆を削ったり果物の皮を剝いたりするんであります」A子さん「ダー」皆さんも「ダー」……。では、さよなら。(田代ユキ子記)

記録班第三報

琵琶湖《びわこ》は水にもこんな明るい表情があるのかと驚かれるような朗らかな横顔でございます。舟と舟とが呼び合うのに、女の私どもまでが「オーイ」と銅鑼声を張り上げます。それでも淑女の良心に恥じない颯爽とした気分が空にも湖面にもみなぎっておりますの。空水一体の青に夢幻のように写し出された周囲の山々は女性的な山容美の極致でございます。石山寺《いしやまでら》の奇岩怪石、唐崎《からさき》の一つ松、三井《みい》の晩鐘など、遊子《ゆうし》の心は回顧美の陶酔に我を忘れております。タタタタ……湖心をすべる軽快なエンジンの響きは我ら八十余名の若人の心臓が手拍子揃えて歓喜の拍手を送っているのではないでしょうか。やがて坂本着。ここからケーブル・カーで比叡山《ひえいざん》に登りました。ゾッとするような急傾斜を、一本の鉄索をたよりに、岩に匍い上がる甲虫《かぶとむし》のようにゆるゆる登っていくケーブル・カーでは、どなたも身を裏返しにされたようなあられもない心地でした。一行中のただ一人の輝ける男性でいらっしゃる間崎先生は、煙草をくゆらしながら悠然と四方の景色を俯瞰《ふかん》してる間に帽子を谷底に落されてしまいました。

「惜しいことをした。帽子が残って僕が墜落するんだった」とイサマシイ御感想を洩らされたとか——。

最澄《さいちょう》が「わが立つ杣《そま》に冥加《みょうが》あらせたまえ」との大念願によって建立された延暦寺《えんりやくじ》の堂塔は、

法燈永く伝えられてわが国仏教の本源となった聖域でございます。幽邃《ゆうすい》極まりない叡山の老杉《ろうさん》の隙に荘厳な根本中堂《こんぽんちゅうどう》、大講堂の大伽藍《だいがらん》が隠見し、湿気を帯びた木の下道を、昔数百の荒法師が足音高く踏みならして往来したことなどに想い及べば、開化の聖代に生れ合わせた女の身をそぞろ感謝せずにはいられません。（そのころわが国ではすべての女性がどんな虐げられた地位にあったことか）未来よ、世界の女性の上に微笑め！（田代ユキ子記）

記録班第四報

京都にて。とても時間が惜しいので走り書きでごめんください。祇園舞妓《ぎおんまいこ》のだらりの帯、洛《らく》北大原女《ほくおはらめ》の黒襟小紋の質朴な姿、京都は今も詩の都、夢の都でございます。木屋町三味《きやまちしゃみ》の音も冴ゆる三条大橋は、志士高山彦九郎様が御所を伏し拝んで憂国の熱涙にむせんだ所。でもこの方は女など虫けら同様に考えてたんじゃないかしら——。下がれば京都の心臓、四条大橋です。闇を縫う閃々《せんせん》たる光りと燃える色彩の幻惑、雑音！　その中を泳いでいく彼氏、彼女氏の軽やかなステップは断然王朝風ではございません。

翌早朝、玉砂利にまぶしく照りつける日光を浴びて桃山御陵を参拝いたしました。心がキッとひきしまるのを感じました。一ン日《いちんち》遊覧バスで市中見学。お寺の見学がむやみに多いのでウンザリでございました。擱筆《かくひつ》に際して特種ニュースを二つ御披露しましょう。一つは金閣寺の役僧さんの案内の物まね。よござんすか……。

「……その次は鶴の室《ま》アーで、その次は虎の室アーで、その次は雲の室アーで、その次は床のまアーで、その次は板のまアーで……」

これを節づけてゆっくりゆっくりやるんです。も一つはバス・ガールの声帯模写。

「……ただいま私どもの自動車は師団通りを北へ北へと走っております。右手に見えますのが有名なインクライン、そこで釣糸を垂れている人をボンクライン、それを眺めている人をノラクラインと申しまアす……」(田代ユキ子記)

記録班第五報

アクティブ大阪。怒号と悲鳴と煤煙との中にグレート大阪は常に忙わしく動いている。全市の空は電線のベールにおおわれ、そこに交錯するキャピタリズムの知覚は反射機能の素速さだ。幾何学的冷淡を示すビルディングの中にそびえ立つドーム、その尖端の鋭い銀針に太陽を知らぬ都会人の青白い神経を見出だす。煙突の林の濛々たる吐息の中に大阪マンはかつての蒼穹《そうきゅう》を忘れた。その昔、仁徳《にんとく》帝が民の竈の煙りの少きを嘆きたもうた浪花《なにわ》の都は、清淡快適な昔の空気に引き換えて、粘液的なうす濁りを帯びた気流が住民の呼吸を閉塞し、歴史も旧蹟も、この世紀末的な触手に作用されて滲透性《しんとうせい》の弱い印象しか与えない。だが樹木や青空がなくも、季節の匂いは、飾窓《ショー・ウインド》のネクタイの色から、銀のスプーンに掬い上げられるコーヒーの味覚から、そして地下室の水槽に泳ぐ金魚の鰭《ひれ》の動きから、そして町を飛ぶ唄からも豊かににじみ出る。

大阪城見学。石垣の下の叢《くさむら》で滝なす熱汗を拭いながら勝手な人物月旦《げったん》に耽った。

真田幸村《さなだゆきむら》——パパのような気がする。

片桐且元《かたぎりかつもと》——叔父さんの中に一人ぐらいはこんなガッチリした方があると何かの時に心強い。

徳川家康《とくがわいえやす》——内心は誰にも好かれない叔父さん。でも無視するわけにはいかない。訪ねてくるごとに子供たちへのおみやげを欠かさないのはこの人だけだから。もっともボンボンとか折紙とか大して金目《かねめ》のおみやげではない。

後藤又兵衛《ごとうまたべえ》——黙殺!

木村長門守《きむらながとのかみ》——みんな夢中で賞めたいのを我慢しているのは奥様に御遠慮申し上げてかしらん。

石田三成《いしだみつなり》——芸術家! 私たちがもっと円熟すればこの人の妙味がわかってくるのだろう。

淀君《よどぎみ》——いや!

豊太閤《ほうたいこう》——ともかく英雄豪傑。

秀頼《ひでより》——兄さんのような気がする方は手を挙げて! おや、誰もないんですか。

ざっと右の通り。

時間の関係で造幣局を見逃しのストライクに終らせたことは、倫理的な立場から考えても残念なことだった。ユダに、油じみた機械が一分間に何千万円もの金銀貨幣を無造作に排泄する現場を見学させておいたら、彼はおそらくキリストを売らなかったであろう。殿《しんが》りの見物は古刹四天王寺《してんのうじ》である。神《かん》さびた古代建築の精華に魂を奪われる閨秀《けいしゅう》考古学徒もあれば、それには発育満点のお尻《しり》を向けぎりでもっぱら池の亀の子にからかっている考現学の騒々しい一団もある。どちらが良妻賢母たり得るかは神のみぞ知る。書きそびれたが、昨日ケーブル・カーから帽子を落下させて引力の法則をためされた間崎先生は、今日道頓堀《どうとんぼり》の百貨店で新しいのをお求めになった。色はうす鼠、サイズは七インチ、お値段は三円七十銭である。眼庇《まびさし》が深すぎるとか、折り方が意気だとか、若いとか老けてるとか、衆議まちまちである。七尺の近さで師を月旦する天罰たちどころに下って、最後は天王寺駅まで駈け足をやらされた。エライコッチャ、エライコッチャ。（江波恵子記）

記録班第六報

青丹《あおに》よし奈良の都に来た。猿沢《さるさわ》池畔《ちはん》の衣掛けの柳は微風に揺られて我らをウェルカムする。昔さる帝《みかど》の御寵愛を得た官女が容姿衰えしを嘆いてこの柳に着衣をかけて入水をしたとか。我らはやりたつ近代性を抑えて「まあ！」と一応は古風なセンチメントに共感の吐息を洩らしたことである。さて、案内記によれば、亭々とした老杉の木立に囲まれた春日《かすが》神社の丹塗《にぬ》りの社殿は驚異的に美しい。だが我らの芸術性は神社仏閣にはまったく食傷していて、いっそ恨めしいくらいだった。お賽銭を献じて白衣に緋《ひ》の袴をつけ髪を古風なおすべらかしに垂れた若い巫女さんにお神楽を奏していただいた。これは面白かったが、すんでから皆さんでワイワイ感想発表をし合っていると何か気に触れたことでもあったのか、神々しく装った巫女の口から、聞えないと思ってか、

「生意気な女学生たちやな」と思いがけない下卑た言葉が吐き出されたので一ぺんでいやになった。

嫩草山《わかくさやま》のなだらかな傾斜に鹿が遊んでいた。可愛い、やはり生き物ほどなつかしいものはない。人知の限りをつくした建築も美術も、我らの魂を休めてくれる点で子鹿の眼の無邪気なまたたきに及ばないのだ。願わくば我らの髪、眼、口、頬もまた、それを眺める人々に清らかな喜びを与える無憂華《むゆうげ》の一輪ずつであれ。

大仏を見る。古代日本が生んだ偉大なるジャイアント。量的には確かに圧倒されるけど動きがない。静中動ありなんていう深遠な学説はごめんである。なぜ動中の動であってはいけないのか。Aさん曰く、

「ボク文部大臣になったら屋根をひっぱがして大仏氏に青空をみせてやるがなあ、そしてボク

小使にしかなれなかったら大仏氏の肩や膝にたまった埃を払ってやるがなあ」

Bさんまぜっかえして曰く、

「そして花嫁にしかなれなかったら新婚旅行に来てやるがなあ、でしょう」

「あんなことを言う。よし、ボク断然大臣になることにきめたわ」

「女の大臣なんてあって？」

「あるわよ、日本になくったって……ウルグァイだかパラグァイだか……ローノーソレンポーだか、ともかくちゃんとあってよ」

「ローノーソレンポーなんてたよりない発音の国あるかしら」

「教えてあげましょうね、労農ソ連邦ならソビエト・ロシアでしょう」

「やられたあ――」

古草履のように疲れ果てた我らは東大寺の裏手の草原に寝ころんでこんな清談にふけっていた。すると突然ドッという喊声《かんせい》が上がって、異様な扮装をした二、三十人の昔のサムライどもが刀をぬきつれて追いつ追われつ、我らの眼前に出現した。一同呆然とする。赤い打掛を着たお姫様も交っていたが、この人たちは市川右太衛門《いちかわうたえもん》氏のロケーション一行である。この見学には皆夢中になった。だが、殺された人間が起き上がって煙草を吸ったり鼻唄をうたったりするナンセンスにはちょっと笑えない凄味があった。

「あのすぐに殺される輩は持ち弁当で日給三十銭ぐらいで働いているんです」

案内人が間崎先生にこんなことを教えていた。しかしともかく面白かった。撮影がすむと皆の眼が樹蔭に足を投げ出して休んでいる右太衛門氏に注がれた。と我らの山形先生がチョコチョコと（失礼）そのそばに歩みより、小首を傾けられておっしゃるには、

「あの座長さんでございますか」

「……へえ」

「私どもは、遠方から旅行に参ったものですが、あの、生徒が大変珍しがっておりますので、およろしかったら、も一つ何かみせていただけませんでしょうか」

山形先生と座長さん。我らはドッと声援を送った。涙がこぼれ出そうに山形先生をお好きに感じた。座長さんはニヤリとされて、

「よろしゅうおます……おい」

またチャンバラが始った。御自分は煙草を吹かして相変らず休んでおられる座長さんのところには、いつの間にかAさんBさんCさんの群れが押しかけてサインをせがんでいた。で、ロケーション見学に関する私の結論はと言えば、つまる面とつまらぬ面とを具えた世の中の出来事の一つにすぎないという感じだ。

私は道草をくいすぎた。再び私の急速調をとり戻してこの通信を終えようと思う。ああその

かみの平城京、今はのどかな遊覧都市でしかない。大梵鐘《だいぼんしょう》の音も遠くかすんで七堂伽藍はいと麗《うら》らか。ビルシャ那仏《なぶつ》は柔和に半眼をみひらいて千古の夢に陶酔し、黄金厨子《ずし》に細々と立ちのぼる紫煙は生命の脆さと美しさとを暗示する。人恋うて鳴く鹿の哀音は仲麻呂《なかまろ》のノスタルジアか。藤色の空に物憂い昼の月が出ている。卯の花のように白い白い月が。(江波恵子記)

追伸　皆さんは日本髪につける緋鹿《ひが》の子の由来を御存じ? 鹿は大変軽産で子を産んで三十分もするとその子を連れて散歩に出かけるんですって。だから鹿の斑らな毛並みを模様に染めたあれは安産のお守なんですと。それをしかも頭にのっけるなんて愉快じゃない? 私は何だかお下げの頭が急にうすら寒い感じがしてきちゃった。

記録班第七報

鳥羽《とば》に着く。日和山《ひよりやま》から見る鳥瞰図《ちょうかんず》はクレパス画の輝き、アイス・カルピスの颯爽たる味覚。志摩《しま》の海底深く真珠貝の美しい幻想をこめて、沖合はるか夢みるように横たわる渥美《あつみ》半島。風のない海面をセピア色の煙りをなびかせて蒸汽船が一艘すべっていく。夜ともなれば岬の燈台にオレンジ色の灯がともる。

伊勢神宮。清冽な五十鈴《いすず》の河原に、風は緑を湧き立たせ、水底にひらめく金鱗銀鱗の瞥見はあえかにも美しい。参道の玉砂利を踏む靴音もおのずからに歩調が整い、シュンシュンと頭に沁みこむ。鬱蒼たる樹間に神鳥は飛び交い、老杉の木の下道を白鶏がおぼつかない足どりで逍《しょう》遥《よう》する。

寂寥たるおおそのしじま。木綿付鳥《ゆうつけどり》の雄叫びに白銀の木魂はうち振い、太しく揺るぎなき白木の宮居の玉柱に建国二千六百年の神さびた力の匂いをみる。栄あれ、神国日本のメッカ！

宇治山田《うじやまだ》に引っ返して小憩す。ここの名物は徴古館に赤福餅、黄金枇杷《こがねびわ》、菊一文字の短刀などである。（江波恵子記）

二十二

近畿の名所古蹟を歴覧して六日目の午後再び東京に舞い戻った。腹痛や頭痛で半日休む程度の病人はざらにあったが、一名の落伍者もなくここまで無事に引っ返せたことを思うと、あわただしい行程が今さらのように顧みられて何がなしホッとする気持だった。

「おや、ミス・ケートが来てるわ」

「ミス・ケート」「ミス・ケート」

出口に向う行列の先頭に立った生徒たちの叫びがたちまち最後尾まで反響し、列中からバラバラと抜け駈けする者が続出して、みてる間に列が崩れてしまった。

だがほんとにミス・ケートのなつかしい姿がそこに見られた。ややこしく縮れた赤毛の上に黒い編み帽子を戴き、つやつやした大きな赭ら顔に濃い湯気がめぐってるようなわけの判らない笑いをいっぱいににじませ、片足を必要以上に前方に突き出すいつもの身がまえで悠然と立っていた。折り曲げたたくましい腕首から水色のパラソルが玩具《おもちゃ》のようにつり下がっている。

(ああ、ミス・ケートがあそこで『休め』をしている！)——間崎は旅やつれした頬をゆるませておのずと微笑んだ。ミス・ケートのこの独特な開脚法は肥満した体格のせいであることはもちろんだが、式日や祭日などの厳粛な席上でもこれ以外の直立姿勢はとれず、間崎は、この義足かなんぞのようにぶきっちょにつき出された前足を眺めていると、思いがけないエロな感じを嗅ぎつけてくすぐったい気持にさせられることもあった。

「……矢田さん、なお子さん、ヒデ子さん、吉岡さん、私約束守りました。貴女がたを迎えに来ました。石井さん、田代さん……」

ミス・ケートは集い寄る生徒の群れを片端から名を呼んで握手を交わし、いささかも倦怠の色を示さなかった。彼女の背後には、詰襟の黒い法服をまとったノッポの西洋人が立っており、顎鬚をしごき白い歯並みを現わしながら、ミス・ケートのお相伴でしきりに生徒たちへうなずき返していた。二人を中心にすでに顔なじみの卒業生や生徒の身寄りの人々が一団に群がっていた。

「ただいま帰りました。わざわざお出迎えいただきましてありがとうございます」

山形先生が鄭重な作法で久闊《きゆうかつ》の挨拶を述べた。

「お帰りなさい、大変疲れましたね……」

ミス・ケートはさすがに出しかけた手をひっこめて日本流のぎごちないお辞儀を返した。

「おお、Y先生、間崎先生、しばらくです。……間崎先生痩せました。ほんとに痩せました。元気ですか」

「はい、私は旅に出るとよけい眠れません……。しかし元気です」

「アハ、眠れない、センチメンタル・ボーイ！　アハハハ」

ミス・ケートは上機嫌で間崎の肩をポンとたたいた。ついでに後ろに立っているノッポの牧師さんを自分の友人であると紹介し、実はこの友人が生徒たちに御馳走をしたいと言ってるが、六時から横浜で開催されるある集りに二人とも出席する関係上、時間をきりつめてここからすぐ生徒を日比谷の料理店に案内したいからそのように計ってくれという指図だった。一刻も早く畳にあこがれていた間崎たちにとっては、好意はありがたいにせよ、相当迷惑な思いつきであったが、鶴の一と声で、ひとまず手荷物だけを自動車に載せて宿に送り届け、そのまま長い隊列を組んで日比谷公園に繰り出して行った。出迎え人たちもハッキリしない顔つきで列の後ろに続いた。

「先生。……いかがでしたの」

卒業生の吉水ユリ子だった。今日は角帽を止めてセルの単衣に赤い帯をしめていた。

「うん、……まず行って来ましたよ」

「あら、それだけですか」

「……居ハ心ヲ新ニスとかいう格言を感じました」

「どんなわけですか」

「立派な宿に着くと生徒は黙っていてもおとなしいし、粗末な宿だと立居振舞がぞんざいになります」

「ほかにどんなことを感じましたの」

「……極度の窮乏は性の意識を稀薄にするということです」

「おや、わけをきいてもいいことでしょうか」

「簡単なことですよ、くたぶれきってどこかの夜汽車に乗ったのです。あいにく大変混んでおりました。ふだん心や身体に余裕がある時ですと、僕は生徒として同時に異性として両様に彼らを意識にうつしているのですが、——間違ったことではないと思います——眠い、狭苦しい、つまらないその時には、誰も彼も一様なデクの坊にしかみえませんでした。ふと夜中に眼がさめてみますと、僕は重なり合って眠っている二人の生徒の一人の背中に胸を、一人の首筋に顔を押しつけて鼾をかいていたらしいのです。首筋の所には僕の口から洩れたらしい涎《よだれ》のあとがついておりました。それをムッと睨み据えながらコイツらの身体は何だって羽根布団のように柔らかく出来てやがらないんだと、恐ろしく不満だったものです。——それで、あの時のあの気持をどこまでも押しつめていくと、原生動物になりきって、個体分裂の生存法が営まれそうに考えたのです……」

吉水さんはしばらく黙っていた。が、舗道をピタピタ踏む草履の音で間崎の所説を軽く弾き返しているようにも感じられた。

「——私たちの文化はある絶対純一の境地を目ざして進んでいます。だけどそれは先生が今匂わせたような去勢された影の世界では決してないと思いますわ。性の意識を喪失するといっても、そのつかみ方は、窮乏から入るんじゃなくて、我々の精神を高度に飛躍させるところから入らなければ嘘だと思います。先生は真理を逆の方面から試される」

四角な感じの白い顔に若々しい血がさしていた。この人だけの美しさだ。

「そうなんです。そして誰かにきびしい鞭でひっぱたかれるのが好きなんです。……だが心配しないでください。教師としての僕はスケプティックな面を生徒に露わすことはしませんから……」

「でも習性はいつのまにか性格になりますわ。……私は負け嫌いですから、少しぐらい不消化でも物事に正面からかじりつくのが好きです。けれどもときどきは私の代りに誰かが胃袋の底にたまったカスを吐瀉してくれることを欲します。懐疑論をききたくなるのです。……このごろ私たちの学校にも『赤』の理論が入って来てるんですけど、私は皆さんがあまり透き通った熱情をもつものですから、かえって寂しいような気持にさせられております……」

「僕のは自分のものぐさな生れつきから来てるんですが、やはり貴女と同じように考えることがあります。理論があまり整いすぎているとうそ寒いようでそばへ近づけない。――けれどもそのことを大きな声でわめき立てる資格は僕にはない……」

「ええ、ありませんわ、私にも」

「――貴女は何がいちばん好きですか」

「私？　やはり学問ですわ。地下室で人体解剖などをやってる時の峻烈な気分――あんなのを私の生活のシンにしたいと思っておりますの」

間崎はある感動に打たれた。そして、彼の周囲に明るく展けた街の外貌の底深く彫りこまれた数条の細い白熱線を空にみつめ、自分の生命がそのどれにつながっていることか寂しく感じた。

「でもそれでは遊戯の分子が少なすぎはしませんか。すぐに疲れる」

「そうかも知れません。疲れるまでそうしておりますわ……」

間崎はうつむき加減に歩いていた。瞳の下半部につぎつぎとうつってくる吉水さんの足の運びが、血の池針の山でも突破しそうな、静かな底知れない力を含んでいるものに感じられた。そして、裾さばきの青いヒラヒラが、切断された視覚に旗のようになびいては消えた。

「貴女は世間並みのじょうだんや悪ふざけには興味がもてないんでしょうね」

「そうでもありませんわ。……自分でしようと思わないだけですわ」

ちょうどその時年寄の夫婦連れが二人の間を割って通りすぎた。間崎はわざと遅れて一人ぽっちで歩き出した。もっと話したいような気もしたが、疲れてもいるし、半端な時間でもあるし、間崎は気楽なほうを選んだわけであった。

彼の交友録を省みると、際立った、妙に気がかりな現象が一つ目につく。それは男であれ女であれ信頼をおける相手に遭遇した時、ついあせり気味に手を換え品を換えてこちらから相手にぶつかっていき、君はこれこれだが自分はかくかくだ、君の足は十一文だが僕のは九文半だ、等々相互の差異を細かいところまで熱心にほじくり出し、あげくの果てがボンヤリしたばかりしい気持で相手から遠ざかってしまう（いや遠ざけられるのだ）という現象だった。ちょっとの接触で吉水ユリ子もそういう相手の一人らしく感じられた……。

料理店についた。生徒たちは意外なお振舞にあずかったので大喜びでナイフやフォークをがちゃつかせながら旅の恥はかき捨ての健啖《けんたん》ぶりを示した。洋食の作法は一と通り教わっているわけだが、理論と実際は一致しがたいとみえて、まだ食べるつもりのお皿をとり上げられて「ざんねん！」と給仕の後ろ姿に小声でつぶやく者、御馳走の換えっこを早業で演じている者、肉が切れなくて苦心惨憺している者、およそにぎやかな食卓風景を現出していた。無理強いに会食させられた出迎え人たちの一団は、末席の方に窮屈そうに坐ってボソボソ御馳走をつっいていた。やがて主人役の牧師さんの長ったらしい歓迎の辞があり、それに対して玉井ミツが生徒代表で簡潔な謝辞をのべ、灯ともしごろ散会になったが、サイン狂の一生徒が間崎にみせた署名帳には、ノッポの牧師さんの姓名を「ジョン・マッコール」と記してあった。間崎はふとその名前が、いつか学校でミス・ケートが校僕に出させた手紙の宛名人であったことを思い出し、なぜかこの二人はほんとに仲のいい老友同士なのだと考えたりした。

宿に帰るとここにも八十余名分の夕食が準備されていた。前約があったのだから止むを得ないが、それでも生徒の半分ぐらいは箸をとり、中には御飯のお代りをする者もあった。ひやかしてやると、洋食はみるのも嫌いで、さっきの料理店ではお茶を二た口ばかし飲んだだけだなど言う。

ようやく自由散歩が許された。都会で過す最後の夜だというので門限に一時間のプレミアムが付せられ、それに狂喜した生徒たちは、あっちでもこっちでもパチンパチン蟇口の中を覗き込みながら泡が消え失せるようにあっけなく、つぎつぎに姿をかき消してしまった。疲れて動けないのが十二、三人ばかり居残って、手紙を書いたり、歌を唄ったり、荷物を整理したりしていた。山形先生と、Y先生は部屋にこもって毎晩の仕事にしている会計検査を始めた。

間崎は広間に寝ころんで生徒から流行歌などを教わっていたが、機をみて、褞袍《どてら》の懐ろから一通の手紙を探り出して封をきった。さっき宿の番頭から手渡された橋本先生からの手紙だった。小型の色刷りの用箋二枚ぎりに癖のない行書体の走り書きでいっぱいにつめて書いてあるのや、インクの色がうすいのまで妙に裏切られた物足りない感じがした。

貴方のお手紙と同時に叔父さんからのお手紙も着きました。貴方を大変賞めて——というよりは羨ましい人だと言っております。私のことをいろいろ話したそうですが、叔父さんの話を全部信じてはいけません。人と人との交渉は言葉では明瞭に言い現わせない部分が多いものだと思いますのに、叔父さんの話はきっと幾何の図形のように論理整然としていたことだろうと思います。それはあの人の主義の無意味な影響が現われたにすぎないものです。最初に心理を設定してその鋳型の中に実践をあてはめて行こうとするのです。貴方のやり方とはまったく反対な立場です。どちらが正しいのか判りませんが、人類の文明史は、叔父さん側の原型と貴方側の原型との間を振子のように往復して今日に至ったものではないでしょうか。

貴方のお手紙、心待ちにしていただけに大分がっかりしましたわ。私は手紙というものはそれを貰った人に喜びを与える性質のものでなければならないと考えております。愚痴や弱音は自分の胸に埋めてしまうべきで、もしそれが耐えがたいほど根強いものであったならば、それこそ昔の人がやったように土に穴を掘ってその中に恨みつらみの数々を埋葬するがよいのです。貴方のふとしたお手紙に関してあまりに大げさな所感を連ねてしまいましたが、私の持論とするところは、人と人とが結びつくのに弱い暗い面からしてはならない、明るい強い面から入らねばならないということです。

私はこのごろ一生懸命に勉強しております。生活に甘やかされると取り返しがつかないことになってしまいますから。

お留守中、学校には変りありません。佐々木先生が私宛てのお手紙をみて『なんだ、間崎君は女の先生にばかり手紙をよこしてけしからん』といきまいておりましたっけ。きっとどやされますわ。

いろいろなこと拝眉の上で申し上げます。元気でお帰りください。不一。

追伸　ミス・ケートは横浜で開催される会議に出席のため昨日上京いたしました。貴方がたを迎えに出ると言ってましたからきっとお会いになったことと思います。

間崎はそれが一と続きの文章でもあるかのように二、三回繰り返して読んだ。初めは手紙を貰えたという事実だけで、それを手渡してくれた宿の番頭が福の神に見えたほど嬉しかったが、その興奮が鎮まると、用箋や書きぶりに不満を感じ、今度はさらに内容までが白々しい辞令一点張りのものに思われてきた。つまらなかったが、しかし自分が書いた手紙の内容に考え及ぶとむしろ親切な返書だと言わなければならなかった。で、間崎はそこらにあった生徒の手提げ袋をひきよせて枕にあてがいながら、手紙をつまんだ片手を畳に匍わせて、このかい撫でな文面から何か心に刻まれるような考えごとを漁ろうといらいらした。一つだけ辛うじてまとまった。それは「人と人とが結びつくのに弱い暗い面からしてはならない、明るい強い面から入らねばならない」という一節だった。吉水ユリ子もついさっき真実という問題でそっくり同じ調子の抗議を申し立てた。これが進歩した現代婦人の一般的な傾向なのかも知れない。恋愛という特殊な対人関係だけについて考えても「新内《しんない》」とか「清元《きよもと》」とかに現われた類型的な情調は、人間の消極面から胚胎《はいたい》しているものであり、昔はこの態度で人事百般に処して怪まなかったところだ。だが、このことは必ずしも為政者のカラクリや経済組織の欠陥などに帰せらるべき後天性の現象ではなく、人間のつくり方の最奥部にひそんでいる宿命的な色彩であると思うのだ。男女が相愛するという事実には強さも明るさもおのずから限度が存し、着色された表皮の底には理屈で嚙みきれない相互のあわれみ、へつらい、呆然の気が原始の姿のままに低迷している。ならばこの永遠の湿地に腰を据えて無為にして化するを念願とする生き方も否定さるべきではないはずだ……。

二十三

「せんせい……謎々《なぞなぞ》を始めましたから先生も入ってください」

「よし、入る」

間崎は手紙を懐ろにねじこんで肱枕をして生徒らの方に向き直った。

「食べるほど殖えるものはなあに」

「南京豆の殻」

「土の中の赤ン坊はなあに」

「にんじん」

「別れても必ず会うものは」

「帯」

一人が言うより早く誰かが答えた。しかし聞いていると面白かった。

「じゃ私むずかしいの出すわ。千人の小僧が綱引きしてるものなあに」

「千人の小僧?」

今度はなかなか答えが出なかった。間崎も笑いながらあれこれと思案したが判らなかった。

「――わかった、マッチ!」

「ちがう、マッチも千人の小僧がいるか知れないけど、綱引きはしてませんよ、お気の毒さま……」

出題者ははらばって太い足を膝からバタンバタンやりながら得意げな様子だった。

「先生判る?」

「判らん」

「先生まで判らないんですものねえ、そんなの無理だわよ……」

判らないことが間崎のせいにされそうな形勢だった。

「じゃ言うわ、――納豆。そうでしょう、みんなで綱引きしてるわよ」

「なあんだ」

「ずるいわ。あんなの小僧じゃないわよ。腐った豆じゃありませんか……」

「そんな人をコロンブスの卵と言うんだわ、ね、先生、今度先生何か考えておっしゃってよ」

「知らん、先生は歌留多《かるた》だとか頓知《とんち》だとかは鈍いほうですぐ忘れちまうんだよ」

「何でもいいわ」「一つだけ」

床の間にかがんで手紙を書いていた生徒らも後ろに向き直って一緒に囃し立てた。

「困るな、そんならやるよ、小さい時、田舎のお祖父さんから教わったの、たった一つぎり覚えてるんだ。いいかね——恐くて臭くて甘《うま》いものはなあに」

それだけ聞いて生徒らは腹をヒクヒクさせて笑いころげた。間崎も笑った。ちょうど布団を運びに廊下を往復していた女中の一人も敷居際の柱によりかかって室内を覗き込んだ。海ほおずきをグッグッ鳴らしていた。

「そんなのないわよ」「でたらめだわ」「撤回を命じます」

「何が撤回だ。大好きなお祖父さんから教わったんだからこれ一つだけはちゃんと覚えてたんじゃないか。——みんな降参だね」

「降参々々」「異議なし」

「じゃ教える。恐くて臭くて甘いものは、鬼が便所で餅を食っているんだ、ウフフ……」

生徒が一斉にわめき出そうとした途端に思いがけない人物がその気勢を殺《そ》いだ。というのは室を覗き込んでいた小肥りなチビの女中が、間崎の解答がなされるや否や喉を裏返しにしたような奇声を発して猛烈に笑い出し、柱によりかかったままベタベタ崩れて腰が抜けたように廊下に坐り込んでしまったからだ。間を置いて、生徒らはにわかにドッと吹き出した。チビの女中は匍うようにしてどこかへ逃げて行った。間崎は呆然とした。ようやく笑いが鎮まると、一人が、

「あの人汚ないわ、こんなとこにほおずきを吐き出して行ったわよ」

懐紙で畳の上からそれらしいものをつまんで廊下の外の闇に捨てた。笑いくたびれて謎遊びはお流れになった。

「今度は銀貨隠しをしましょうよ、山形先生やY先生もお仲間に入れて」

「賛成々々」

せっかくうるおいかけた室内の空気に未練を覚えたらしい二、三の生徒が新しい遊びを提案した。この遊びは人数が二た組に分れて向い合って並び、敵の監視の前で味方の手から手へ銀貨を送ってやるのだが、逓送《ていそう》動作が最後の味方にまで及んだ時、みんなが両手を前方につき出して、どの握り拳に銀貨が隠されているかを当てるのである。当て方は逆コースで行ない、銀貨がないと思った手から順次に開かせて、残った拳の数だけが番の組の得点になるのである。旅行中、奈良の宿でも間崎はこの遊びに加わったが、隠し方当て方とも、単純な仕草の中に個性のひらめきがうかがわれる面白い遊戯だった。今夜は何かを賭けて一段と興を添えようという。一人が山形先生らを呼びに行った。

「さっきから大変おにぎやかでしたね。……銀貨隠しですって。私が入ると入ったほうが負けますよ。私は隠していれば知らんふりが出来ないし、隠さないのにもったいぶった顔も出来ない性質ですから……」

それはほんとのことだった。山形先生が隠すと大抵の場合すぐ見破られてしまうが、しかし双方にそういう穴が一つずつはさまっているとゲームが無邪気な興味を増すことにもなるのだ。

A子とB子が組分けのじゃんけんをうつ。ポイ、ポイ、ポイ！　A子の鋏がB子の紙を切った。とA子は意気込んで、

「あたし間崎先生！」

「ああら」「ああら」

「だって、だって間崎先生がいちばんずるいんですもの」

A子は赧くなって弁明する。

「ずるいとは何だ。そんなに言うなら働いてやらないぞ」

「困るわ、あたし、皆でいじめるんですもの……」

「あたしは山形先生」「Y先生」「C子さん」

組み分けの過程を細かくみつめていると、指名者、被指名者間の親疎《しんそ》その他の交渉が一人々々表情に反映して、正視に耐えない生まな心の動きに面接することがあった。七名ずつ並

び大名のように威儀を正して敵味方相対す。Y先生は自らゲームに鈍いと称して援助される意味で間崎のそばに坐った。山形先生方の先攻で試合が開始された。味方は十四の眼を光らせて、先鋒から順次に伝達される銀貨送りの手の動きを蟻も逃さじと監視する。やがて敵の十四個の拳が揃って前方に突き出される。味方はガヤガヤ評定を重ねながら一つ一つ空の拳を開かせていく。およそ銀貨の所在を嗅ぎ当てる二つの定石法があった。最初の逓送工作中の手の形で鑑別するのと、それが終った後の顔色から読み分けるのと、顔色についていえば、隠してる者が隠してない色をみせるノーマルな方法と、その裏をかいて隠してる者が隠してる色をことさらに誇示する非常な方法と、二つの基本表情があった。並びの影武者どももこの顔色のどちらかを使い分けするが、人ごとに番ごとにこのカムフラージュは複雑多様に組み合わされて敵の眼を眩惑するのである。第一回山形先生方は六点を獲得した。いよいよ「いちばんずるい」間崎方の攻撃である。

「さあ大変だ、私ンとこへ来ちゃったんだけど困ったわ、間崎先生よくって?」

Y先生は一人でゲラゲラ笑いながら両手を壺形に合わせて五、六回宙に振ってからサッと二つに手を切った。間崎は一つの掌で丸い管をこしらえ、一つの掌をその下受けにして管をおいながらY先生の方に差し出した。

「よくって。……洩らしちゃだめよ」

Y先生はのしかかるように上体を傾けて間崎の管に自分の拳をぴったり押しつけた。渡すかと思うとツイと手を放して大きな身体でいやいやをしながら、

「だめだめ、みられそうなんですもの、先生もっとしっかりかまえなきゃあだめよ」

今度は片膝を浮かせて間崎のあぐらの端に乗りかけるようにしながら、脂ぎった掌を強く重ねて身体中でグイグイ押しつけてきた。顔と顔がすれすれに接近して鼻の下のうっすらと黒い生毛が目につき、呼吸の匂いが生熱く絡みつく。間崎はいやだった。はたはY先生にバツを合わせてまたとない滑稽な出来事であるかのように笑いまぎらしていたが、底には頬骨を硬直させるようなイヤ味なものがくすぶっていることを見逃すわけにはいかなかった。悪気はないのだろうが鈍すぎる。ようやく授受が終ると、間崎は反撥的にあっけなく右隣のF子のひきしまった小さな掌に銀貨を振い落してやった。この子はさっきから間崎の胡坐のさきが、うすい靴下を透かして白くつやつやしい膝小僧に触れるごとにビクリとして居ずまいを正していた。右寒帯、左熱帯、妙なところに間崎の位置はあったのである。結果はY先生と間崎との心理的な受け渡しが円滑を欠いたのが禍いして三点しか獲得できなかった。

敵方が二回目の攻撃にうつって間もなく、海ほおずきを室へ吐き捨てていったチビの女中が顔を出して、

「間崎先生という方にお客様です。島森さんとおっしゃる方……」

「はあ、島森さん！」

間崎は弾かれたように不自然に立ち上がった。前のあわただしい会見があってからこの方、もう一度会ってみたいような会いたくないような、妙に気がかりな存在になっている人物であった。で、間崎は革帯《バンド》でしめた褞袍の前をかき合わせながらせかせかと階段を下りていった。セメンを敷いた広い三和土の真ん中に突っ立っている島森のくせの強い顔が飛びつくように間崎の視覚に焼きついた。今夜はセルに羽織を重ねた小ざっぱりした身姿で、例のつぶれた黒ソフトを斜めに頭のてっぺんに載っけていた。

「やあ、御無事で……。お暇でしたら散歩にお誘いしようと思って来ました」

帽子をちょっとどけた隙に丸いうす禿げが覗かれた。間崎は親しみを感じた。

「行きましょう……。実は貴方が来られないだろうと思ってましたが、もしやと思って今夜は残ってたところでした」

そのまま土間に並んだ貸し下駄をつっかけるのをみて、

「着更えませんか」

「いえ、下着やワイシャツが垢でまっくろですから……」

外へ出てから間崎はふと忘れ物を思い出し、玄関に引っ返して履脱ぎ台から二階のＹ先生を呼んだ。すぐに下りて来た。

「なに？　お出かけ？」

「うん、それでお金がいるんだけど……。僕の内ポケットからもって来てくれない」

「いいわよ、私のもってらっしゃい、後で返してもらえばいいわ、返さなくもいいの」

首をかがめて外の島森を透かし見ながら、懐ろから抜いた朱色の革財布を手渡してくれた。

「借ります。空っぽになっても知らないから……」

「ええ、ええ、どうせたくさん入ってますから……。悪いところに行っちゃいけませんよ」

そう言って人差指で間崎の肩先を小突いたかと思うと自分も下駄をつっかけて外まで見送りに出て来た。間崎は心やすだてにうっかり頼みごとをもちかけたことを後悔した。

「行ってらっしゃいまし」

島森へも等分に頭を下げて言う。

二十四

「——あれ、誰ですか」

十足以上も歩いてから島森が振り向いて小声に訊ねた。

「手をあげて振ったりしてますよ……」

「Y先生というのです。家事を教えてる人です」

「いい体格の人ですね、のんきそうな……」

「いい人です、女の天職は家事や育児にあると信じて疑わない人です」

「そうですよ。家庭や男に従属した奴隷でさえなければ確かにそれが婦人の天職だと思いますね。……右も左も女女ではやはり羨ましいな、旅行中は寝室も一緒ですか」

「まさか。――でもいつか風呂が一緒だったことがあります」

「ほう風呂が？……そんなことといいんですか」

ほんとにびっくりしたような口吻だった。が、その率直さがかえって、このごろじゅう、間崎の胸に悶えていたある生々しい経験を洗いざらいに吐き出してしまいたい勇気を振い立たせたのでもあった。

「そりゃあいけないことですが、僕のせいじゃあない、まったく偶然の出来事だったんです。……あとで、やましいぞと暗くなったり、いや何でもないことだと明るくなったり、今日まで少しずつ気にかかっていたんですが、貴方へ話すのなら後の祟《たた》りもないことですから一つ聞き手になって、僕の溜飲を下げさせてくれませんか」

間崎は細い神経を浮き浮きした仮面に託して、島森の都合のほどを窺った。

「貴方もソウトウだな。乗りかかった船だからあっさりしたところを一席拝聴しようかな……」

島森は生れた時から二個の黒い輪が顔の中央部を横断してたかに思われる大きな眼鏡の蔭から、睫の少い、黒い、つややかな眼を光らせて、ニコリともせずに言った。しかし顔中がどこかでおだやかに微笑んでいる。間崎は舌なめずりをして何かの続きを語るように滑らかな描写を試みた——。

「大阪では二流どこの立派な旅館に泊りました。午後自由外出が許されて生徒らがすっかり出払ったところへ、女中が風呂を知らせに来ましたのでさっそく頂戴に出かけて、一人きりでのんびりつかっておりました。風呂場はまがいの大理石やタイルで張った小綺麗なひろびろしたつくりなので、湯をかぶったり歌を唄ったり、自分の身体を検査したり、思わず長湯をしておりますと、隣の脱衣場で急にガヤガヤとうちの生徒らの話し声が聞えました。奴さんたち、帰ったかな、と思っていますと、

『一番でよかったわ。誰も来ないうちに私たちだけで入ってしまいましょう』

と勝手なことを言いながら流し場に飛び込んで来ました。誰かが湯槽《ゆぶね》へ足をつっこんだらしく『あちちちち……』と突然けたたましい声で叫びました。つづいて一人々々手を容れて湯加減を試すのか『あち』『あち』『あち』と各人各説の発声法で熱い事実を裏書きしておりました

が、ちょっとやそこらの埋め水では間に合いそうもなく、

『寒い！　風邪ひきそうだわ』

『これが温むまでにはみんな帰って来て混雑してしまうわ』

『つまんない。貴女もう鳥肌が出てよ、寒いでしょう』

不平満々なのも無理がないので、その前晩の宿では小さな家庭用みたいな風呂桶に芋を洗うように押し込まれて、シャボンも使えず、着物などは廊下の端に丸めておく、というひどい目に合っていたのです。そのうちに誰かが頓狂な声で、

『あっ、男湯へ入らない？　前を通ったら一つも着物がなかったわよ』

『だって――』

『湯槽は通ってないようだけど男湯だって熱いかも知れないわ』

『ぬるいかも知れないわ』

『だって――』

『温泉じゃ一緒だわよ』

『朝湯だって男の人が女湯のほうへ入りに来るんですって』

『風邪ひくわ……』

『入っちゃえ、入っちゃえ』

『誰が先導?』

こういう筒抜けな相談が交わされて衆議は男湯侵略に一決したらしいのです。脱衣場に着物がなかったという観察はそのはずで、僕は何の気なしに戸棚の中に押し込んでおいたのです。ペタペタ流し場を踏む跣《はだし》の音が乱れ聞えたかと思うと、仕切り壁の向こう端にとりつけられた小さな板戸がギーと細目にひきあけられました。

『ホラ、誰もいない、ね。湯加減もちょうどなのよ。石鹼のあとが流れてるわ』

『だいじょうぶ?……今日はア、ごめんください』

クスクス忍び笑いを洩らしながらさきだちの一人二人が完全に全裸体を室内に運び入れた気配でした。僕はどうしていたかと言いますと、水面から割合に高い大理石の縁に後頭部をよせかけて呼吸もつけずにじっと浴槽の中に沈んでおりました。困ってしまいました。なぜこんなことになったかと言いますと、初め生徒が熱いとか寒いとか評議をこらしていた時に、やあ困ってやがら、日頃骨を折らせる覿面《てきめん》の罰だ、困ったはてはどうするかな、などとうっかり面白いことに感じて、成り行きに耳を傾けていたのです。いよいよ男湯に遠征する議がまとまった時にも、ほっ、僕がいるのも知らないで今にみてみろ、流しのタイルに一人ずつ蛙のようにつく匍うから、と他人事みたいにしんしんと興じておりました。それが急に掌を返したような呼吸苦しい実感に変じたのは、仕切り壁の板がギーと鳴ってからのことでしたが、もうその時には自分の存在を警告する機を失して、亀の子のようにひたすら萎縮するばかりでした。

『あれえ』と先導の裸ン坊が悲鳴をあげました。

『人がいる……先生……』

それに点火されて一時にギャンという絶叫です。といってもさすがに賢い乙女心で周囲を憚る含み声ではありましたが。僕は仕様ことなしにショッパイ限りの顔をまわれ右させて、湯槽の縁からずっと覗かせますと、どうしたわけか白い生徒たちは境目の通路に目白押しにしゃがんで、それ以上出るでも入るでもなくクックッひしめき合っておりました。流し場に誰のシャボン箱か二つに割れて散乱し、楕円形の中身がタイルの上をツルツルすべっていくのが見えました。

『入るんなら入れ。風邪ひくとなお厄介だ』

僕はそう言ったつもりでしたが、喉にからんだいたずらなつぶやきに終ったらしく、そのうちに生徒の一人が変にしゃちこばった切口上で、

『先生、向こうは熱くて入れませんし、このままいると風邪ひくと思いますから、こちらに入れていただくことが出来ませんでしょうか』

『いいよ、入れ』

僕は威厳をこめて怒鳴り返しました。今度の声は聞えたのです。しばらく白い塊り同士でヒ

ソヒソささやき合っておりましたが、やがて一本のたくましい柱のようにスックと身を起しますと、案外悪びれずにしなやかな大股でタイルを踏み、大理石まがいの縁をまたいで、つぎつぎと透きとおった湯槽の中に身体を浸しました。全部で五個です。弁明しておきますが、貴方はこの話からうちの生徒がすれっからしだなどと推察しては大ばかですよ。旅の苦楽をともにして、平素のつつしみが造作ない家庭的な親しみに変じていたという以外には、一点の邪気も含んでいないのです……」

「認めますよ、僕も大ばかにされたくはありませんからな。……面白い、それからどうしました」

「それからですね――」

語りながら間崎は思いがけない流暢細密な描写が口をついてほとばしるのにわれながら驚いていた。あれから――何でもない偶然事だと歯牙にもかけない表面をよそおっていたが、実は心の底に常住くすぶって疑いの燐火をチロチロともやし続けていたものにちがいない。聞き手は不死身の生活者で（これは仮定である）間崎は大舟に乗った気でいる。

「それからですね。柔らかい湯気がなびく水面に円陣をつくって並んだお互いの顔をひとわたり見交わして、言い合わせたようにウフフフと笑い出したものです。まったくおかしいですからね。慣れてくるとおのずと口もほぐれ気も楽になりました。腕を肩のつけ根から水面に浮かせて種痘の痕を比べっこもしました。裸になると分りますが、僕のかたはずいぶん大きいもので、右腕に四つ、左腕に三つ、一銭銅貨を並べたように残っていますが、生徒があまりそれに驚きますので、

『これはだね、三つ並んだほうのはよくみると天地人と透かしぼりの字が刻んであり、四つのほうは四海同胞と読む。つまり先生は神様の申し子かも知れんのだ……』

生徒は口惜しがって、私のは私のはと鉤形に曲げた二の腕の部分を鼻先につきつけて争って解釈を求めましたが、そんなこと知るもんですかね、でたらめですもの。けれどもどの腕にも柔らかい力瘤《ちからこぶ》が現われて、お湯でうるけたかぼそい生毛が刷いたようにうっすらと目立っているのは、たとえようもない鄙《ひな》びた美しさでした。青くかげった水面とすれすれに白い小さな乳房が花びらのように沈んでもいましたよ。

『先生、お流しいたしましょうか』

『いいよ、てれくさいから……』

『まあ、四海同胞の神様があんなこと言ってらっしゃる……』

湯疲れと気疲れとで少しボーッとなったので、身体を拭いて上がりかけると、その後ろ恰好を眺めて、瘦せてる、肥ってる、いや中位だとあけすけな批評がはじまりましたっけ。……これを要するに、人間は日頃堅固だと信じている常識の殼から、ふとした機会には造作なく抜け

出られるものだということを実験したわけです。僕の場合で言えば、世紀末人の心理からギリシア的な精神に還元したとも言えるでしょう……」

実際の話は妙に熱っぽく吃りがちに語られたのであるが、間崎が伝えようと欲した概略は、右のような色彩と抑揚を帯びたものであった。

つまらない、実につまらない、何のためにこんな愚劣な話をもち出したんだ、おれは疲れているんだ、人間には黙っているしかない時があるのに、おれは未熟だからしょっちゅう何かをしゃべったり愚にもつかない小事にこだわったりして自分をごまかしているんだ……、こんな反省が青い棘のように神経をさすのを感じながら、それを感ずるほど間崎の舌は憑かれたような動きを止めないのであった。自分というものの正体を短時間に残りなく理解させようとあえぎ欲しているのである。これは自然の摂理に背いた非望だ。

島森は前のような受け身の姿を持して、間崎の呼吸切れした告白を聴いていた。

「……どうも、貴方は奇妙な生活力をもってるんですね。僕は貴方からむき出しなエロ談を拝聴するつもりでいたんですが、貴方が語ったのは笑っただけではすませない、変に絡むところがある一つの生活の形をなしている、それも実に奇妙な生活のね——。露骨に言うと、貴方は確かにある種のすぐれた生活の才能をもっている方だと思いますが、しかしそれは人生を正面から生き抜こうとする地道な本格的な能力でなくて、あちこちで道草を食いながら、小さな娯《たの》しみのかけらを拾い集めて満足しているといったふうな生き方です。僕は好みませんね……。人生に対するそんな肯定の仕方は、ある場合には人生を否定するよりももっと悪い結果をきたすんじゃないかと思います。……貴方は貴方のちょっとした経験に見事な手際で心理の尾鰭をくっつけて、品のいい、小綺麗な生活の相を描きあげる。しかしそれは生活の模写であって、幾つ積み重ねてもほんとの生活にはなりきれない……。ええと……ギリシア精神の復活とか言いましたね、それではもし、後で学校に帰ってから貴方の混浴事件が問題になり、父兄や世間がよごれた常識論で貴方の行動を非難するようになったら——大いにあり得ることです——、それに対しても貴方のギリシア精神は光りを消されずに掲げられているでしょうか。怪しいもんだと思いますね。僕はむしろそうなることを希んでおりますよ。貴方のその手際のいい生活の才能では処理しきれない大きな困難に出くわしたほうが貴方自身のためだとも思うんです。でもなければ、貴方はせっかくの素質を一生道草を食うことに消費してしまうでしょう……」

間崎は火で煽られるようにわけもなくただ熱かった。自分には一つも男らしくザックリ割れたところがない。女生徒と混浴して胸がドキドキした、——それだけですむ話を、一人よがりな末節心理の粉飾を施してやましい悦に浸っているのだ。表面の快活さに似ず、何という粘っこい陰性な人間であろう。島森の警告は一々掌《たなごころ》を指すごとく肯綮《こうけい》を衝いている。それにもかかわらず、おいそれと素直に屈服する気になれない不逞《ふてい》なものが、間崎の熱した血の流れの中に逆鱗のように突っ立っているのであった。理屈ではなく、理屈よりももっと厄介な何物かだった。

「……貴方は生活の才能とか評しましたが、なるほどそういえばそれでも差し支えないでしょうが、しかしその才能は僕の肉体に深く喰いこんでいて、血を流し肉を削らなければ今さら除くことが出来ないものらしいんです。とりはずしが自由に出来る小手先の才能とはちがいます。善いにせよ悪いにせよ、僕はこいつに頼って自分の道を進んで行くしかないのです。そんな意味で僕は、人が発明した思想に自分の理性や情熱を傾けつくして疑うところなく一直線に生きて行ける人たちの生活を羨ましく思うこともあるくらいです。……もし、将来、僕が貴方の奨めるような生き方をとることがあるとしても、それは頭で考えて選択をするのではなく、僕のいわゆる道草を食う才能がどうにもならぬほど行きづまって、息苦しさのあまりに夢中で藻掻《もが》きまわった結果なのです。肉体の触覚のおかげなのです。認識など糞くらえってわけです……」

「……そこまで突き詰めた話になれば、僕にも反省すべき点は多々ありますが、しかし人間が生きて行くにはそんなにかたよった穿鑿《せんさく》はいらないいんじゃないかと思いますねえ……。貴方はある意味で非常に正直でもあり潔癖でもあるようですが、しかしその善さが目前の瑣末《さまつ》なものには活潑に働きかけるが、大きな正義には結びついていけないような危険性を伴っていると思います。こう言っても、貴方にはまたその先に控えている心理があるでしょうし、それでは際限がありませんから、当分貴方は貴方のやり方で進んで行くんですね、ただしひた向きで誠実でなければなりませんが……。そうすれば……」

島森はそこで急に口をつぐんだ。しかし間崎にはその言おうとする意味が分るように感じられた。で、鸚鵡返《おうむがえ》しに、暗い情熱をこめて、

「ひた向きにですね、疾犬《やまいぬ》のようにひた向きに……」

「ハハハ……。あっ、ここです。来ましたよ」

二十五

島森が足を止めたのは明るい裏通りのとある旅館の門前であった。宿を出た時から普通の散歩とはちがう気配が感じられたが、それをきき訊す暇もなく不意に立ち止られて、間崎はちょっと不安な気に閉ざされた。

どこかで珍しい虫の音が聞えた。

「そう、君にはまだ話してありませんでしたっけね、実は姉が君に会いたがっているのですよ、

スミ子の義母です。ここで待ち合わせる約束になっているのです、どうか会ってやってください」

「それは……」

間崎は横を向いて立ちすくんだ。会うのは何でもないが、初対面の婦人客の前にツンツルテンの貸し縕袍で出るのは気がひけるのだ。

「かまいませんよ、遠慮がいるような人間ではありませんから」

それで意をつくしたとでもいうようなあっさりした態度で、先に立って植え込みのある門内に踏み入り、玄関に立って案内を乞うた。間崎は襟前を掻き合わせながら仕方なく後について行った。

二人が案内されたのは二階の奥まった一室だった。電気スタンドで青く光りを沈ませた室内には、黒い薄地の着物をまとった恰幅の豊かな中年婦人が坐っていた。眼鏡をかけて、髪をこんもりとウェーブさせていたが、どちらも白くつややかな肉の厚い顔によく似合って見えた。

島森の紹介があって、

「はじめまして……。スミ子の義母《はは》でございます、いろいろお世話になりまして……」

「いえ、僕こそ……」

間崎は畳の上に狭く揃えた両手の間に鼻をつっこむような恰好のお辞儀をした。一と通りの挨拶をしてる間に茶菓《さか》やビールが運ばれた。島森が横合いから手を出してさっそく菓子をつまんだ。

「スミ子さんは向こうでどんなふうに暮していますか?」

「元気にやっております。……生徒にもいちばん好かれているようです」

「そうでしょうね、なかなかしっかりしてますから……。私はまた家にいる時のように天邪鬼を出して皆さんに御迷惑をおかけしてるんじゃないかと心配してましたが……」

「いいえ、そんなことはありません」

島森が口に食べ物を含んだ声で口を入れた。

「そんな調子で話してたんじゃ明日の朝までかかっても聞きたいことが聞けないじゃないか。要点をズバズバ言わなきゃあ……」

「ホホホ……。そんなにいきなり、ねえ先生、いくら何でも失礼だわ」

婦人は手の甲を口へ当てて笑い出した。肥えた喉許を通ってくる肉声は朗らかで気持がよかった。物を眺める時まぶしそうに眼を細めるのが癖で、そうするとただでさえ潤沢な瞳の黒が急に濃度を増してきらめき、実質以上にしっかりした印象を与える。しかし直接相手に迫って来る外見の第一特徴は、何といっても身体全体のつくりがゆったりとしており、ことに頭の塊りの感じが量的に見事な発育をとげており、艶があって肉が厚く、顎のあたりなど煙りのよう

に張りきった強い匂いの線で豊かにくくられている。間崎はその一種桁はずれな美しさに歯を噛み当てながら、

「いや、ほんとです。僕も旅の恥はかき捨てのつもりで率直に御返事しますからどんなことでもお尋ねください。いや僕のほうからお話ししましょう……。いま橋本先生が天邪鬼でないと申し上げましたが、少くとも僕に対してはときどきひどく手きびしいことがあります。と言っただけでは抽象的でちょっと分らないでしょうが……。例えば僕はあの人に頭をぶたれたことがあります、しかも街頭で――。仕方がないから僕は即興の俳句をつくって我慢しましたが……」

「まあ、頭を！　なんて真似をするんでしょう！」

婦人は反射的に生々しい不快の色を浮べ、眼を細くきらめかせて、さぐるように間崎の顔を注視した。

「うっかり尋ねるとあてられそうだが……仲のいい喧嘩でもしたんですか」

島森はニヤニヤ笑っていた。

「僕の生活や物の考え方が消極的でいけないからもっとしっかりしろというわけです」

「それにしたってみっともない……。啓ちゃんたちの新社会ではそんなことも男女同権で当り前のことなのかえ？」

「分らんね、マルクスは女が男を殴る可否については教えなかったよ。……ソクラテスは細君に水をぶっかけられたというがね」

島森の言葉には冷たいものが含まれていた。婦人は、はじめて見る卑屈なうす笑いを浮べて、

「でもお前、夫婦の場合は別さ。欠点をもった同士が年中一緒に暮してるんだからね……」

「それぞれ身につまされた聞き方をしているな。ハハハ……」

島森は乾いた声で笑った。婦人も釣られて痙攣的に笑い出し、顔中真っ赤に染めて間崎の方をチラッと盗み見た。この人もときどき水をぶっかけるのかも知れない……。

「あの人のはそんなだらしない気持じゃないんです。いろいろ話し合いをしていると、僕のほうが男で世間慣れしてるものですから、都合のいい言葉をよけいに知っている、それであの人はあせって、言葉で言い足りないところを肉体の動作で表現するということになるんだろうと思います……」

「すべて生活というのがそれでしょう。言葉なんていくら磨きをかけても生活にはなりきれませんからね。後から後から言い直しや追加が出て来て止む時がない。恋人たちが会えばなんにも言うことがないくせに、別れていてラブ・レターを書く段になると洛陽《らくよう》の紙価を暴騰させるほど書きまくっても満足できないようなものです。……貴方のその時の即興の俳句は何というんですか」

「——たたかれて頭は痛し春の風」

「——ちょっと歯がたたない世界だなあ」

島森は苦笑した。それぎり黙りこんで一、二度腕時計を眺めた。婦人はビールを注いだり果物の皮を剝いたり皿を配ったりするのが、どこの主婦もそうであるように、千手観音《せんじゅかんのん》のように捌きがもの慣れてあざやかだった。こんな何でもない円熟さには容易に敵しがたい底力がひそんでいることが多いものだ。橋本先生なぞ敵いっこない……。婦人はようやく相手に慣れた押しかぶせるような雄弁で、

「ね、間崎先生、私にはどうしても分らないんでございますよ。このごろの若い女の人はなぜあんなに物事を複雑にしたがるのでしょうね。簡単にすむことでもわざと手をかけてむずかしいものにしてしまう。例えばですね、私たちですと『ああ暑い、頭痛がしそうだわ』と率直に言うところを、あの人たちは『ああ頭痛がする、きっと暑すぎるからだわ』と反対に言ってしまいます。何にでも自分というものを真っ先に担《かつ》ぎ出さなきゃあ承知しないんですからね。誰だってそうしたいに違いありませんけど、社会は一個人のものじゃなし、半分は譲る、つつましくする、という心持でなければ平和にやっていけないと思いますわ。……私は御存じのようにスミ子さんとは継《まま》しい仲ですが、母親なんていうことはヌキにして、お友達としてでもあの人と仲好くやっていきたいと願っているんですけど、あの人のほうではちっともうちとけた素

直な気持になってくれないんでございますよ。あの人の父というのは、お人好しでぐうたらじ
個人主義者で、家庭的にはほんとに恵まれない子ですから、一層私はあの人を幸福にしてやら
なければならないと思っているのです。一緒に暮しているとお互いに髪を梳《す》いてやるとか着物
を着せてやるとか、表面はいかにも親しそうにふるまっておりますが、底には妙に冷たい気持
がわだかまっていて、それが溶けることがないのです。私は中途半端なことは大嫌いな性質で
すから、そんなでなくしたいとずいぶん努めてるのですが、うまくいかないで困っておりませ
の。隠し立てのないところ、あの人がわがままにすぎるんでございます。ちっとも素直じゃない
……」

その調子がすでに橋本先生と相容れる性質のものではない——と間崎は反射的に感じた。

「無理だと思います。どちらが善い悪いというんでなく素質が相反撥するように出来ているん
だと思います。例えば、僕の知ってる限りの橋本先生は、人から自分を呑み込まれることが大
嫌い、自分の心の領分を人に覗かれるのも大嫌い、そんな人だと思うんです。だから中途半端
が嫌いだとおっしゃる貴女のやり方で仲好くすることは、あの人にとっては苦痛に感じられる
ばかりだと思います。……無理をなさらないで自然にまかせておいたほうがよろしいかと思い
ます……」

「あの人をわがままだといったのも、私はそんな性質をさしていったつもりでしたが……。性

質だからってなおさないで平気でいるなんてそれもやっぱりわがままというものじゃないかしら……。でも諦めますわ、どうにもならないことですものねえ。あの人さえそれで仕合わせになっていってくれれば私には文句がないわけなんですから……」

婦人は話題を一転して、間崎たちの任地のありさまや学校の様子や今度の旅行のことやなぞ、あれこれと尋ね出した。島森は横を向いて紙片に何か書き込んでいたが、その仕事だけに没頭しているのでない証拠には、ふと興味を覚えたらしい話の時には、間崎の方を振り向いて自分からくわしい説明を求めたりした。例の畑の土のように無表情な柔らかい面持で——。

階上と階下と二ヵ所で時計が十時を打った。婦人はあっさりもう皆引き上げることにしようと言い出した。勘定を支払う時、婦人の蟇口に紙幣がギッシリつまっているのが覗かれ、間崎は何がなしに感心した。玄関に下りる途中、間崎は小用を足した。小さな明かり窓から隣家の屋根ごしに街の灯が見え、電車の軋《きし》る音が、爪のように、ほてった胸に襲いかかって来た。いつかもそっくり今と同じ状態にあったことがある。電車の騒音はなかったかも知れないが、やはり酒を飲んで心にもないおしゃべりを強いられ、途中で便所に立ってアンモニアの臭いを嗅ぐと、一時に凍りつくような虚無感に襲われ、その時には顔をこんなに歪めて、ヘッヘッヘッ……と声を出してみずからを蔑んだものである。今、彼は思い出すと同時に、その笑いを、その表情を、寸分違わず自分の上に反射していたのであった。……

門の前に自動車が停っていた。

「先生、およろしかったら宿までお送りしたいんですが……どうぞ」

「いえ、風に吹かれて歩いていきますから。ええ、ほんとにそのほうが勝手ですから」

「そうですか、じゃあここで……。スミ子さんには今夜のこと黙って……いえ、どうかありのままにおっしゃってください。そして今後もあの人の相談相手になってやってくださいませ。では、さよなら――」

ガソリンの淡い匂いがひととき残った。そのように淡い会見でもあった。

「じゃ僕も失敬します。……姉は将来自分の縁者になるかも知れない君に一と目会ってみたかったんです。もっとも縁者の思想は僕が吹きこんだのかも知れませんがね――、そして今夜の会見に満足していましたよ。……あいつにはまじめに暮すようにそう言ってください、これは君にもぜひそうしてもらいたいんです、まじめに――。では、さよなら。ああ、それから、あの美しい女学生の人に……江波さん……そうでしたっけね、どうかよろしく……」

島森はつぶれた黒ソフトを頭に載せ、家並みが狭く向い合った谷間のような路の上に、妙に印象深い後ろ姿を踊らせて足早やに立ち去った。

ひんやりする夜気が流れていた。間崎は、胸や腕や、外気に触れる部分をなるべく多く露出したしどけない褞袍姿で、人通りのまばらな裏町をあてもなくさまよっていった。（おれ山どうも女の人たちに好かれるたちらしい……。正確には、少しずつ好かれて大きく嫌われるのかしらん……）自分を酩酊したものと仮定し、その仮定を打ちこわしたくない不安なたよりない気持が触角のようにはかない動きを続けていた。あれもこれも嘘だらけ、ほんとなものは半ば宙に浮いたような飄々としたこのほろ酔いの気分だけ。ウィーイ、とおくびをさえ洩らして、行きずりの酒場に二、三軒立ち寄ってガブガブ酒を飲んだ。飲みながら懐ろから橋本先生の手紙を引き出して読みふけった。Y先生から借りた朱色の革財布を出して勘定を払う時、脂じみた銀貨も紙幣も不潔なものに感じられ、荒っぽく手づかみにしてテーブルの面にチャラチャラ投げ出した。そんなにしても財布を空っぽにする憂いはなし、また足にまかせてさまよい歩いていても間違いなしに宿にたどり着くであろうことも承知の上でのことだった。いまいましいがそのほかの動き方は出来ない小心な間崎慎太郎であった。

果して彼が宿所に帰ったのは門限の十一時ちょうどだった。大広間には畳が見えないほど一面に布団が敷きつめられ、もう大方の生徒は眼を閉じ口を閉じて安らかな眠りに入りかけていた。白い顔が果物でも並べたようにたくさんころがっているのは、それだけで心を楽しませる満ち足りた好ましい観物であった。

「先生、あの人たちは何をなさっているのですか」

柱にもたれて室の中をぼんやり眺めていたさっきのチビの女中が、後ろに立ちはだかった間崎を顧みて小声で尋ねた。間崎は伸び上がって指さされた室の一隅を覗いた。とそこには床を並べた七、八人の生徒が、寝巻に赤いしごきをしめた艶めいた姿で、枕に額を押しつけ、膝を揃えて打ち伏せって就寝前の黙禱《もくとう》を捧げていた。これは旅行中に舎生から流行り出した物真似で、黙禱中にもくすぐり合ったり、アーンと口を開いて周囲をそっと見回したり、何を祈ってるのか知れたものではなかったが……。

「あれはね、神様にお祈りを上げてるんだよ。うちの学校はキリスト教の学校なんだ」

説明してるうちに「アーメン」「アーメン」とつぶやく声が聞え、二、三人が顔を上げてこちらをチラッと眺めた。

「……先生、寝室を覗いてけいけません」

遠慮を含んだ、しかしハッキリした調子で誰かが叫んだ。と、静かに息づいていた白い顔があちこちでパチパチ目をさました。それをどう感違いしたものか、チビの女中はさっきとそっくりなけたたましい声で笑い立て、おまけに間崎がとんだ失敗をつかまれた人でもあるかのように、肩先をピシャリと殴って階下へ騒々しく駈け下りていった。間崎は白けた不快な気持で自分の室に引き上げた。

雨戸を立てきった狭い室内には寝るばかりに布団が敷きのべられ、枕許の火鉢には狸の形に作った鉄瓶がシュンシュンたぎっており、湿った湯気のぬくもりが飾りつけの少い粗末な室にしっとりした落ちつきを与えていた。

間崎はゴワゴワした敷布の上にどっかり胡坐を組んで熱いお茶を入れて飲んだ。家の内にも外にもまだ絶えず何かの物音が聞えていたが、それらはかえって周囲の静寂の深まったことを気づかせるにすぎないほど時が経っていたのだ。「清香夜煮茶」——間崎はどこかでみた扁額《へんがく》の句を思い出し、濁って疲れた頭の中で、その句と一脈通ずる底深いシンシンとした寂しさを嚙みしめていた。

唐紙が細目に引きあけられ、タオル地の寝衣に赤い伊達巻をしめたY先生が、足音を忍ばせて室の中に入って来た。

「あら、お帰りなさい……。そうおっしゃれば私がお茶をいれてあげましたのに」

寝床のわきに片手をついて横崩しに坐り込み、声さえもひくめて、ほんとにお茶道具に手をかけながら言う。間崎はそれをいやとも思わなかった。ズシリとはらばって懐ろから赤い財布をぬいて返しながら、

「ありがとう。数えないでジャンジャン費ったからいくらの借金になったか分らない」

「いいわ、そんなこと。私なんか臆病者ですからせっかく用意して来たお金もろくに費わずじまいで張り合いがなかったぐらいなの。……山形先生ったら今夜はよっぽどお疲れとみえてもうさっきからぐっすり眠っておられるのよ」

何のためにそんなことを報告するのか間崎には分らなかった。考えたくもなかった。

「でも年寄は目がさめるのも早いというから」

間崎は枕を縦にして乾いた頭を支え、充血した酔眼をギラギラ光らせて、Y先生の顔を間近かにみつめながら、自分も低い声でそれに応じた。

「年寄ってどうしてなんでしょうね」

絶えずうす笑いを浮べているY先生の頰に冷たい硬直の影が現われた。間崎は彼の無遠慮な凝視をY先生の顔から下肢部にうつし、みじろぎもせず、フーフー酒の息を吐き続けた。と大きな白い手がそこに動いていって、乱れてもない膝前を二、三度無意味に搔き合わせた。

「貴女なら山形先生が今夜ぐっすり眠ってたほうがいいと思いますか」

やはり相手の下肢部をみつめながら木屑のような声でつぶやいた。

「あら、どうしてでしょうか。そりゃあゆっくりお休みになるに越したことがないと思いますわ」

Y先生はすぐにも泣けそうな青いチカチカした顔になっていた。見苦しかった。けれどもその見苦しさには相手の眼と鼻の間の皮下に針のように突きさってくる素朴な力が秘められていた。

しめきった室の中には臭いを発するような動物的な精気が流れていた。うつむいて畳のけばをむしっているY先生の大きな束髪に電燈の光りが映って、一本ずつ生命あるもののように濡れ耀いてみえた。間崎の熱した頭は肱枕の掌から二、三度空すべりをして布団に落ちた。入口の黄色い唐紙は急に広くも厚くもなり、外界を遮断する役目を勤め出した。鉄瓶のたぎる音もいつの間にか原始の荒々しい叫喚に変っていた。残された一つの遂行があるばかり……。そしてそれはある厳かなものの命令でもあった……。

間崎は喉に絡んだ咳払いをしてムクリと身をもたげ、恐ろしい素早さで片手を前方に差しのべた。Y先生は室がきしめいたほどビクリと後しざった。だが、間崎の手はさっきから注がれたままになっている湯呑み茶碗をつかんだにすぎなかった。

「結局……二円八十銭ですよ」

暗いところへ火を点したようなばか高い声だった。

「ええ……ええ、何ですの」

Y先生は青いゆとりのない表情でつぶやき返した。

「何でもありませんよ。貴女の財布のお金を二円八十銭だけつかったということです。酒場に三軒立ち寄ってその時は勘定もせず手づかみで払ったんですが、今ふっとその時の朦朧とした状態がハッキリ意識に現われて来たんです。二円八十銭……。明日お返ししましょうね」

「あら、そんなこと……。お酒をそんなに召し上がったんですの。道理で人を見る眼が据っていつもとちがうと思ったわ」

「眼が変なのはそのせいばかりではないでしょう……。そんなことはしかし大したことではありませんよ。ともかく私たちはあまりお人好しではいられません。他人が自分を欺すのはいいとして……なぜってこんな場合には欺されたほうが勝になるからです……。自分が自分に欺されたんではどうにも始末がつかなくなりますからね。貴女だってそうですよ……。ああ眠くなった。休みますよ、失礼」

間崎は不意にかけ布団をひったくって仰向けに横たわった。

「あら、私自分で自分を欺すなんてことありませんわ。私はいつだって変りありませんもの」

相手にも自分にも会話はこれから弾んでいくのだと信じさせるような柔らかい暗示的な声音だった。間崎は眼を閉じて一語々々ゆっくりした朗読口調で、

「貴女は酒を飲んだ男がどんな欲望にとらわれやすいか知っていますか――」

知らないとは言えない正直な人だった。急に平生のもってりした調子にかえって、

「大変な人ね――。退却しますわ」

お茶道具をとり片づけて枕許に立ち上がり、

「いつも電気消すんでしたね……。消しますよ」

「どうか」

間崎はうす眼をあいてかぶさるようにうつむいたY先生と視線を合わせた。幅が広く厚く肉が滴り落ちそうな顔にみえた。Y先生は手を後ろにまわして電燈のスイッチを探りながら大っぴらにウィーイとしかめっ面をしてみせた。間崎は何の意思表示かも分らず、枕につけたままの頭を左右にゴロゴロころがした。パチンと真っ暗闇になった。

「お休みなさい」

そういう声と足音が一と足二た足聞えたぎり一切の物音が途絶えてしまった。間崎は布団を頭から引っかぶって狂人のように自分のぬらぬらした唇をなめずりまわした。卑怯者！　こうしたことは少しも自分の潔癖を証拠だてることにはならないのだ。自分のものではない常識と明日目がさめた時の不安な気分とを恐れ憚った、ただそれだけのことにすぎないのだ……。二つにも三つにも分裂して懐疑し反目し合う自分があり、それをみつめているもう一つの自分は、喉を涸らしてY先生の肉体に叫びかける、熱く盲《めし》いた、危ない存在になっていた。知らぬ間に生ぬるい涙があふれ出た。

まもなく唐紙をあけて外へ出ていく足音が聞えたような気がした。電燈を消してから一分にも満たないらしいそのわずかな間合いが、間崎の頭の中では、一時間にもそれ以上にも、よごれた腸のような細長い紐に引き伸ばされて感じられた。今夜もまた眠れないらしい。一体何の科《とが》だ？　今日の一日自分はどんな僭上《せんじょう》、偽善の振舞をしたろう？　世上ありふれた埃っぽい街の生活があっただけだ。それなのにこの身内をかきむしるような疚《や》ましさはどこから湧き出るのだ。過剰な若さから……生れ落ちるとともに背負わされた無意味な原罪の意識から……。そうとしか考えようのない、分裂した、はかない心の絵姿であった。

（下巻に続く）

P+D BOOKS ラインアップ

P+D BOOKS ラインアップ

居酒屋兆治	山口 瞳	●高倉健主演映画原作。居酒屋に集う人間愛憎劇
血族	山口 瞳	●亡き母が隠し続けた私の「出生秘密」
家族	山口 瞳	●父の実像を凝視する『血族』の続編的長編
父・山口瞳自身	山口正介	●作家・山口瞳の息子が語る「父の実像」
単純な生活	阿部 昭	●静かに淡々と綴られる〝自然と人生〟の日々
十字街	久生十蘭	●鬼才・久生十蘭が描く傑作冒険小説

P+D BOOKS ラインアップ

P+D BOOKS ラインアップ

P+D BOOKS ラインアップ

時の扉(上) 辻 邦生 ●自己制裁の旅を続ける男が砂漠で見たものは

時の扉(下) 辻 邦生 ●愛のエゴイズムを問い続けた長篇完結へ

ばれてもともと 色川武大 ●色川武大からの〝最後の贈り物〟エッセイ集

エイヴォン記 庄野潤三 ●小さな孫娘が運んでくれるよろこびを綴る

鉛筆印のトレーナー 庄野潤三 ●庄野家の「山の上」での穏やかな日々を綴る

さくらんぼジャム 庄野潤三 ●小学生になったフーちゃん。三部作最終章

P+D BOOKS ラインアップ

海市　福永武彦　●親友の妻に溺れる画家の退廃と絶望を描く

風土　福永武彦　●芸術家の苦悩を描いた著者の処女長編作

夜の三部作　福永武彦　●人間の〝暗黒意識〟を主題に描く三部作

夢見る少年の昼と夜　福永武彦　●〝ロマネスクな短篇〟14作を収録

加田伶太郎 作品集　福永武彦　●福永武彦〝加田伶太郎名〟珠玉の探偵小説集

廃市　福永武彦　●退廃的な田舎町で過ごす青年のひと夏を描く

P+D BOOKS ラインアップ

残りの雪（上）　立原正秋　●古都鎌倉に美しく燃え上がる宿命的な愛

残りの雪（下）　立原正秋　●里子と坂西の愛欲の日々が終焉に近づく

剣ケ崎・白い罌粟　立原正秋　●直木賞受賞作含む、立原正秋の代表的短編集

私生活　神吉拓郎　●都会生活者の哀愁を切り取った傑作短篇集

サド復活　澁澤龍彥　●サド的明晰性につらぬかれたエッセイ集

都心ノ病院ニテ幻覚ヲ見タルコト　澁澤龍彥　●澁澤龍彥が最後に描いた〝偏愛の世界〟随筆集

P+D BOOKS ラインアップ

別れる理由1　小島信夫　●伝統的な小説手法を粉砕した大作の序章

別れる理由2　小島信夫　●永造の「姦通」の過去が赤裸々に描かれる

別れる理由3　小島信夫　●「夢くさいぞ」の一言から幻想の舞台劇へ

別れる理由4　小島信夫　●「夢くさい世界」で女に、虫に、馬になる永造

別れる理由5　小島信夫　●アキレスの名馬に変身した永造だったが…

別れる理由6　小島信夫　●最終巻は〝メタフィクション〟の世界へ

P+D BOOKS ラインアップ

女誡扇綺譚・田園の憂鬱　佐藤春夫　●廃墟に「荒廃の美」を見出す幻想小説等5篇

サムライの末裔　芹沢光治良　●被爆者の人生を辿り仏訳もされた〝魂の告発〟

津田梅子　大庭みな子　●女子教育の先駆者を描いた〝傑作評伝〟

四季　中村真一郎　●失われた青春を探しに懐かしの地へ向かう男

白く塗りたる墓・もう一つの絆　高橋和巳　●高橋和巳晩年の未完作品2篇カップリング

誘惑者　高橋たか子　●自殺幇助女性の心理ドラマを描く著者代表作

P+D BOOKS ラインアップ

夢の浮橋　倉橋由美子　●両親たちの夫婦交換遊戯を知った二人は…

城の中の城　倉橋由美子　●シリーズ第2弾は家庭内〝宗教戦争〟がテーマ

交歓　倉橋由美子　●秘密クラブで展開される華麗な「交歓」を描く

記念碑　堀田善衞　●戦中インテリの日和見を暴く問題作の第一部

花筐　檀一雄　●大林監督が映画化、青春の記念碑作「花筐」

小説 太宰治　檀一雄　●〝天才〟作家と過ごした「文学的青春」回想録

P+D BOOKS ラインアップ

（お断り）

本書は1947年に新潮社より発刊された文庫『若い人』上巻を底本としております。あきらかに間違いと思われるものについては訂正いたしましたが、基本的には底本にしたがっております。また、一部の固有名詞や難読漢字には編集部で振り仮名を振っています。本文中には私生児、気違い、きちがい、色盲症、不具、老僕、斜視、朝鮮、眇眼、校僕、ぎっちょ、支那、小僧さん、使丁長、つんぼ、不具者、盲、ルンペン、妾、主義者、唖者などの言葉や人種・身分・職業・身体等に関する表現で、現在からみれば、不当、不適切と思われる箇所がありますが、著者に差別的意図のないこと、時代背景と作品価値とを鑑み、著者が故人でもあるため、原文のままにしております。差別や侮蔑の助長、温存を意図するものでないことをご理解ください。

石坂洋次郎（いしざか ようじろう）

1900年（明治33年）１月25日—1986年（昭和61年）10月７日、享年86。青森県出身。1936年『若い人』で第１回三田文学賞受賞。代表作に『麦死なず』『石中先生行状記』『光る海』など。

P+D BOOKS

ピー プラス ディー ブックス

P+Dとはペーパーバックとデジタルの略称です。
後世に受け継がれるべき名作でありながら、現在入手困難となっている作品を、
B6判ペーパーバック書籍と電子書籍で、同時かつ同価格にて発売・配信する、
小学館のまったく新しいスタイルのブックレーベルです。

若い人（上）

2020年9月15日　初版第1刷発行

著者　石坂洋次郎
発行人　飯田昌宏
発行所　株式会社　小学館
〒101-8001
東京都千代田区一ツ橋2-3-1
電話　編集　03-3230-9355
販売　03-5281-3555
印刷所　昭和図書株式会社
製本所　昭和図書株式会社
装丁　おおうちおさむ（ナノナノグラフィックス）

ISBN978-4-09-352399-8

P+D BOOKS